从大都到上都

在古道上重新发现中国

罗新 著

新星出版社 NEW STAR PRESS

新经典文化股份有限公司
www.readinglife.com
出　品

元代两都交通示意图

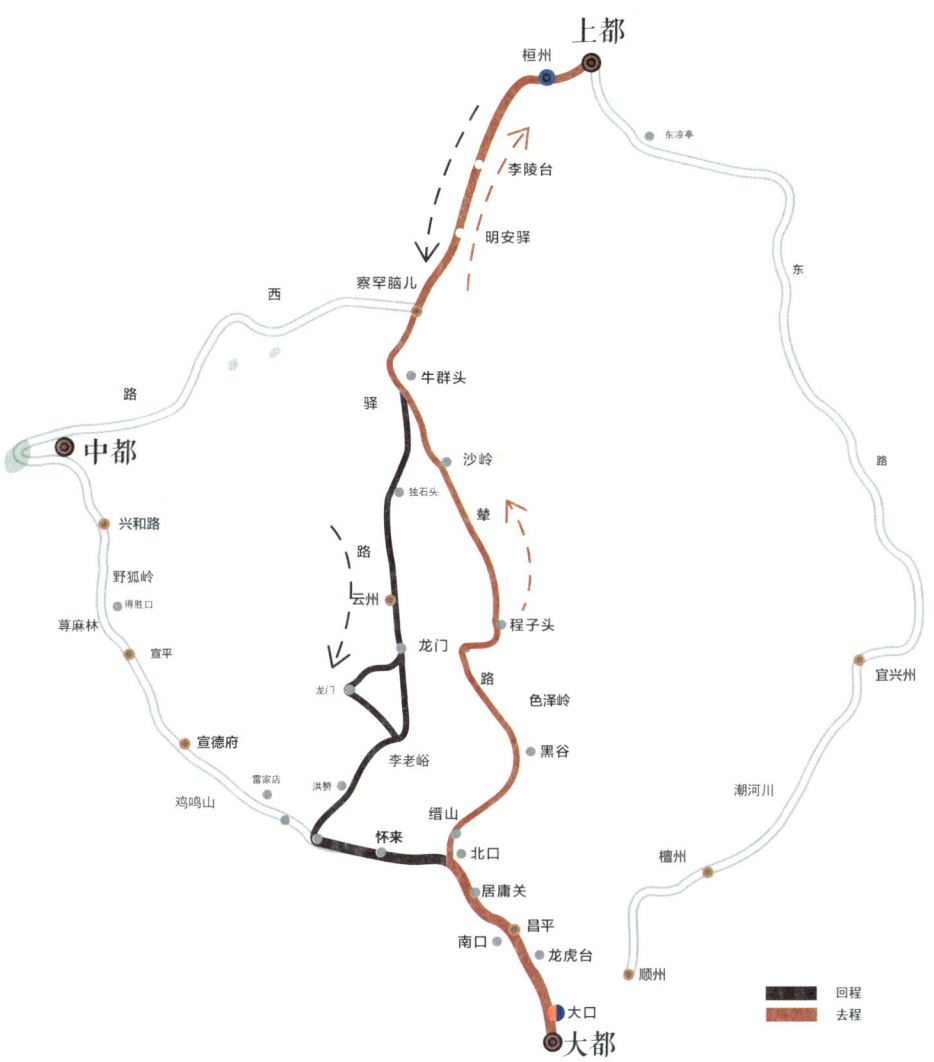

　　上都与大都之间的交通道路共有四条，其中两条是驿路，两条是辇路。辇路是皇帝所走的专属性道路，往返各走一条，由大都至上都走东道，由上都至大都走西道。只有辇路上有捺钵。作者此行所走的是辇路的东道。

　　此图参考《元代大都上都研究》一书中地图绘制。

目录

001 | 写在出发之前：金莲川在召唤

023 | 千里滦京第一程
　　　　——从健德门到皂甲屯

047 | 龙虎台前暑气深
　　　　——从昌平到居庸关

069 | 居庸关外看长城
　　　　——从居庸关到延庆

093 | 黑谷深深十八盘
　　　　——从延庆旧县镇到白河堡水库

115 | 无限青山锁大边
　　　　——从白河堡水库到长伸地村

141 | 边关何处龙门所
　　　　——从长伸地村到龙门所

165 | 白云依旧照黑河
　　　　——从龙门所到白草镇

187 | 水远沟深山复山
——从白草镇到老掌沟

211 | 北出沙岭见平川
——从老掌沟到小厂镇

235 | 七月杨花满路飞
——从小厂镇到五花草甸

259 | 梳妆楼下金莲肥
——从五花草甸到沽源

279 | 察罕脑儿草萋萋
——从沽源到塞北管理区

301 | 李陵台上野云低
——从塞北管理区到黑城子

321 | 乌桓城下问白翎
——从黑城子到四郎城

341 | 紫菊金莲绕滦京
——从四郎城到上都遗址

355 | 写在一年以后

写在出发之前：金莲川在召唤

1

我要从大都走到上都。

我这样回答罗丰。本来说好我会和他一起参加定于六月下旬在撒马尔罕召开的一个有关丝绸之路历史考古的会议,但十天前我确定了新的计划,决定放弃中亚之行,并立即打电话通知远在银川的罗丰。他问我为什么,我说等你来北京见面再详细解释。这就是我的解释,我要从大都走到上都。

那是在蓝旗营的一家咖啡厅。傍晚,成府路如同流速缓慢的汽车水渠,汽笛和马达的喧嚣挤进门窗,似乎是要提醒人们,我们生活在一个多么不寻常的时代。在座的青年朋友惊叹:走去上都!得走多久呀!罗丰一点也不吃惊,大概因为我早就和他说过长距离行走之类的计划,还说过要从北京走到他所在的宁夏。他盯了我一会儿,说,嗯,你的身体可能受不了。我说,是的,可能受不了。他说,可能会受伤。我说,是的,可能会受伤。他问,你还是要走?我答,是的,我还是要走。他说,那么,我支持你。

罗丰是我这一代学者中几乎唯一坚持不说普通话的,他那风味独特的固原口音在历史和考古学界非常有名,为许多人所乐于模仿。我多年前在无锡举办的一个唐史会议上认识了他,那时我在某场报告中逃出会场,在休息厅闲坐,偶遇还非常年轻、有点腼腆却极有见识的他。固原口音不是障碍,因为他语速不快,言语清晰而稳定。那以后,我一直折服于他的冷静、睿智和博闻多识,而这种罕见的品质与他的固原口音似乎是不可分离的。如果有一天他忽然改说普通话了,也许他谈话的分量会跟着打些折扣。这就是为什么,当听到他用固原口音说"我支持你"时,我立即感觉到温暖和力量,如果他说的是普通话,大概就没有这么可信了。

友谊之于人生,有如同伴之于行旅。

2

从大都走到上都。这个念头当然酝酿已久。

十五年前的春天,我在读傅乐淑《元宫词百章笺注》一书时,把一些感想贴到"往复"BBS上,向元史专家张帆(金轮法王)请教。虽然那场延续了好几个月的网上论学也留下来一些有意思的成果,比如后来张帆所写的《频婆果考——中国苹果栽培史之一斑》,但多半都是浅尝辄止,其中包括元朝皇帝每年往返于大都与上都之间的所谓辇路问题。

我第一次对元帝候鸟一般春去秋来的辇路感兴趣,开始于读朱有燉《元宫词百章》的第十三首:

> 侍从常向北方游，龙虎台前正麦秋。
> 信是上京无暑气，行装五月载貂裘。

"麦秋"见于《礼记·月令》，指四月下旬，小麦将熟之时。初夏天气，麦田渐黄，暑气已至，元帝遂循故事，自大都北幸开平（上都）。《元宫词》从宫女口中述元代皇宫故事，故有"侍从常向北方游"之句。傅乐淑笺注的重点在"龙虎台"，谓为元代著名捺钵，九月元帝南归大都，百官例得迎銮于此云云。

捺钵，又译为纳拔、纳宝、纳钵、剌钵等，原出契丹语。契丹语与蒙元时代统治集团所使用的蒙古语，虽然同属蒙古语族（Mongolic），但捺钵这个词应该是在契丹语中完成了被赋予皇朝制度意义的语义演化过程，因而为金人所承继，随后又进入蒙古语。《辽史·营卫志》说："秋冬违寒，春夏避暑，随水草就畋渔，岁以为常，四时各有行在之所，谓之捺钵。"宋人庞元英在《文昌杂录》里记他接待辽使时问捺钵的意思，使者回答："是契丹语，犹言行在也。"由此庞元英得出结论说："北人谓住坐处曰捺钵。"元帝巡行途中的宿顿之所，都是捺钵，比附为汉语的"行在"，是比较贴切、便于理解的。

上都与大都之间的交通道路共有四条，其中两条是驿路，但皇帝不走驿路，而要走专属性道路，即专为皇帝南北巡幸所开的道路，故称辇路。只有辇路上有捺钵。朱有燉《元宫词百章》第四十五首，又有"纳钵南来十八程"句，就是指两都间的辇路，这条辇路上的捺钵共有十八处，曰十八捺钵。傅乐淑《笺注》引元人周伯琦《扈从集》，把十八捺钵之名一一列出，当然准确与否还是有争议的。辇路又有两条，往返各走一条，由大都至上都走东道，由上都至大都走西道，此即《扈从集》所谓"东出西还"。驿路行者较多,记录也多,且前后各时代的继承性较强,因此比较清楚。辇路禁人行走,非扈从皇驾者不能亲行其地,而扈从者中长于文翰且留有记录的人更少,这些记录也主要是诗作,不足以反映路线细节,遂造成对辇路的认识颇多争议,至今仍有模糊不清之处。

我在"往复"BBS 上和张帆讨论的时候,这个念头就萌生了:为什么不自己走一趟呢?可是不久我就把注意力放到北魏太武帝东巡碑以及由此碑引起的五回道考察中。再以后,时光岂止如梭。走辇路前往上都的想法如同都市夜空的星星,时隐时现。直到最近。

3

元代大都的名称,在源自汉语的"大都"之外,还有大概源自畏吾儿(即回鹘,今译维吾尔,Uyghur)语的 Khanbaliq,khan 是汗,baliq 是城市,Khanbaliq 就是汗之城,音译为"汗八里"或"汗八里克"。这个词在《马可·波罗行纪》的各种西文译本里有两种拼写形式,Cambuluc 和 Kanbalu,所以这两种形式都常见于当时的西文文献。

此外,因为《马可·波罗行纪》采用了蒙古语对中国的称呼 Cathay(即契丹,《蒙古秘史》写作"乞塔惕"[Kitad],是蒙古语对辽国及后来的金国统治区域的称呼,延伸而至全中国),所以十六世纪从马六甲和菲律宾来到中国的西欧人长时期不知道他们所在的明朝,其实就是马可·波罗所说的 Cathay,当然更不知道明朝的首都北京就是马可·波罗的汗八里。利玛窦 1598 年(万历二十六年)访问北京时,和来自中亚的穆斯林突厥人交谈,才知道北京原来就是汗八里。然而,直到 17 世纪末,西欧人所绘的亚洲地图上,大多还是在中国北部或东北部,分出一个国家叫 Cathay,并标出它的首都叫 Cambuluc(汗八里)。

不过必须注意的是,蒙古人只说"大都""上都",Khanbaliq 这个词可能并不为蒙古人所用,也就是说,并不是一个蒙古语词汇。如果以蒙古语命名"汗之城",那应该是 Khan Balagasu 吧。汗八里是包括畏吾儿在内的突厥语(Turkic)和伊朗语(Iranic)各分支语言人群所使用的,他们甚至到明代还用汗八里称呼北京。帖木儿帝国的统治者沙哈鲁(Shahrukh Mirza)派往明朝谒见永乐皇帝的庞大使团于 1420 年底到达北京,次年回国,记载此事的《沙哈鲁遣使中国记》的波斯文原本和后来的突厥文(察合台文)译本,都把北京记作 Khanbaliq,可以算是一个重要证据。当初马可·波罗一行进入蒙古汗廷时,他们的向导和翻译当然出自西域,随后他们在元朝居留期间,身边也应该一直都有翻译,这些翻译大概也都是来自西域的。这可以解释为什么马可·波罗没有如蒙古人一样称大都,而是和西域人一样称汗八里。

和大都一样,上都在蒙古语里也没有别的词汇,只有音译。和大都不一样的则是,作为一座都城的上都是骤然出现的,因而在畏吾儿等西域人群里没有另外的命名,只好和蒙古语一样使用"上都"这个汉语词的音译。忽必烈称汗前以金莲川幕府所在地设开平府,称汗后建立两都制,以燕京为大都,以开平为上都。因为滦河上游流经开平城南,上都又获得滦京、滦阳等称呼,多见于诗词,但可能仅限于汉语。然而今日西方语言特别是英语中,上都的写法是 Xanadu(以及在形式和词义两个方面都略有变化的 Zanadu),虽然语源还是汉语的"上都",读音却已大相径庭(由两个音节变成了三个音节)。这是怎么回

7

事呢？

根源仍在马可·波罗。《马可·波罗行纪》的老法文原版把上都音译拼写为 Chandu，是基本忠实于"上都"本来读音的。随着这本奇书流传渐广，马可·波罗对东方世界历史与风物的描述成为文学想象的宝贵资源，上都这座海市蜃楼般的远方都城开始出现在重要的旅行文学作品中。

英国旅行记作家与编撰者珀切斯（Samuel Purchas, 1577 – 1626）首先在 1614 年出版了简本的《珀切斯游记》(*Purchas his Pilgrimes: or Relations of the world and the Religions observed in all ages and places discovered, from the Creation unto this Present*)，其中有关上都简介的部分，取材于《马可·波罗行纪》，但上都的拼写改成了 Xandu，这种改动可以认为是因为从法语进入了英语。珀切斯于 1625 年又出版了二十卷本《珀切斯游记》(*Hakluytus Posthumus or, Purchas his Pilgrims, containing a history of the world in sea voyages and land travels by Englishmen and others*)，其中第十一卷有对上都的详细描写，继续用 Xandu 拼写上都。《珀切斯游记》所写的上都，虽然号称来自马可·波罗，其实有相当的改写，文学性更强，这使 Xandu 这种拼写形式得以取代老法文《马可·波罗行纪》里的 Chandu 而流行开来。

不过 Xandu 还是距离上都比较近。从 Xandu 到 Xanadu 的发展，要感谢 200 年后一个重要的浪漫主义诗人和他的一篇脍炙人口的诗作。

1797 年英国著名湖畔派诗人柯勒律治（Samuel Taylor Coleridge, 1772 – 1834）写出了英国文学史上的浪漫主义名篇《忽必烈汗》(*Kubla Khan*)，收入他出版于 1816 年的一部诗集 (*Christabel, Kubla Khan, and the Pains of Sleep*)。在为这部诗集所写的序言中，柯勒律治描述了他创作此诗的过程。他说，1797年夏的某一天，正在阅读《珀切斯游记》的他，因治疗风湿病而服用鸦片酊之后沉沉睡去，在睡梦中进入了书中所记的忽必烈汗建于上都的花园，触景生情，吟诵出不少于二三百行的长诗，醒后追记时，因访客打扰，只记下五十四行，这就是后来广为传颂、甚至被视为英国浪漫主义诗歌巅峰之作的《忽必烈汗》。在这首诗中，柯勒律治把《珀切斯游记》的Xandu写为Xanadu，不知是出于一种误读还是有意的创制。由于柯勒律治在英国文学史上的盛名及此诗的广泛流行，Xanadu不仅成为上都的标准译名，而且还具备了桃花源一般的特殊意义。这一语义演化过程，多少类似于香巴拉（Shambhala）向香格里拉（Shangri-la）的发展。

而且，在英语文学传统中，Xanadu（有时候也写成Zanadu）比Shangri-la更有古典气息，因而在流行艺术和大众文化中出现得更频繁。以Xanadu为题的文学和影视作品非常之多，使用Xanadu意象的更是不胜枚举。比如，电影《公民凯恩》里，凯恩的宫殿式庄园就以Xanadu为名。再比如，著名旅行作家威廉·达尔瑞坡（William Dalrymple）出版于1989年的《在上都——一次追寻》（*In Xanadu: A Quest*），记录二十二岁的他从地中海东岸出发重走马可·波罗之路，直至中国内蒙古的上都，在虚实两个层面借用了Xanadu的意象，可说是此书大获成功的因素之一。不只是大众文化，2006年，国际天文学联合会（IAU）决定把土卫六泰坦星（Titan）上的一个反射光较强的区域命名为上都区（Xanadu Regio），大概就是取其神秘难知的意思。

上都具有多重的意义。

4

上都位于今内蒙古锡林郭勒盟正蓝旗旗政府以东二十公里处。在1256年忽必烈命刘秉忠兴建开平府之前，这里叫金莲川。金莲川是金世宗命名的。《金史·世宗纪》说金世宗于大定八年五月庚寅（1168年7月6日）下令"改旺国崖曰静宁山，曷里浒东川曰金莲川"。金代皇帝在这一带"清暑"，应该是继承辽代的传统。辽代的夏捺钵常在炭山一带，即《辽史》所谓"清暑炭山""猎于炭山""幸炭山清暑"等。炭山又名凉陉、陉头，在今河北沽源县境内，辽人称为王国崖，或写为旺国崖。可见沽源和正蓝旗之间的丘陵山地、河谷草原，正是辽金两代皇帝的驻夏捺钵所在。所以元初的王恽在《中堂事记》里说："滦野盖金人驻夏金莲凉陉一带，辽人曰王国崖者是也。"

金莲川得名于盛开在河谷草原的金莲花。金莲花并不是莲花，而是一种毛茛科植物，叶圆形似荷叶却小得多，花作喇叭形近似荷花也小得多，花色以黄、橙为主，故得金莲花之名。这种草本植物喜凉耐寒，多生长在2℃–15℃的湿润环境。乾隆年间由金志章、黄可润先后修纂的《口北三厅志》有这么一段描述："花色金黄，七瓣环绕其心，一茎数朵，若莲而小。六月盛开，一望遍地，金色灿然。"这里说金莲花"七瓣环绕其心"，正是内蒙东部金莲花的特色，其他地方的金莲花花瓣较多，多至10–20片不等。金莲川一带的金莲花，花瓣较少，常见6–8片者。故《口北三厅志》概言而称七瓣。

我七年前的夏天到上都遗址，特别留意金莲花。上午看还包着花蕾，下午全都绽放，原野上金光耀眼，在湛蓝的天空下格外明亮，令人不由不想象当年满川黄色的动人景象。元好问有诗云："灿灿黄金华，罗生蒿艾丛。野人不知贵，幽香散秋风。"黄金华，就是金莲花。元好问写的是五台山的金莲花，论川野之平敞辽阔，那是远远不及金莲川的。元人周伯琦《扈从集》云："遍生地椒、野茴香、葱、韭，芳气袭人。草多异花，五色。有名金莲者，绝似荷花，而黄，尤异。"金代的赵秉文有诗云："一望金莲五色中，离宫风月满云龙。"

然而我在上都看见的，更多的是大呼小叫的游客、喷着热气的大巴和飞奔来去的小汽车，以及为了游客而陈设的瘦马和骆驼。如果闭上眼睛，把这些你不想看见的都代之以牛车和羊群，以及骑马长歌的牧人，是不是就等于看见了往昔呢？元代萨都刺有描写上都的诗句："牛羊散漫落日下，野草生香乳酪甜。"

元代蒙古语里如何称呼金莲川？

传说元朝的亡国之君元顺帝妥懽帖睦尔（Toghon Temür，1320－1370）北逃以后，痛心大都与上都之不守，写下一首沉痛伤感的蒙古文长诗，见载于17世纪编纂的蒙古文史书《黄金史纲》和《蒙古源流》等，各书所载颇有异同。当然研究者并不相信这真是元顺帝所写的，但可能是时代并不晚的作品。这首诗的不同版本有两种较好的汉文译本，前者是朱风和贾敬颜的译本，见《汉译蒙古黄金史纲》（内蒙古人民出版社，1985年）；后者是乌兰的译本，见《〈蒙古源流〉研究》（辽宁民族出版社，2000年）。两种版本的蒙古文原文都提到上都的 Shira Tala（黄色的原野），即金莲川。乌兰说，今上都遗址一带的草滩仍称 Shira Tala，因为长满了一种名为 Shira checheg 的花。Shira checheg 就是"黄色的花"，也就是金莲花。可见元代蒙古语是用 Shira Tala 称呼金莲川的，即托名元顺帝的那首诗里所说的"我的美丽的沙拉塔拉"。

走去上都，就是走向金莲川。

5

现在研究大都与上都之间的交通路线，主要资料是元人诗文，但多数这类诗文的作者并不是作为扈从之臣往返两都之间的，他们走的是驿路而不是辇路。虽然辇路和驿路在一头一尾的两端是重合的，但中间一段差别很大。以扈从身份走辇路又留下了较详细记录的，只有周伯琦（1298－1369），他的《扈从集》收录了他在元顺帝至正十二年（1352）随顺帝巡幸上都又返回大都期间所写的诗和小序，是现在研究元代两都巡幸的学者要反复引证的。

周伯琦字伯温，饶州鄱阳（今江西鄱阳）人，以书法和文才名世，很年轻就积极向仕途发展，至正十二年以监察御史的身份随驾北巡。《扈从集》的"前序"说："至正十二年岁次壬辰四月，予由翰林直学士兵部侍郎拜监察御史，视事之第三日，实四月二十六日，大驾北巡上都，例当扈从，是日启行。"《元史·顺帝本纪》于这年四月条只记"是月，大驾时巡上都"，没有具体日期，靠周伯琦的记录，才知道出发时间是四月二十六日（1352年6月8日），到达上都则是五月十九日（1352年7月1日），路上共走了二十四天。《元史·顺帝本纪》于同年八月条记："是月，大驾还大都。"也没有记录顺帝离开上都以及返回大都的具体日期。据《扈从集》，顺帝于七月二十二日（1352年8月31日）"发上都"，"以八月十三日至京师"，也就是说，回到大都是1352年9月21日，路上共走了二十二天。

这并不是周伯琦第一次从大都到上都。他说他以前"职馆阁"（任职翰林）时，"屡分署上京"，多次往返于两都之间，然而因为不是扈从之臣，"但由驿路而已"，从未走过辇路。这次以监察御史的身份，职在"肃清毂下，遂得乘驿，行所未行，见所未见"。周伯琦对于这次扈从大驾的往返之旅是十分得意的，他说："每岁扈从，皆国族大臣及环卫有执事者。若文臣，仕至白首，或终身不能至其地也。实为旷遇。"周伯琦以南士得任兵部侍郎和监察御史，是得益于元顺帝在这一年的用人新政，所以他说过去的文臣"或终身不能至其地"，不由不感慨自己得到这一机会"实为旷遇"。这可以解释为什么元人诗文叙及两都交通者不少，涉及辇路的却十分罕见。

以胡助为例。胡助（1278－1355），字履信，号纯白老人，婺州东阳（今浙江东阳市）人，曾两度任职翰林国史院编修。皇帝北巡上都时，他作为史官当然有责任也到上都，但他这样的官员要走驿路。胡助的文集《纯白斋类稿》里，收有多首描写驿路和上都风光的诗，其中有《怀来道中》，可见他走的不是辇路。文集里收有一篇《上京纪行诗序》，记胡助曾把五十首纪行诗编成集子，可惜现在这个集子未能如周伯琦《扈从集》一样留存，集中纪行诗只散见于《纯白斋类稿》。

据《上京纪行诗序》，元文宗至顺元年（1330）五月"清暑上京"，时任翰林国史院编修官的胡助例当与其他翰林僚佐一起北行，但胡助因病拖到六月才和他昔日的学生、现在的同事吕仲实同行，"沿途马上览观山水之胜也，日以吟诗为事"，到了上都，"文翰闲暇，吟哦亦不废"。从上都南返大都时，胡助、吕仲实之外，又有两个翰林院同事加入（即胡助诗句所谓"去时两马行迟迟，回时四骑如飞驰"），途中"亦日有所赋"，积累了不少篇什。胡助说这些纪行诗"若睹夫巨丽，虽不能形容其万一，而羁旅之思，鞍马之劳，山川之胜，风土之异，亦略见焉"。

胡助所谓"睹夫巨丽"，是江南文士对塞北风物的观感。他在《龙门》里写道:"老病词臣逢伟观,吟鞭缓策不须挥。"伟观即巨丽,也就是他在《上都回》里所说的"秋光晴日殊可喜,向所未见今得窥"。对照周伯琦所说"行所未行,见所未见",胡助和其他江南文士的诗文中都时有类似的惊诧和喜悦,尽管行旅的艰难困顿也实在难以掩藏。壮丽风景下的这种艰难困顿,毕竟远胜于在大都谋职时的穷困潦倒。胡助《京华杂兴诗二十首》的小序记他"待选吏部"之时,"贫不能归,尘衣垢面",所以有"客况萧条处,春寒雪后天""而我独何为?寒斋守岑寂""孤灯耿残夜,危坐拂尘席"这样的诗句。比较之下,他去上都路上的诗明显较为亢奋和阳光。在北方的山川间,他惊喜于"平生所未到",因而"历历纪瑰伟,一见胜百闻"。

其实,胡助写大都的诗也颇有一些非常有趣的。比如他写大都的街道特别宽阔,是现在所谓多车道,即"天衢肆宽广,九轨可并驰",骏马豪车驰过,卷起尘土飞扬,再来一阵大风,就是别样的风景了:"长风一飘荡,尘波涨天飞。"漫天尘土之下,是贵胄高门的得志和威风:"驰骋贵游子,车尘如海深。"再比如他写大都冬季湖水结冰:"北风吹海子,彻底成坚冰。"到了春天,厚厚的湖冰日渐消残,胡助的诗句表现出他对这一景象的细致观察:"春阳一以转,冻解闻裂声。"冰面以下很深的地方传上来的炸裂声,让诗人预感到春天的消息,真是寂寞的写照。胡助还有一首诗写春天的大都城,除了宫花红影、野草绿痕,还有春雨制造的行路障碍:"春巷一宵雨,天街三尺泥。"这样的诗句,秒杀一切对古代帝都的浪漫想象。

胡助走驿路去上都"睹夫巨丽"那一年,是五十三岁。周伯琦扈从大驾走辇路去上都那一年,是五十四岁。照那时候的标准,他们都是老人了。

正是我现在的年龄。

6

我很喜欢的一本书,美国作家约翰·斯坦贝克(John Steinbeck)的《同查理一起旅行——寻找美国》(*Travels with Charley, in Search of America*,1962)的卷首语是这样写的:

> 我幼小之时一心向往远方,大人说成长会治愈这种心痒。当岁月的流逝证实我已长大成人,他们开的药方又变成了中年。等到了中年,他们又说再大一些我就会降降温。现在我已经五十八岁了,也许他们还会说,年老了就好了。从来就不见效。轮船的四声鸣笛总让我汗毛直竖,踮起脚后跟。飞机掠过,发动机轰鸣,甚至马蹄敲击路面的声音,都会令我浑身战栗,口干眼燥,手心发烫,令肠胃在肋骨编织的牢笼里涌动翻腾。也就是说,我没有长进。换言之,本性难移,一旦做了流浪汉,终身都是流浪汉。恐怕此病已无药可医。我写这个不是为了指导别人,只是为了提醒我自己。
>
> 当心神不宁的病毒控制了一个不羁之人,而且离开此地的道路显得那么宽阔、笔直和甜蜜之时,受害人必须首先找到一个出发的由头。这对一个实际上的流浪汉来说毫不困难,他有现成的百千条理由供他挑选。接下来他得制订旅行计划,确定时间、地点、方向和目的地。最后,他得实施他的旅行。怎么走,带什么,

待多久。这个过程总是千篇一律、恒久不变的。我写这个是为了提示流浪汉国度的新来者,如同刚刚触及他们崭新罪恶的青春期少年一样,不要以为那是他们发明的。

一旦行程被设计、被准备、被实施,一个新的因素就会进来掌控一切。每一次旅行,每一次远征,每一次探险,都自成一体,迥然不同于其他旅程,各有自己的人格、气质、个性和独一性。一次旅行就如同一个人,没有两个人是同样的。所有的详细计划、安全措施、严密监控和强力实施,都无济于事。挣扎多年以后,我们明白了,不是我们成就了旅行,而是旅行成就了我们。专家指导、行程、预订,一切井井有条的安排,在旅行的特有人格面前会撞得粉碎。只有体会到这一点,撞了南墙的流浪汉才能放松下来,随遇而安。只有这时,一切困扰才会烟消云散。在这个意义上,旅行就好比婚姻,如果你以为你能加以控制,那必定大错特错。说完了这些,我感觉好一些了,尽管只有那些切身体验过的人才能够理解。

7

真正打动我的,是斯坦贝克在该书正文第一段的这段话:

多年来我在世界许多地方旅行。在美国我生活在纽约,有时待在芝加哥和旧金山。可是正如巴黎之于法国、伦敦之于英国,纽约早已不能代表美国。因而,我发现我对自己的国家不再了解。

我，一个写美国的美国作家，靠记忆工作，而记忆说得好听点也就是一个有毛病的、扭曲变形的蓄水池而已。我已很久没有听到美国人的言语，没有嗅到青草、树林和下水道的气息，没有看到美国的山水、色彩和亮光了。我只从书本和报纸获知变化。更糟糕的是，我已经有二十五年未曾感受到这个国家了。简而言之，我正在写着的，恰恰是我所不了解的，在我看来对一个所谓的作家来说这就是犯罪。

那么，我，作为一个以研究中国历史为职业的人，真了解我所研究的中国吗？我一再地问自己。

斯坦贝克这本书的非虚构诚实度受到许多研究者的质疑。他自己的长子就说，1960年的这场环美旅行的真实动机，其实是因为斯坦贝克自以为即将死于心脏病，而不是他探寻真实美国的高尚理想。不过对我来说，即使斯坦贝克是在事后制造了这个光彩夺目的动机，他提出的问题依然有冰冷刺骨的寒意。我了解自己所研究的这个中国吗？到了我这个年纪，一切希望、梦想、信心和理想都被"雨打风吹去"，只剩下难以言说的无奈、郁结、愤懑和迷惑。是啊，我了解自己生活于其中的这个社会吗？我所研究的那个遥远迷蒙的中国，和眼下这个常常令我大惑不解的中国，究竟有什么样的关联呢？

去年我读了比尔·布莱森（Bill Bryson）的《林中行纪》（*A Walk in the Woods*, 1998），这本书的副标题是"在阿帕拉契亚步道上重新发现美国"。"阿帕拉契亚步道"（Appalachian Trail，简称AT）是美国东部距离最长、历史最悠久的徒步专道。1996年，作者布莱森刚刚从他生活了二十多年的英国回到美国，偶然在新居附近发现了这条步道，于是发愿要走一遍，并得到一个老友的陪伴。他们从AT的南端走起，备尝艰辛，这些艰辛在布莱森极为出色的文笔描摹之下既惊人又有趣。然而他们的AT之旅远远谈不上成功，事实上他们只在这条步道的南北两端各走了很小的一段路。不过作者似乎满足于这场支离破碎的冒险，这是他重新融入美国的关键一步，所以他称之为"重新发现美国"。我试图在书里寻觅他所重新发现的那个美国，只找到挣扎中的作者本人。我猜想，因为他在美国的山道上努力过、付出过，终于他发现自己不再是外人。

在我开始计划金莲川之行时，当今最伟大的徒步旅行正在发生。名为"走出伊甸园"（Out of Eden Walk）的这场旷古未有的远足，由两次普利策奖获奖人、美国《国家地理杂志》撰稿人Paul Salopek实施。他于2013年1月22日开始其惊世骇俗的步行，到现在已经走了三年半了。他的计划是重走人类走出非洲之路，以七年时间走完21000英里（33600公里），从非洲的埃塞俄比亚一直走到南美洲南端的火地岛，穿越中东、中亚和中国，进入西伯利亚，再坐船跨越白令海峡，最后自北而南穿行美洲大陆。这几年我一直关注他的网站，也读了他在《国家地理杂志》上的三篇纪行文章。我关心的问题是，这一场轰轰烈烈的徒步长征之后，他会发现一个崭新的世界吗？或者，他更多的是会重新认识自己？

两三周后，当我走在前往金莲川的道路上时，Paul Salopek还在哈萨克斯坦的沙漠草原间踽踽而行。同"走出伊甸园"相比，前往金莲川之旅至多算得庭院里的闲步。我用这个闲步向他致敬。

8

时不我与，来日无多。能够成就事业的人通常很年轻就有这种危机感，或许因此他们总是能够及时做好该做的事，而不是像我这种浑浑噩噩者，计划多多，行动寥寥。我计划去上都已经很久很久了，一直到最近才鼓起勇气，想，必须在这两三年之内。4月间的那天夜里，在五道口寓所，耳畔轰响着前往八达岭方向的列车，我盯着书架上那些读过或计划读的旅行书，忽然想：为什么不是今年呢？

于是我在微信上向王抒求助。王抒在国家博物馆工作，他在北大历史学系读硕士时，我是他的指导教师。我们曾经一起走过五回道、飞狐道，还一起考察过陇南山地传奇般的古仇池国。他到国博工作后的这些年跑野外特别多，对历史上的交通路线和现存文物古迹的了解，远比我专业。我向他求助，就是请他帮我确定行走路线。没想到他听了我的计划后，立即说："我陪您走。"有他去，等于上了一道保险，我当然很高兴。根据二人的暑期日程，确定了6月底至7月中旬这个时间段。于是，本来已经开始办手续的乌兹别克之行，就不得不放弃了。第二天我就打电话告诉罗丰，告诉他（并无遗憾地），我不去了。

这几天，罗丰他们已经在乌兹别克斯坦了。他们中的绝大多数，包括罗丰在内，都是第一次去。我能想象那是一种怎样的兴奋。我自己第一次去时，也许更兴奋？更是一种如释重负般的愉悦？2010年秋天，我得到一个机会去乌兹别克斯坦一周。出发前，再也忍不住这种兴奋和愉悦，在一个内部论坛发了一个帖子，题为《撒马尔罕，而且布哈拉》：

两小时后去机场,今天傍晚就到塔什干了。一周的时间,要去撒马尔罕和布哈拉,怎么够呢?想起年轻时喜欢的朱哲琴唱的那首歌:

你的眼神使我心慌
不知不觉我已泪眼汪汪
长久的期待今日如愿以偿
我决定跟随你无论去何方

据说朱哲琴录这首歌时,要求大家都离开录音棚,然后关掉所有的灯,闭目而立,良久睁开眼睛,已是泪水满面,录一遍就成功了。可惜她这首歌一直没有发行,我当年听的号称是母带。

前几天一个大学同学来京,引发一次同学聚会。大聚会过后几个哥们儿又连夜搞了个小聚会。在小聚会上,老二,一个当年的诗人(那时的地位与海子、骆一禾相当)对最近人们评论当年北大诗坛总是不提他愤愤不平,扯起许多旧事。其中包括这样一句:那陶宁,不也是成天价跟我讨教吗。这句话一下子把岁月深处的某个东西拉到我面前。我急忙问他:陶宁现在怎么样?老二瞥我一眼:谁知道呀,能怎么样?我忍不住说:唉,那时我还挺喜欢她的。哥儿几个都笑了:你就是喜欢人家老二玩剩下的。

陶宁是西语系英语专业81级的。我知道她就是因为她老来我们宿舍找老二。老二那时可是天才纵横的诗人,进北大第一天他向我背诵《红楼梦》某一回,把我镇住,从此不提《红楼梦》。读到陶宁的诗之前,我一直没有正眼看过她。可是有一天在老二的桌上读到了《她的黑马群》：

> 她总学不会梳辫子
> 索性就这样披散着它们

真的我觉得内心被牵扯了一下。中午她来跟老二说话，我就仔细看了她。她小小的个子，一点也不艳丽，但还蛮好看的。大眼镜，把眉毛和眼睛都装进去了。因为脸色苍白而显得眉毛和眼睛特别黑。头发漆黑，真是黑马群。

> 她开始珍惜一双眼睛
> 只有它们注视她散开的长发
> 像柔软的草场抚摸热烈的黑马群

其实有很多双眼睛，但她珍惜的一定不是我的。我没有和她说过出于礼貌打招呼以外的话。我那时除了喜欢诗，还喜欢很多别的东西，包括那些有关撒马尔罕和布哈拉的文字。

现在真的要去了，感觉就像当年，有好几次想对陶宁说：我喜欢你那首黑马群。然而，忍住没有说。

> 只要那草场总是这样夏日般青葱
> 她就永远这样放牧它们

明天看到撒马尔罕的时候，就像隔了三十年看到自己当初暗暗喜欢过的、至今一点也没有改变的女孩。陶宁的诗说：春天在他们脚下隐隐作痛。远去的青春和永恒的河山，谁更美好呢？

好。到这里。收拾行李，出发。

就如同去撒马尔罕和布哈拉，现在我怀着同样的心情，要去金莲川了。

千里滦京第一程
——从健德门到皂甲屯

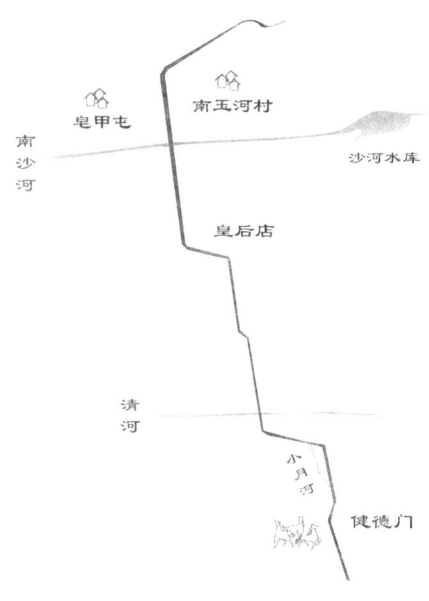

1

　　清晨六点半，健德门桥上桥下六个方向都已排满了汽车。这是 6 月 24 日，天气晴好，很适合作为"走向金莲川"的启动日。阳光开始震慑行人，街树、高楼和粗笨的桥身只能抵消它部分的威力。我在健德门桥下，请一个向我问路的年轻人帮我拍了一张背对立交桥的逆光照片。健德门是元大都北边两个门中偏西的一个，东边是安贞门。从大都的健德门出发，走到上都的明德门，就构成"走向金莲川"的路线图。元代杨允孚《滦京杂咏》的第一首说："今朝健德门前马，千里滦京第一程。"我因他这句诗而绕到花园路旁边的元大都北土城遗址公园，向那群青铜骏马致意。为防游人攀爬，管理者过去常在马背上堆放烂泥等污物，现在干脆架上围栏了。

　　古人出门都是起大早的，所谓披星戴月，乃是走远路的常态。前往上都的人，若要早早出发，就得提前一天出健德门，住在城外，以免浪费时间等候城门开启。胡助有诗《同吕仲实宿城外早行》，开头就说："我行得良友，夜宿健德门。"陈秀民有诗云："晨出健德门，暮宿居庸关。"一天走了上百里，虽然骑马，也必是很早就已上路。提前一天到城外，也和要办理车马租赁有关。胡助自己"百千僦一马，日行百余里"，和陈秀民所说的日程一样，前提是必须早起，"未明即戒途"。胡助出发前夜还在下雨，然而雨水并不影响日程，所谓"晨征带残雨"。路上也是如此，每日早早起床赶路，"五更睡醒又催起"，旅行中绝对不可能睡懒觉。

元朝皇帝最后一次出健德门前往上都，是元顺帝至正二十八年（明太祖洪武元年）闰七月二十九日，即公元1368年9月11日。据刘佶《北巡私记》，出发时间是"漏三下"，也就是凌晨三四点："车驾出健德门，率三宫后妃、皇太子、皇太子妃幸上都。"百官扈从者只有百余人，即便加上侍卫军队，也是元代历史上最单薄的北巡辇乘。因为是"仓皇辞庙"，永别大都，如逃命一般，速度奇快，当天就到了居庸关，完全没有了历来两都巡幸的雍容气派，要知道这段路过去皇帝车驾通常要走四五天之久。据《北巡私记》，他们经半个月急行军所抵达的上都，已遭明军焚掠，"公私扫地，宫殿官署皆焚毁"。不止上都，顺帝一行北逃所经的大多数地方，都被明军攻陷过。到居庸关时，关城空无一人，自然也没了往日那种"供张"接待，这么多人的吃喝都成了问题。元顺帝太息道："朕不出京师，安知外事如此？"古今中外，每一个末日统治者都有类似的感慨。

现在即使最晴朗的日子，从健德门也看不到居庸关所在的军都山，因为钢筋水泥的高楼密密麻麻，大大压缩了人的视野。四五十年前还不是这样，而退回到一百年前，就非常接近元代人们的视野了。陈孚《出健德门赴上都分院》诗，有句云："出门见居庸，万仞参天青。"出了健德门，没有了大都城墙的阻隔，人的目力获得极大解放，百里之外、高山之中的居庸关似乎已经在望。不仅从大都可以清楚地看到军都山，从军都山也能看见大都。王恽《中堂事记》说："度八达岭，于山雨间俯望燕城，殆井底然。"山雨间隙，云雾消散，从八达岭俯视大都，应该不是纯粹出于想象。《析津志》也记载从龙虎台可以清晰地望见大都："至龙虎台，高眺都城宫苑，若在眉睫。"如今，即使没有遍地高楼的遮挡，即使从较近的清河向南望，也不会看见"若在眉睫"的都城宫苑。

六点四十分，我从健德门出发，沿着小月河东岸北行。小月河以东百十米，就是八达岭高速。我在健德门附近的牡丹园小区住过很多年，从我家窗户可以清楚地看到北土城，但直到最近制定行走路线时，才意识到小月河之名与北土城本无关联。市政改造把残存的元大都护城河（俗称土城沟）与小月河连接起来，统称为小月河。小月河自健德门北流进入清河，是北京城北唯一一条自南向北流的河。为什么叫小月河呢？清人李光庭《乡言解颐》卷二有"村庄"条，提到"小月河之言月，朝霞店之言霞"，可见早有此名。月河本是指帮助堰坝分水的人工渠，元代北京这条小月河也应该是人工渠，其功能是把大都北护城河的水分流到清河。明代把小月河延伸到德胜门外的关厢，用意相同。1985年市政改造把小月河与土城沟连起来，再北入清河，可以说继承了元代的水网结构。

沟渠虽在，水却不见了。我沿着小月河一直走到清河，始终不见有连续的水流，只在某些河段有浅浅的水洼。两岸时时可见的警示牌蓝底白字写道："为了您的生命财产安全，请不要戏水、游泳、捕鱼、潜水。"但愿这些文字能激发我们对一川激流的想象，或回想起往昔的绿水青山。不过即使没有水，即使河道被铁丝网密密实实地封起来，小月河两岸的白杨树和水泥道还是令人愉快的，特别是在夏天的太阳越来越高时。河道两侧的树荫下有很多晨练者，给这一带的空气注入了某种轻松和充满活力的元素。有些老人把收音机的音量开得很大，悠闲自得地散步，与旁边甩开双臂大步快走的中年人形成鲜明对比。七点多钟的城市，已经热闹起来了。

2

出发半小时后，我走在六道口与上清桥之间的小月河西岸。这一带前些年是北京最大的"城中村"之一，因《蚁族》一书而广受关注。书里有一篇《他们在小月河》，开头就写道：

> 小月河，跟著名的奥运村，只隔着一条高速公路
> 这里，是无数追梦的外地孩子，梦开始的地方
> 这里有一边唱歌一边卖东西的贫嘴男人，
> 还有跳河自杀的小姑娘……

《蚁族》描述这一带的各种群租"学生公寓"和北漂群体，那是一个我完全不了解的世界，虽然和我家只隔了一条四环路和几个小区。据说电影明星王宝强曾蛰居于此，许多后来取得成功的年轻人也曾拥挤在小月河。看《蚁族》和网上的各种回忆，说每天傍晚以后各种小贩挤满了大街，行人通过都很难。有解释说，群租的蚁族下班后无法在住处容身，只好在大街上晃荡，各种卫生条件绝无保障的小吃摊因此极为发达。住过的人在网上回忆说："六层高的楼，每层有二十个左

右不到十五平米的房子,每个房子住四到六个人不等。一栋楼就一个澡堂,十五六平的地儿,竖着十个莲蓬头,放眼望去全是黑压压的人头,三个人共用一个莲蓬头轮流洗,剩下的就脱光了在旁边等。抬头望着水流,竟似南方小雨时屋檐下滴答的雨水,轻轻柔柔,却无情无爱。瞬间有种想哭的冲动,心跳到喉头,恼恨自己无端地跑来北京受活罪。入口的旮旯角落散发烂臭垃圾、臭水与腐木的味道。"也读到这样的回忆:"小月河,是梦想开始的地方,也是梦想结束的地方。"对那个跳河自杀的姑娘来说,小月河岂止是梦想结束的地方。

我在准备这次远足时,常常在离家十公里的范围内随意走,也曾在傍晚走到俗称"二里庄学生公寓"一带,已见不到那种拥挤、热闹和让局外人略感紧张的青年人聚集场景,只有宽阔干净的马路和刚刚种上的街树,偶尔见到流浪者在过街天桥上拥被而眠。大概因为广受关注,这里的蚁族已被市政方面清理驱除。这两年小月河东岸密集的棚户区被全部拆除,原来多达十万人的北漂几乎消失得无影无踪。他们迁移到别的地方了,到了另一个我们看不到、不理解、也不想知道的地方了。从网上各种回忆和评论来看,小月河河道被铁丝网密封起来,是在那个姑娘跳河自杀之后,这算是市政管理者的一种应对举措。《他们在小月河》说"小月河的泥很厚啊",那个姑娘是陷在泥里淹死的。现在河道经过清淤,没有水,也没有泥,只有泛白的水泥河底和随风流动的塑料袋。

从上清桥下过五环时,刚刚八点。阳光越来越刺眼了,不得不戴上帽子和墨镜。小月河汇入清河之前,我见到了明代所建的广济桥。广济桥始建于永乐十四年(1416),景泰七年(1456)全面维修过,是明代御道北去十三陵过清河的关键地点。我看过介绍,说广济桥的桥基由双层带企口的石板铺砌而成，原来石桥下有密铺的松木大方木，方木之下是密贯的大木桩。石桥两端有明代石望柱及望板，下有两座分水尖桥墩。这座三孔联拱实心栏板石拱桥，长四十八米多，宽十二米多，桥体和泊岸俱以块石包砌，内以条石、青砖混砌，砖石缝隙间灌以白灰浆，券石之间以铁腰相钩连。1984年整修清河时，把这座古桥拆解开，再重建于原桥东南侧的小月河上。现在这座桥周围全无标牌说明，不注意的可能无从知道其历史价值。桥面事实上成了停车场，十来辆汽车停在上面，有的还紧裹着银灰色的车罩，显然是把古桥当作了长期的停车场。

小月河汇入清河之后，我向左拐沿清河南岸的滨河路西行。骤然间人车汹涌，极为拥挤，行人、自行车和小汽车比清河水流动得还缓慢。这里的清河水体很大，那是拦坝蓄水的结果。这样在城市中心地带蓄水似乎是当前的一种时髦，明明干涸的河流到了城市忽然形成不小的湖泊，造成虚幻的湖山美景。这种做法是不是有利于环保，我不知道，但总觉得并没有什么好看。好不容易在人流和车流里挪到清河二街，右转过桥到清河北岸，左转沿小清河路向西。这么走的理由是，我相信元代御道和驿道过清河的地方比明代要靠西，而著名的大口捺钵大概在今小营附近，也就是说，元代过清河的地方应该在小营以南略偏东。从小清河路北转进入毛纺路，再走一会儿，就到五彩城，这时我已走了两个小时整。再往北走到小营西路，大概就是元代大口的位置了。

元代大口是出大都的第一捺钵，皇帝北巡，出京后都在大口宿顿。周伯琦《扈从集》记"是日启行，至大口，留信宿"，又说，"其地有三大垤，土人谓之三疙疸，距都北门二十里"，所谓"三垤何崇崇，遥

广济桥

桥基由双层带企口的石板铺砌而成,原来石桥下有密铺的松木大方木,方木之下是密贯的大木桩。石桥两端有明代石望柱及望板,下有两座分水尖桥墩。

直都门北"。根据元代其他人的记录，三疙疸在大口西侧，从大口捺钵西望，最醒目的就是这三个大土堆，很可能指的是今上地一带地势较高的地方，所以大口又有三疙疸捺钵之称。百官迎送皇帝，最近的地点就是大口。周伯琦的诗写这一带的风景道："天肃烟岚青，野迥露草白。"今人只能凭着宋元山水画去想象了。不过周伯琦的诗重点在描述皇帝的威仪、国家的富盛和百官的欢欣："文武迨髦倪，忭舞拜路侧。万羊肉如陵，万瓮酒如泽。国家富四海，于以著功德。"肉山酒海，歌舞升平，真是太平盛世。谁也想不到，十六年后，同一个皇帝，同一个统治集团，会仓皇北逃，经过大口时竟一刻也不敢停留。当他们一口气跑到居庸关，吃喝都无人"供张"时，一定会怀念当年的万羊肉、万瓮酒吧。

3

几年前我买到意大利记者路吉·巴兹尼（Luigi Barzini, 1874–1947）的书《北京到巴黎》（*Pekin to Paris*）的英译本，闲中翻阅，觉得很有意思。这本书的副标题是"博尔盖塞亲王驾驶汽车穿越两个大洲的行程记"（*An Account of Prince Borghese's Journey Across Two Continents in a Motor-Car*），记录1907年（光绪三十三年）有五个车队参与的跨越欧亚大陆的汽车拉力赛。那时汽车出现还没多久，对大清国上下各阶层的人来说应该是极为新奇的。我对汽车比赛没有兴趣，让我感兴趣的是书中对那时中国的种种描述。

路吉·巴兹尼对中国并不陌生，义和拳时期他就在驻北京的意大利使馆内,是向西方发出实时报道的少数记者之一。日俄战争时期,他曾跟随日军在中国东北进行战事报道。1907年6月他到北京加入博尔盖塞亲王(Prince Scipione Borghese, 1871 – 1927)主驾的都灵产Itala七升意大利车队,全程报道这次史无前例的洲际拉力赛,幸运的是他随乘的这辆车以六十二天跑完近一万五千公里的全程,获得冠军。出版于1908年的《北京到巴黎》对比赛过程,特别是对博尔盖塞亲王的Itala车的沿途情况,有生动和详尽的记录。该书的第三章《去长城的路上》一开头这样写他们6月10日清晨的出发:

  在一个(中国)警官的号令下,我们行经路线上约五英里(八公里)范围内的全部交通都停了下来,北京城里那种常见的原始的载人二轮小车都拥挤着等候在狭窄的十字路口和宽阔的大马路边。北京主街道两旁数不尽的低矮房屋下,人群也驯顺地列队等候我们通过,他们要么倚靠在暗黑冒烟、飘着蒜味的饭馆前,要么散立于沿街商铺前,这些商铺当街的一面都是涂彩或镀金的木雕,高挂着饰有龙和红丝边的店铺招牌,或是那种写着金字的漆板,展示着各种形式与各种色彩独特的大混杂,把中国街道装饰得像是每天都在过节一般,它们移动、漂流、震颤,似乎与生活的声浪一起摇荡。

  这些是集市上日常所见的那种人,淡漠而生动,每天如此,并非因我们而聚集。这个威风的比赛车队就这样在北京人的漠不关心中离开北京城。他们看着我们,既不好奇也不厌憎,好多人甚至懒得看我们一眼,那态度会使你认为他们对汽车比赛这种事早已司空见惯。我们几乎有了卑屈之感。我们本来期望巨大的敬仰,却只见到庄严的无动于衷。事实是现在欧洲人不管做什么,或有能力做什么,都不能让天朝的子民感到惊讶。我们文明的奇迹甚至不能吸引一个中国小孩的注意力。似乎在中国很久以来人们都认定我们欧洲人有某种魔力,掌控着某种神秘力量,可以给钢铁之物注入生命,让它们做各种工作,这在我们欧洲人是自然而然的事,不能算是什么奇迹。

在狭窄街道的迷宫里快速行进,我们来到北城。穿着写有白色大字的外衣、戴着草帽的中国警员们,长辫盘在头上,如法式发髻那般优雅,用长棍给我们指示方向。没过多久,我们就看到煤山的佛塔耸立于黄墙紫禁城之上,这个煤山是有个皇帝为了看到京师全貌而命人在他花园里建造的。再过一会儿,我们就来到伟岸高峻的德胜门下了。这个半城堡半神庙的建筑,以其三排带遮板的炮窗威慑着城外的平原,那炮窗就和古代三桅战舰上的炮眼一样。靠近城门时道路变得像是庞贝古城的街道,岁月久远,车辙深陷,我们只好慢速前行。出得城门,那呆滞的、吵闹的、无所用心的郊区生活就流淌在我们面前。

从德胜门往北一直到昌平,他们走的是明清的官道,其中从健德门至清河一段,大致与元代的御道重合,也和我走的小月河东岸较为接近。从巴兹尼的记录来看,这段官道似乎并不宽阔,也不平直,有些路段泥泞难行,有些则沟壑纵横,汽车不仅不能高速疾驰,有时还不得不靠人力抬起来才得前进。他们雇佣的一队中国"苦力"是他们得以安全抵达张家口的最大功臣。书中对这些苦力有很多有意思的描写,以后我们还会引述,这里需要特别介绍的,是巴兹尼记录的车队过清河古桥的一段。那座陈旧破损、给他们增添了巨大艰难的古桥，就是我刚刚走过的、1984 年搬迁到小月河上的广济桥。

在清河我们必须面对第一道难关。汽车要驶过古桥几乎是不可能的，我们就沿着河岸到处寻找水浅的地方，希望找到有人涉水而过的痕迹。可是，没有！只有一条路，就是这座桥。

这座最为壮观的桥梁，是欧洲传说中归功于马可·波罗的伟大建筑之一，但可能不会早于明代。这一富丽堂皇的杰作，全都用大理石建造。栏杆雕刻得颇有一点欧洲式的优雅，这或许证明把此桥归功于马可·波罗的欧洲传说并非空穴来风。桥栏以优美的线条伸展开，把两岸连起来，构成一个华丽的白色拱形。这是往昔荣耀的最后孑遗，在这片已忘记了从前对伟大和美的热爱、如今只剩下原始粗俗的土地上。巨大的大理石石板曾平铺在桥面上，但许多世纪的磨损已使它们破裂分解。你会觉得在过去的这数个世纪间，大地的缓慢隆起正试图举起这些石板，似乎它们就是如此之多的半开坟墓的棺盖。自从这个城市被称作汗八里（大汗之城）——马可·波罗记作 Cambaluc——以后，这座桥一定再也没有被维修过。我们该会多么赞赏这一美丽的历史文物啊，如果不是因为我们必须把一辆重达一千两百公斤、四十马力的汽车运过桥去。

接下来是把汽车折腾过桥，这个过程占了整整三页纸。如果我们不在乎作者明显怀有的欧洲优越感（这也许是他在二战期间滑向法西斯主义的思想基础），以及观察、知识和记忆的错误，他所记录的道路破败状况，毕竟从一个侧面反映了清末中国的制度性无序和失败。后来他们的车队经过南口、怀来时,他也记载了今人无法想象的城镇中心的深陷、泥泞和肮脏。书中有一张汽车过桥的照片,桥面大石板断裂、错位、失踪,的确比土路危险得多。但是,以通行近代汽车的标准来衡量广济桥或其他中国桥梁,以及那时中国的城镇乡村道路,并不是合适、合理的,因为它们本来并不需要承载汽车。巴兹尼他们知道,这是第一次有汽车驶上广济桥。不过他们肯定想不到,一百多年后,广济桥会承担停车场的使命,会有十多辆车分三排停在桥面上,一如我之所见。

4

从大口向北,元代辇路接下来要经过皇后店和皂角屯。周伯琦《扈从集》记元顺帝一行从大口出发,"历皇后店、皂角,至龙虎台,皆捺钵也"。皇后店和皂角屯这种捺钵,多数时候不一定用作车驾过夜,只是途中休息一下而已。龙虎台才是出京之后第一重要的捺钵。从大口、皇后店至皂甲屯这个路线,可以看出元代的御道、驿道与明清官道相比是偏西的,因为那时昌平县城(今昌平旧县)也偏西,元代驿道直指元代的昌平县城。皇后店、皂角屯、龙虎台等地名都保留至今,显示了历史与社会强韧的连续性。当然这些地名在当时、在后来,都有许多不同的写法,比如皇后店当时就有写作黄堠店的,皂角屯现在的名称是皂甲屯。有一种解释,说皇后店是"皇后田"的讹写,而皇后田是金代皇后的奁妆田。地名连续性是历史连续性的一个方面,但这种连续性有时只是形式意义上的,就如同今人在西直门见不到门,在双井看不到井一样。

我从小营向西，沿上地西路北行，过了西二旗地铁站之后不久，就并入京包路，从此离开繁华、拥挤和喧嚣，进入到空旷安静、视野开阔、有许多绿色的地带。西望太行，北眺燕山，蓝天上有白云浮动，清风带来田野的凉意，精神为之一振。这时我走了三个小时多一点，艳阳高照，背包下的衬衣已经汗湿，却没有一点疲劳感。相反，似乎感知能力忽然提高了，我开始注意路边小草的摇曳、树枝间蜂蝶的飞舞和各色野花在阳光下的欢笑。这时候你可以真正享受走路了。写了《瓦尔登湖》的梭罗（Henry David Thoreau, 1817－1862）说过："只有我的双腿迈开时，我的思想才开始流动。"对我来说，走路时所进入的那种沉思状态，能够带来极大的愉悦，似乎比深度睡眠更使我头脑清醒，比听古典音乐更让我心情平静。而且只有在这个时候，我们称之为大自然的那个存在，才真真切切地与我的视觉、触觉、味觉、听觉发生联系，让我意识到自己是大自然的一部分。

再走一个小时，过了异常宽阔的北清路，往西就是航天城。地图显示航天城以北不远就是皇后店村。上午十一点，我从北清路北转进入友谊路，西侧是一大片新建的褐粉色高层住宅楼。路边新栽种的槐树下，三三五五本地农民模样的人聚在一起打扑克牌，兴高采烈地吆喝着。几个人笑吟吟地打量我，问，旅游呢？我说，是呀。又问：要去哪儿这是？我说，皇后店。他们笑了，指着路西那些塔楼说：哪儿还有皇后店呀，都搬到那些个楼里了。原来，皇后店村一带已被拆迁，村庄的很大一部分都建成了城市学院的新校区。这些在路边休憩的村民是牛坊村的，也就是北清路和友谊路这一带的拆迁户，他们的村庄也都彻底消失了。

我跟他们聊了几句，继续往北走，走了不到百米，忽然觉得有点累，也有点饿。这还是第一次有这种感觉，于是靠着一棵堪堪可以遮一点儿太阳的、新栽的小槐树坐下，取出水杯和饼干，开始午饭。刚才聊过天的一个村民走过来，指着楼群北边对我说：别价，那边有餐馆呢。显然，他是远远注意到我在路边吃干粮，专门过来提示我的。我谢了他，起身背上包沿友谊路向北，再向西拐上丰润路，绕到这个新居民区的西北侧，找到村民所说的餐馆，点了一碗拉面。走了近五个小时、差不多二十公里之后，在凉爽的室内安坐下来，吃这么惬意的一顿午饭，真是享受，就像汗流浃背的登山途中忽然来了一阵清风。

午饭后再上路，回到友谊路向北，再左转到皇后店路向西。友谊路的西侧有一条新修的大渠，是向北直通到南沙河去的。东侧，越过京新高速（G7），可以看到一片高大建筑，楼顶有大字招牌"北京大学国际医院"，想起不久前听人说过，在昌平有个北大医疗城，应该就是这里了。皇后店路的南侧就是城市学院的航天城校区，也就是从前的皇后店村。这一带大概就是周伯琦所说的皇后店捺钵所在，不过具体的捺钵位置，不一定与皇后店村紧密对应。从地理上分析，之所以在大口与龙虎台之间有皇后店和皂角屯两个捺钵，可能与渡口有关，就是在沙河渡口的南北两岸各有一个捺钵，便于休整和接应。

原皇后店村的主体部分已荡然无存，代之而起的是城市学院的新校区。走到这里时，大风骤起，黑云蔽天，豆子般的雨滴穿透白杨树叶，砸在我的脸上。我慌慌张张从背包里取出雨伞，顶着沙尘和风把伞撑开，可是才过了几分钟，风停雨住，太阳又挣开了云层的封堵。

5

我准备这次徒步时,有朋友问,人家元朝君臣不是坐车就是骑马,哪有你这么靠两只脚的?的确,除了最低等级的奴使人员,那时往返两都者绝大多数是乘车骑马的。古人步行,不赶路的话,一天也就二十来公里。《汉书·贾捐之传》记当时"吉行日五十里,师行三十里"。唐代的制度是骑马每天七十里,步行或骑驴则是五十里,坐车只有三十里。也就是说,因公出差者步行一日五十里(合今二十三公里),很可能这是机械动力出现以前人类社会的常态。可是我们去上都计划要用的时间,比元代两都巡幸的日程要短得多,因此必须走快一些,平均每天得走三十公里左右。我也考虑过路上雇头驴什么的,免得背包太沉。行李是远程徒步者的主要负担之一。有本书上说,在山间跋涉一周之后,每一片飘落在背包上的树叶都让双肩感到压迫。我向一个来自延庆的出租车司机咨询雇驴马的可能性,他说,现在的牲口哪能走那么远啊。汽车时代,牲口少了,也没谁赶着牲口走远路了。

元帝出行的阵仗之大,现代人是难以想象的。前后合计在十万人以上,牛羊马驴骡骆驼,真是一种超大规模的游牧转场。首先食物供给的规模就骇人听闻,而食物中首先是马奶,沿途预先准备好可以取奶的马匹就是一个浩大的工程。《元史》上说:"车驾行幸上都,太仆卿以下皆从,先驱马出健德门外,取其肥可取乳者以行,汰其羸瘦不堪者远于群。"马奶对于蒙古人的重要性,堪比麦粟之于华北农人。装载马奶的大车叫"酝都",用马奶祭祀历代过世皇帝也有个专名叫"金陵挤马"。(把皇帝陵墓称作金陵,熟悉北魏史的也许会有一丝诧异?)胡助描述皇帝出发之前粮草(牲畜)先行的诗句说:"牛羊及骡马,日过千百群。"他还提到"毡房贮窈窕,玉食罗膻荤",是指宫中的女性服务人员和食物,而他特别强调"膻荤",反映了江南文士对草原美食的隔膜。

至于宿卫军人之多,仪仗之盛,更是人山人海,"万骑若屯云"都不足以形容。据《元史·舆服志》,元代皇帝(蒙古大汗)的主旗是黑色的,竖在白色旗杆上,大旗前后则是马鼓。出行时,皇帝仪仗打头的就是这面黑色大旗,这面大旗叫"皂纛"。原书在"纛"字下有小注云:"国语读如秃。"意思是蒙古语称纛为"秃",蒙古语表"旗帜"的正是 tug 一词(我猜"皂纛"这个词在蒙古语里就是 kara tug)。围在皂纛前后的马鼓也很特别,是架在马背上的皮鼓,马夫牵引而行。而这些马的装饰也相当特别,马的辔、勒和胸前都缀饰着红色缨带,缨带上穿着闪亮叮当的铜铃。马头、马身有鎏金的铜杏叶、长长的野雉羽毛等各类装饰。马背上安放一个四足木架,木架上就是皮鼓。除了马鼓,还有驼鼓、骡鼓。驼鼓架在双峰驼上,有时候"前峰树皂纛,或施采旗,后峰树小旗",两峰之间架一面小鼓,骑者即是鼓手。"凡行幸,先鸣鼓于驼,以威振远迩。"

元代皇帝的座驾迥异古今,乃是东南亚所产的大象,史料中或称象辇,或称象驭,或称象轿,或称象舆。占城(今越南中南部)、交趾(今越南北部)和真腊(今柬埔寨)被蒙古人征服后,每年进贡的重要贡品中就有大象及驯象师。据《元史·舆服志》,这些大象"育于析津坊海子之阳",即今什刹海至积水潭一带,也就是《析津志》所说的"在海子桥金水河北一带"。为什么要养在这里呢?很可能是因为这里有温泉,气温略高,大象可借以过冬,所以《析津志》说"今养在匠城北处,有暖泉"。《元史》说这些大象的功能就是为皇帝提供骑乘:

"行幸则蕃官导引,以导大驾,以驾巨辇。"值得一提的是,《马可·波罗行纪》(冯承钧译本)里提到忽必烈乘坐由四头大象所负载的象辇:

  大汗既至阜上,坐大木楼,四象承之,楼上树立旗帜,其高各处皆见。(《马可·波罗行纪》第七十八章《大汗讨伐叛王乃颜之战》)
  大汗坐木楼甚丽,四象承之。楼内布金锦,楼外覆狮皮。(《马可·波罗行纪》第九十二章《大汗之行猎》)

张昱《辇下曲》有"当年大驾幸滦京,象背前驮幄殿行"之句,拉施特《史集》亦记忽必烈汗坐在象背上的轿子里,幄殿和轿子,就是马可·波罗所说的木楼。所谓木楼,就是大象所背负的皇帝座椅。其实这个座椅是一具装饰极为华丽的大轿子,《元史》称为"莲花座",其华丽程度远不是马可·波罗所说的内布金锦、外覆狮皮而已。据《元史·舆服志》,这具"五采装明金木莲花座",装饰得美轮美奂:"绯绣攀鞍绦,紫绣襜褥红锦屉,鍮石莲花跋尘,锦缘毡盘,红牦牛尾缨拂,并胸攀鞦,鞦上各带红牦牛尾缨拂,鍮石胡桃钹子,杏叶铰具,绯皮辔头铰具"。莲花座上还有一个鎏金银香炉。

驯象力大步阔,乘坐大象也许远较车马平稳,即便道路狭窄,也可以解开连索,不必四象并用,用两头象或单用一象也不错。而且大象看起来步履迟缓,其实步幅很大,一步抵得上骣马两三步,走起来一点也不慢。所以《析津志》说:"其行似缓,实步阔而疾,蹿马乃能追之。"但驯象是驯服的象,并不是驯化的象,受惊的大象往往会制造险情,踩踏伤人还在其次,象背上的皇帝也难得安全。忽必烈时期,发生过大象被迎驾者表演的狮子舞惊吓，失控奔逸，幸亏有人堵住大象去路，又有人砍断象背上拴座椅的绳子，把忽必烈从象背上及时救下来，才没有出大事。史籍上有关元代驯象伤人的记载并不少，从南方运往北方的过程也称得上艰辛万状。至元年间一头大象从云南北送，途中惊怒，踩死了一个被称作"老殷"的老军人。

元以前也有把大象养作宠物的皇帝。《明皇杂录》记唐玄宗除了养有著名的舞马以外，还养了犀牛和大象，而且这些犀牛和大象跟舞马一样，"或拜舞，动中音律"，也学会了按照音乐节奏起舞跪拜。卢纶有"蛮夷陪作位，犀象舞成行"的诗句。《安禄山事迹》里还有一个故事，说这些巨型宠物落入安禄山之手后，他在某个宴席上试图让大象朝他行跪拜之礼，没想到大象"瞪目忿怒，略无舞者"，一动也不动，激怒了安禄山，把大象推进深坑，先烧后杀，尽数屠戮，"旧人乐工见之，无不掩泣"。

元朝的最后一个皇帝元顺帝不仅骑乘大象，而且也养了一头能够跪拜起舞的宠物大象。元顺帝北逃后，徐达把这头驯象运往南京献给朱元璋。明人蒋一葵《尧山堂外纪》云："一日，上设宴使象舞，象伏不起，杀之。"朱元璋杀了这头不向自己低头臣服的大象之后，又觉得它是头义象，比降明的元臣危素有气节，就让人做了两块木牌，分别写"危不如象""素不如象"，挂在危素的双肩。而且，明代歌颂这头义象的诗文还不少，郎瑛《七修类稿》载明初《义象行》一诗，就写得极为生动，一唱三叹，赋予这个传说以巨大的道德意义。

明人叶子奇《草木子》记了一条谚语"南人不梦驼，北人不梦象"，因为没见过。可是元代北方人见过皇帝象辇的并不少，即使没能亲眼见到，也大致听说过那无比威风的派头。统治者的荣耀和不可侵犯，需要崇高的建筑、庄严而独享的色彩和远方稀罕的巨兽来映衬，也需要比蝼蚁还多的臣仆来见证。或许，这正是象辇在元朝一直使用的原因。正如杨允孚的诗句："纳宝盘营象辇来，画帘毡暖九重开。"柯九思有一首《宫词》，准确传达了这一时代精神：

> 黄金腥殿载前驱，象背驼峰尽宝珠。
> 三十六宫齐上马，太平清暑幸滦都。

6

下午两点半，乌云消散，天蓝云白，我走在南沙河南岸，从人大附中的一个训练基地附近过桥到了北岸。从地图上知道西边不远处有新建的古迹"纳兰园"，其实是一家农家乐，园名借自东侧原有的纳兰性德家族庄园故址，纳兰家族墓地也在附近，但早已了无踪迹。当年读纳兰词，感觉真是超越了时代，这样一颗敏感得不可思议的心，既亲切又陌生。想想他曾行吟在南沙河岸边，他所凝视过的天空，他所吹拂过的夏风，和此刻大概也差不了太多吧。

从航天城到南玉河，村庄密集的地方，见到多处蓝白两色的小房子，大牌子上写着"公共安全社会管理网格管理站"。网格指的是网格化社会服务管理模式，网格内有网格管理员、网格助理员、网格督导员、网格警员、网格党支部书记、网格司法力量和网格消防员等。也有人说，网格员就是驻区民警，根据区域内的人员情况、社会治安复杂程度将区域划分成网格。几年前在新疆听一个边疆研究专家介绍，说在南疆农村推行网格化管理，要求管理人员几分钟之内到达出事地点云云。后来又听说，在西藏也推行这种网格化管理。我还在一次会议上听一个民族问题专家讲边疆治安，对这种网格化管理大加推崇，誉为新时代的制度创新。没想到北京郊区也在实行这种制度，上网一查，原来全国许多地方都在推行，远不止于边疆地区了。

从南玉河村向西走十几分钟，就到皂甲屯村了。皂甲屯，显然就是元代的皂角屯，村名来自于皂角树。但二者似不必在空间上重合对应，因为从地理路线来看，元代的皂角屯应该在偏东一些，大概在今天的几个玉河村一带。如今这些村子几乎彼此毫无空隙地相连，没有田地间隔其中。我留意到几乎我经过的每个村口，都有横向的金属卷闸门，只是都卷起来堆在一边，似乎并未打算使用。不过可以设想，如果需要，这些卷起的门可以立即展开来，封堵住通向村内，以及村子与村子之间的交通，经过或进入这些村庄的路就被切断了。不知道这种设施是否是网格化管理的一部分。过去常听人说当前社会管理的成本如何如何高，看到这些设施，才多少有些理解。对于自古以来的管理者来说，历史上大概只有很少的时候面临过同样的压力。

在这几个村子停留、买水或问路时，吃惊地发现我试图攀谈的许多人都说他们不是本地人，都来自外地（河北居多），租住在这里才几年时间。想起去年夏天我在湖北老家的农村徒步时，也遇到类似的情形，那些坐在古镇老房檐下乘凉的人，对我打听的本地往事一无所知，因为他们都是近年才搬来的。当代中国急剧的人口流动并不只是发生在城市，偏远的乡村亦不例外。去年徒步时注意到的另一个现象，在京郊农村的半天行程中也得到印证：行走在乡野村落间，基本上不必如从前那样担心有恶狗突然窜出。传统中国随处可见的那种看家护院的土狗、柴狗已基本绝迹，被数量更大的、外来的、贵族气的宠物狗所替代。和社会流动的普遍化一样，这种家养狗的种族替代现象，绝不是仅仅发生在城市里。

沿甲屯路东北行，到北玉河村，就到了繁忙喧嚣的沙阳路，也就完成了今天的行走计划。于是沿沙阳路东行，打算走到沙河镇。时当下午三点半，距我早晨从健德门桥下出发，已经九个小时了。地图上显示我走了三十二公里，实际上可能更多。一想到今天不必再走，疲惫立即和汗水一起遍布全身。过了G7的立交桥不到两百米处，路边白杨树下停着一辆出租车，司机主动问我要不要车。我说，好啊，就上了车。在G7上快速南行时，看路西我刚刚走过的那些地方在阳光下闪闪烁烁，我走了差不多一天的路程，现在一眨眼就过去了。半小时后，我在清华东路下车，沿王庄路走回五道口。路上颇有积水，人行道开裂的砖石缝隙不时溅起泥水，路边散布着被大风撕扯下来的槐树枝叶。显然下过不小的雨，当我在皇后店村的废墟上撑起雨伞的时候。

龙虎台前暑气深

——从昌平到居庸关

居庸关云台

南口村　龙虎台村

旧县

昌平镇

1

6月25日,还是六点半出发。因为不像第一天晚间可以回家,所以得带上电脑、洗漱用具、换洗衣服和几本书,背包明显变重了。晴空湛蓝,又一个高亢的暑天。坐城铁13号线,到西二旗转昌平线。大概是周六一大早的缘故,乘客并不多,13号线上见到好些人打瞌睡。离我不远,一对中年男女在靠近车门的地方激烈地争论,江浙口音,忽然那女的手掌一扬,"啪"地打在男人的脸上。连闭眼瞌睡的乘客都惊醒了,瞪大眼睛看他们。那男人背过身去,不仅没有回打,似乎一句话也没有说。等着看热闹的只好又闭上眼睛。从五道口到昌平,一共只用了半个小时。

元代的昌平县治并不在今昌平镇,而在今昌平镇西四公里的旧县村,古称白浮图城。明正统十四年(1449),明英宗于土木堡(今怀来县境内)被瓦剌俘虏,留守京师的皇弟朱祁钰称帝,改元景泰,是为景泰帝。景泰元年(1450)调整京师防务体系,在昌平县以东兴筑永安城,两年后成为昌平县治。从此这个狭小地带就有了两座包砖的城池,但两城并存的时代并不长久。迁治之时,难免发生拆用原县城建材的事情，比如后来永安城南大门修葺时，很多砖瓦就是从旧县城拆来的。拆用建材的事官家和民间都会做，这个过程中，旧县城势必倾颓隳堕，日渐萧条，到清代就看不到城墙的痕迹了。

县城东迁，引起交通路线东移，这就是为什么元代从健德门北行的驿路偏西，而明代从德胜门到昌平的驿路偏东。这种变化使得这一段的元代驿路、辇路终于无迹可寻，旧县南边榆河（即古代的温榆河）上那座石砌的红桥，也早已"桥亡而名尚存"。在红桥边，元文宗（Jayaatu Khan, 1304－1332）给替自己夺位立下大功的燕铁木儿（El Temür）建祠立碑，因为燕铁木儿曾在这座桥上驰马搏击，赢下关键一仗。不过这些碑刻祠堂，早就和红桥一样，被用人拆解挪用了。如果明代不曾迁徙昌平县治，那么清河北岸的大口、南沙河南岸的皇后店、北沙河南岸的皂角屯等元代捺钵多少会有某种规模的古迹保存，榆河上的红桥也应该得到后代缮治维修，不会逊色于今日沙河镇北边那座著名的朝宗桥。如果那样，从北沙河到白浮图城也就不会壅塞不通，我之所以要从昌平镇前往旧县，就是因为从皂甲屯无路北行。

沿昌平镇的政府街西路向西，到西关环岛，走过李自成骑像，看川流不息的汽车环绕着他、无视着他、淹没着他，觉得很有趣。心想：李自成本来已经到小营环岛了，为什么要让他退回到昌平呢？沿京藏高速辅路（就是过去的国道）继续向西，二十分钟就到京藏高速（G6）与京新高速（G7）的交叉桥下。我想从桥下空地直接过去，猛然听到低沉雄浑的狗吠，原来是一头体型硕大的黑毛藏獒，作势向我扑来。一个中年妇女趴在一块大石上死死拽紧狗绳，高喊："别过来！别过来！"我说，我要到对面去。那妇女说："快从那边走！它不会让你过！"大概这里平时无人光顾，成了遛獒的好地方，我的出现让她十分恐慌，似乎生怕控制不住狗。既然它不让我走，我只好绕道了。走路碰上藏獒，也算是新事物吧。

照说我对昌平的这一带是比较熟悉的。二十多年前刚留校担任新生班主任时，我在北大昌平校区（昌平园）生活过一年，而旧县村就在昌平园附近，原京张公路的南侧。那时我常在园区周围及十三陵陵区走动，对附近村庄和道路有一定了解，但仅止于京张公路以北，没有到过旧县村。这次为走元代辇路做准备时，才意识到旧县的意义。虽然没有看到元代皇帝在昌平县宿顿的任何材料，但辇路和驿路一定经过这里，所以我必须到旧县村看一看。

沿着京张公路（现京藏高速辅路）的南侧向西，我离开马路，走在路基下的田地里，高大的白杨树挡住了越来越灼热的阳光，汽车的喧闹也隔在一个令人愉快的距离之外。只是进了旧县村，就很少有大树足以遮阴了。比起附近的几个村子，旧县的街道缺乏修整，房舍也显得不够光鲜。在村北的旧县小学门前，我向两个老人问路，打听著名的唐槐和观音庵。老人伸手向南：一直走，到头儿就看见大槐树了，树下就是观音庵。他们说，"文革"前旧县村还有十几座寺庙，后来全毁了，观音庵是十几年前新建的，那个地方过去叫菩萨庙。

网上有消息说，2009 年 5 月，旧县村民王全等人挖下水管道时，在地表以下 1.5 米深发现一方寺庙石碑，碑建于万历二十一年（1593），"赐进士出身奉政大夫光禄寺少卿新安程奎撰"。万历时还会有朝廷高官为旧县寺庙写碑，可见香火之盛。我打听那石碑的下落，说是已经被文保部门搬到昌平镇去了。网上有人回忆，"文革"前旧县村还有十三座寺庙。一个小小的村庄竟集中了这么多寺庙，只能从该村曾长期作为县城的历史来获得解释。其中最值得注意的是以唐代狄仁杰为祠祀对象的狄梁公祠。

根据元代宋渤所撰《重修狄梁公祠记》，狄梁公祠在白浮图城北门外，可能就在今日的旧县小学，始建年代不明，元成宗大德三年（1299）重修。宋渤在记文里试图解释白浮图城何以有狄梁公祠，把这种民间的感念与狄仁杰在幽燕地区抵抗突厥的历史联系起来。不独昌平如此，似乎华北多地都有这一传统。他说："吾尝往来上谷渔阳古镇戍中，往往有公祠宇，盖敦实之精，惠义之著，其被覆冒之境，感而不忘，相率祠之，无疑也。"明代正统、弘治和清代乾隆年间，都曾对狄梁公祠进行较大修缮。顾炎武《昌平山水记》记清初旧县"居民不满百家，而狄梁公祠香火特盛"，并记每年四月初一举行赛会，"二三百里内人至者肩摩踵接"。明人马愈《马氏日抄》却说："昌平县北有狄梁公祠……每岁二月二日，南山北山之人皆来作社。"两人所记节时虽有不同，但必是京北地区极为热闹的盛会无疑。

观音庵就在旧县正中最长街道的最南端，树皮剥落、满身沧桑的唐槐如一朵绿云笼罩在观音庵的上空。北方常见把古槐称作周槐或唐槐，这株古槐的确切年岁也许还到不了唐朝，但我愿意相信它见证过金元白浮图城的全盛时期。非常可能，这个地点就紧靠白浮图城的南大门，驮马商队、驿递行旅、征戍往返，都要由此进出，都见过那时还在壮盛之年的这棵槐树。树旁的建筑早经过无数次毁坏和重建，观音庵自身，和华北北部乡间许许多多新建小庙一样，香火微渺，人迹罕至，远不如这棵古槐巍巍然且气宇昂藏。

告别观音庵和唐槐后，我一边躲避塞满街道、喷起灰尘的汽车，一边看沿街院落内的花坛、杂物和呆呆坐着的老人。中午的街道，除了偶尔的汽车，只有蝉声此起彼伏，给这个房屋低矮的村庄增添了寂静和荒芜的气息。在一家小店买水时，寂静突然打破了。街边电线杆上的大喇叭猛然响了起来："通知，通知，今天晚上七点半，全体党员到文化园学习。"重复两遍，最后是："通知完毕，通知完毕。"广播声穿透所有的庭院、门窗和房间，似乎看得见那个女播音员严肃坚定、冷若冰霜的样子，使我一瞬间发生了时空错乱的晕眩。沿街北行到小学，西行离开旧县村，越过无水的河道，走到豪华别墅区"北京湾"的北侧马路上，在农场路转而北行，前往下一站——龙虎台村。

2

"每次旅行都是朝圣"，这是旅行作家 Don George 的话，他还以此为题写过一篇文章。他这样总结："旅行是收集全球拼图板片的一种方式，由此我们能更好地理解拼图整体；旅行是使世界变得神圣的朝圣行为，无论我们是在哪里、是怎样走上这条路。"并非某个神圣的目的地决定旅行的朝圣性质，赋予旅行以朝圣性质的是旅行者自己在旅行中的行为和思想。旅行使我们更深地走向自己的内在，同时也把自己开放给世界的外在，真正的旅程是我们内外两种人生持续展开的对话和交互作用。他说："我举目无亲、言语不通，全凭道路的慈悲。不过我开始信任。结果是，无论到哪儿，我越是把自己开放给他人并且仰赖他人，我就越是得到他们的热诚拥抱与协助。"文章里有这样一段话：

朝圣，你不必旅行到耶路撒冷、麦加和圣地亚哥（Santiago de Compostela），或其他那些知名的圣地。只要你怀着敬畏和好奇去旅行，以天生的、珍贵的生命感受力去感触每一个时刻、每一次遭逢，那么，无论去哪里，你都是走在朝圣的路上。

照他这样说，前往金莲川也可以算是一种朝圣，只是这一朝圣性质的获得并非由于那早成废墟的上都，而在于行走本身。从酝酿计划以来，已经有很多朋友问：为什么一定要徒步呢？灵活一点，有的地方坐车，有的地方走路，不是效率更高、更安全吗？我没有回答过这个问题。说到底，这是另一个价值系统里的规则，不可以用效率或安全度来衡量。

近些年我读过几本写远程徒步的书，最喜欢的是罗瑞·斯图尔特《寻路阿富汗》（Rory Stewart, *The Places in Between*），我还专门写过一篇评介。这本书是作者 2002 年初在阿富汗徒步旅行的记录。2000 年，二十七岁的作者计划徒步穿越亚洲，本打算从伊朗向东走到越南，后因各国政治情势的限制，只在伊朗、尼泊尔、印度和阿富汗几个国家分阶段走了一部分，全程合计近万公里。《寻路阿富汗》记录的是他 2002 年初在风雪之中穿越阿富汗中央山地的经历。行程的艰险危难和作者叙述的平静从容反差极大，形成充满古典气息的、罕见的张力，读来欲罢不能。在第五天，天黑以后，书里这样写道：

一团雾气飘来，萦绕于四周，雨继续下着，我们什么都看不见。过了五分钟，我举步跨进薄雾。跌落下去的时候，我伸手抓住一丛荆棘，虽然棘条还是从手里滑脱，毕竟缓阻了我在悬崖上的下坠之势。结果我四仰八叉地躺在河边，在公路下方十五英尺的地方。阿卜杜拉·哈克朝下叫喊，我也叫喊着回应他：我没事，没事……他就笑了。我发现崖壁上有一个凹槽，就利用这个凹槽费劲地攀爬上去，与他会合。

从（下午）离开 Obey 村以来我们已经走了超过五个小时，天黑也有两个来小时了，我俩都冻得直哆嗦，而下雨也变成了飘雪。我们的目的地在哈里河（Harī Rūd）的对岸，大雨之后的河水浪涛汹涌，奔腾下泄。没有绳子是很难渡河的。我们听到一辆卡车从后面驶来，这可是从早晨出发后的头一遭。阿卜杜拉·哈克建议我们搭便车过河。我有点犹豫，我可不想这个旅程中有哪怕一小步路是坐车的，可是我也知道阿齐兹可能已经在雪中等候两个小时了，而且这事似乎也不值得争吵起来。

汽车到了转角的地方，阿卜杜拉·哈克走到路中间，站在汽车头灯的刺眼光亮里，用枪指着汽车的挡风玻璃。那个司机停下车，载我们渡过河流，到了对岸。阿齐兹拿着手电筒等着我们，我走在他身边，在雪中跟跟跄跄，好几次滑倒。到一座房屋的门前，脱掉湿透的靴子，拍落头发和外套上的雪，然后进屋。主人让我坐在火旁，我把脱了皮的白脚放到尽可能靠近火的地方，满怀感激地接过一杯茶。已是夜里十点。这一次我终于疲累得不能写日记了，就和主人玩起了下棋的游戏。

接下来的叙述中，引用了阿卜杜拉·哈克对他的保安局同伴说的话："罗瑞可不情愿坐上卡车了……这下好，明天一早我们还得回到河边那个上车地点，重新走一遍。……可是我得睡觉啊。阿齐兹，你去吧。"这说明，作者接受乘车过河的建议之前，已宣布次日要回头重走这一段。果然，在第六天的早晨，当阿卜杜拉·哈克和喀斯穆还在睡

55

觉时，作者和可怜的阿齐兹一起返回哈里河右岸，补足了过河的这一段路程。有意思的是，读者只会敬佩他顽强执着，几乎没有人会质疑他过度较真。一条无须明言的道理摆在那里，超越了时代、地域、语言和文化的分隔：既然你说你要徒步穿越阿富汗，那么每一寸、每一尺的道路，你都该徒步。这才是人们所说的"用身体丈量大地"呢。

3

中午十二点，我在农场路西侧的白杨树林里一块石头上坐下，喝点水，吃几块饼干。然后继续向北，到京张公路时，本该折而向西前去龙虎台村，我却一直向北。虽然是上坡路，但无人无车，树荫浓重，在一上午的暴晒之后，这一段路让我心情舒爽，走得兴高采烈，以至于二十多分钟后才发现自己走错了方向。只好掉头回来，不免略略沮丧。这种沮丧立即与饥饿疲劳合了流，而水杯里水的储备已经不够多了。非常幸运的是，再沿着京张公路向西走十几分钟之后，就看到很热闹的奥莱中心，赶紧进去吃饭喝水。不得不感慨，奥莱的建筑风格和繁荣景象，与周围低矮荒寂的北方乡村形成过于强烈的对比。坐在空调餐厅里，体会冰凉的水滑进喉咙，惬意地看玻璃窗外的蓝天和阳光，竟然忘记了这大半天来的烈日炙烤。

一回到路上，奥莱的清凉立即变得遥远。向西再走半小时，就到龙虎台村。村口停着几辆车，司机问我要不要用车，我借机和他们聊聊。他们都不是本地人，旁边小超市的主人也不是本地人。我沿着村内南北向的街道向北走了一阵，再返回到村口，在超市门口的水泥台阶上坐下休息，卸下背包，扯起湿透的衬衫后背，享受这种短暂的凉爽。那几个司机对我很有兴趣，围过来聊天。"天热呀。""是啊。""居庸关可远啊，还是坐车吧。""不用，很快就到了。""小心中暑啊。""嗯，不怕。""去居庸关一路上山，越来越难走了。""是啊。""从北京走过来？多远啊！""才走了两天，不远。"

龙虎台村就在古代的龙虎台上。元帝北巡，例以龙虎台捺钵为正式的告别大都之地，必在此留驻，留守官员也是远送至此。杨允孚的诗说："大臣奏罢行程记，万岁声传龙虎台。"在这里，北巡路线和日程才正式报告给皇帝。从上都返回时，到龙虎台捺钵，就算是真正回到了"冬营盘"，要在此大宴一番，有时甚至欢宴连日。大都重要官员前来龙虎台迎驾，许多诗文都与此有关。《析津志》说："至龙虎台，高眺都城宫苑，若在眉睫。"又记皇帝和太子等驻营于龙虎台时，官吏百姓来迎，皇家气象得以展示，"千官百辟，万姓多人，仰瞻天表，无不欢忭之至"。

元代皇帝以龙虎台为捺钵的传统，可以追溯到成吉思汗。羊儿年（1211）成吉思汗攻打金国，夺取居庸关后，曾驻营于龙虎台，兵锋直指金中都（今北京）。在《蒙古秘史》里，龙虎台是汉文旁译，蒙古文汉文注音的原文是"失剌·迭克秃儿"，可以还原为 Shira Dektür，意思是"黄色的台子"。书里另一处说，成吉思汗曾驻军于中都的"失剌客额儿"。失剌即 shira（黄色），客额儿可以还原为 ke'er，王国维说失剌客额儿就是《圣武亲征录》里的王甸（即黄甸，刻本中误为壬甸）。余大钧说黄甸可能就是黄台子，也就是龙虎台。这一带是燕山南麓的山前台地，由来自八达岭峡谷和虎峪山谷的洪水长期冲积带来的沙土碎石堆积而成，与南边的平原地带相比明显高得多。这片台地在植被稀疏的季节，地表沙石的颜色会较为醒目，故蒙古语称之为黄台子、黄甸子。

在忽必烈正式制定两京体制，并开创巡幸途中以龙虎台为重要捺钵的传统以前，《蒙古秘史》还记载窝阔台征金途中宿顿于龙虎台，生了病，巫师建议以亲人为替身，托雷因此而死。虽然研究者认为这里是《秘史》的笔误，窝阔台驻营之地在北边的官山而非龙虎台，我每次想到龙虎台时，还是常常联想起托雷之死。现在走到龙虎台村，在暑热的昏昏沉沉中看这个曾经热闹非凡、如今平平淡淡的地方，再一次想到托雷。从现实主义的史学原则出发，托雷之死反映了窝阔台在任后期对继承人问题的忧虑，他看到了托雷系势力的壮大，只好谋杀托雷以图改变力量对比。窝阔台死后托雷系的崛起，一方面说明窝阔台策略的失败，另一方面说明他的确看到了问题、感觉到了危机。可是，换一个角度看，也许正是窝阔台的谋杀行动促成了他所担忧的一切。我总觉得草原传统中（也许不止草原），无辜和令人同情的死亡，会赋予死者及其血统以神圣性，使他的后裔在权力争斗中获得某种政治优势。拓跋魏的沙漠汗如此，蒙古的托雷也是如此。

元代有关龙虎台的诗文很多，其中江孚和刘基（伯温）都撰有《龙虎台赋》，都以十分夸张的文字描述龙虎台的雄伟壮丽，并借以歌颂元朝的政治和文化成就。江孚的赋文这样描写元朝皇帝前去上都的盛况："季春历日，法驾北巡，五辂辉煌，万骑纷纭。"后来成为明初开国功臣的刘基，在《龙虎台赋》里赞美元朝皇帝"朝发轫于清都，夕驻跸于斯台，明四目以遐览，沛仁泽于九垓"，又感言自己生逢盛世，"慨愚生之多幸，际希世之圣明"，因而要讴歌"天子万年，以介遐祉"。这篇文章收入《诚意伯文集》，有人还以为是刘基入明以后所作，其实是他在大都中进士后满心追求上进时的作品。

明初继承了元人的道路体系，仍以龙虎台为重要扎营之所。明成祖朱棣多次驻军于龙虎台，在此设宴大飨随驾将校，算是元明历史连续性的一个表现。宣德年间，明宣宗也曾驻营于龙虎台，"召英国公张辅等至幄中，问郊外民事，赐酒馔"。正统十四年七月十七日（1449年8月5日），明英宗朱祁镇仓促发兵五十万北征瓦剌，从北京德胜门出发，一日行至龙虎台扎营。连日暑雨，长时间行军，造成"人情汹汹"。在龙虎台扎营的这天夜里，天刚刚黑，史书上说是"方一鼓"，也就是晚八点左右，"众军讹相惊乱"，在没有敌军攻击的情况下自己大军发生了惊乱，后来人们认为这预示了随后"土木堡之变"的灾难，所以史书说"皆以为不祥"。

龙虎台村东北有一片荒草蔓生的旷野，背后的燕山高耸峭拔。我上研究生时曾和同学多人在深秋的微寒中徒步经过那里，看白茅的银花在夕阳下随风流波，远处的山脊、村庄和树林变幻着色彩，蓦然颇受感动。后来在昌平园工作时，我好几次到龙虎台一带闲走，才知道那片草地其实是某坦克六师的训练场，怪不得还有两座明显是人工建成的大土堆呢。我曾站在土堆上四下眺望，试图想象当年龙虎台捺钵的样子。什么都想象不出来，只有风在草丛中推挤涌动的声音。

4

从龙虎台到南口村，又走了差不多一小时。今日人们说南口，通常指南口镇，而这个南口镇其实只有一百多年的历史，是围绕京张铁路的南口车站发展起来的。历史上的南口，是今南口镇以北的南口村。南口相对于北口（北口就是八达岭）而言，南、北二口是居庸关的两个门户，两口之间大约十六公里长的山谷就是关沟，是从北京向北跨越燕山最重要的通道。关沟因居庸关而得名，居庸关则因古居庸县而得名，居庸一名大概出自古代山戎的语言。关沟之所以被历代视为南北交通的首选通道，并非因为比起其他通道来最不艰险，而是因为燕山主脉的这一段最为狭窄，从这里翻越燕山用时最短。

在南口镇折而向北的十字路口，我向一位在街边看报纸的人问路。他的年龄看起来比我略大一些，说话清晰，很有条理，文化程度不低。我就问起南口村的古迹，他竟然相当熟悉，如数家珍。他对我也感起兴趣，知道我的专业是历史学以后，更是兴奋起来，说："我陪你走一会儿。"原来他曾是本地小学的语文教师，十几年前回家种地做生意。他对本地历史很有积累，能顺口说出许多事件的年代、人物和过程。他说他曾走遍了附近的古长城，也喜欢收藏文物，家里有不少古董，还邀请我去他家喝茶。我看他健步如飞，不喘气，不出汗，问他年龄，竟比我大了十多岁。到了南口村的南头，他陪我在一座亭子里坐了一会儿，见我没时间去他家，就给我指了路，自己匆匆掉头回去，说是接孙子放学。我这才知道他家在南口镇，是为陪我才走了这么远的。

今日南口村的主体其实是过去南口城的南关，1958年的大洪水冲毁了北城墙和北城门，城内建筑大半因此毁弃，现存的南城门经过了大幅度维修。城南保存的古迹中，最主要的是一所传统汉式建筑风格的清真寺，以及一座明代李姓太监的墓地。清真寺大门紧锁，我只从墙外往里张望了一下。李太监的豪华大墓红石牌坊雕刻很精致，最有趣的是墓前一对神态傻萌的石兽，和一对浮雕文武石像生。村里很安静,街道异常洁净,常有果树从院内伸出枝条来。在一个拐角的地方,有金银花蔓爬过墙外,那种熟悉的甜香让人立即心境平和,仿佛回到了往昔的温暖之中。

对于徒步者来说,从南口向北去居庸关,正确的走法是往东下到河道里,沿河道的乡村公路往河谷上游走,没有路的时候就走河床。这种走法的优点是安静、安全,而且也最接近近代公路开通之前的交通路线。京张铁路开通的时候,还没有公路,因为铁路基本贴着河谷东岸,所以后来的公路就贴着河谷西岸,前些年建的高速公路大致上也靠近西岸。我告别南口村的南城门时,并没有下到河谷,而是沿京藏高速的辅路(就是过去的京张公路)北行。最初阶段也没觉得不妥,但走了二十几分钟后,路肩收窄,甚至慢慢就没有路肩了。川流不息的汽车呼啸来去,激起的灰尘直扑面门,行人只有闭眼捂面,静待车流过去。这段路虽然只有七公里左右,但对行走者来说是十分不安全、不愉快的。

有意思的是,还是有大量的骑行爱好者走这条路,他们速度那么快,保护能力那么低,和蛮横飞驶的汽车争抢道路,看得我心惊肉跳。而且也有和我一样的徒步者走在这条路上,户外背包是最鲜明的标志。走了三公里多时,对面走来一个年轻人,瘦削而精干,个子不高,步子却奇大。我冲他一笑,他回笑一下,很腼腆的样子。我问:从居庸关下来?他说是的。我又问:从哪里开始的?他说,早晨从沙河开始,走到居庸关,现在再回沙河去。说完挥手道别,继续赶他的路去了。他看上去平静、从容,步伐匀称,腰背直而有力,并不像走了一整天,至少不像我这样(虽然我看不见自己,但可以猜想)。我算了一下,他已经走了三十五公里了,从这里走回沙河,还有二十五公里,势必要走到夜里九十点钟。他一天要比我多走一倍的里程，而事实上他的速度也的确是我的一倍快。我就算在年轻时，也从没有走得这么快、这么远。

1982年7月，我在北大上学的第一个暑假，同窗好友组织了一个远足小组，计划从北京走到承德。我们在清华园站上火车到昌平，从昌平开始步行到十三陵，第一天住在长陵中心小学的教室里。那天夜里，我们到景陵陵园内玩了一两个小时，在宝山前祾恩殿的废墟上聊天，看星星在暗空中眨眼，听同学吹笛，感受到无可言说的、美丽奇妙的安宁。接下来我们每天晚上都这样贪玩晚睡，早晨迟迟不起，总在太阳开始施虐的时候出发，午后不久便疲惫不堪。就这样，我们每天大概只走得二十公里，一周才走到密云水库。那时路边吃饭远没有现在的卫生保障，不停有人拉肚子生病，终于支撑不下去了，于是放弃徒步，在密云上火车前往承德。这是我平生第一次走路达到连续一周，虽然谈不上有什么强度。

5

1907年6月10日，那场有五辆车参与的跨越欧亚大陆的汽车拉力赛的第一天，路吉·巴兹尼所在的意大利车当天下午抵达南口，在这里过夜。他在《北京到巴黎》中写下了对南口的观感：

> 现在我们可以清楚地看到南口峡谷，如同两座石山之间的狭窄裂缝，山巅矗立着古代戍堡的烽火台。群山依次展开，奇异的

山脊顶向天空。在雨天苍白、阴郁的光线下，风景反倒不如晴日映照下显得那么荒凉萧索。可是这种高度看上去是没法跨越的，山坡也形似城堡的坚壁，装备良好，足以御敌。

离峡谷入口处的南口村还有六英里（9.6公里——译者按：数字可能有误）时，我们的车就没法继续开了。从这里开始，公路进入自南口下泻的那条河，公路与河床合而为一。只有碎裂的石块、鹅卵石、沙砾和水洼。我们只好停车，等我们的人（苦力）赶上来。他们赶到了，奔跑雀跃，兴致高昂，忙着来占有这辆汽车。或许，在他们心里有一种秘密的恐惧，这汽车会逃脱，并带走他们挣钱的希望。所以他们赶来了，呼啸着，如一伙剪径的匪人。

接下来，巴兹尼详细地描述中国苦力如何在头人的带领下前拽后推，以不可思议的力量，把汽车运送到南口。头人以口哨和歌声来指挥，如乐团指挥一样，使全体苦力能够按同一个节奏和同一个意志来使力。有意思的是，不懂汉语的巴兹尼竟然知道头人所唱的歌，只有曲调是固定的，歌词则即兴杜撰，目之所见、心之所想，都随时成为他的歌词。众苦力只管随他的曲调有所回应，并不在乎他唱了什么。正是这些衣衫褴褛、情绪饱满、始终快乐而昂扬的一群苦力，如同蚂蚁搬家，把这辆汽车搬到南口，搬过燕山，搬到它可以发挥机动能力的北方原野上。巴兹尼是这样描述南口的：

南口村看上去就是一些石片随意堆积出来的，低矮而原始的民舍用乱木条和泥块建成，房子前面是大石堆砌的人行道，街道中间则是深深的水洼。这个粗陋的小镇被围在一个残破的城堡之内。

我们从一个又低又深又暗的城门进入该村那唯一的街道，雨已经停了，几分钟后太阳从云中探出头来，雨水淋湿的石头在太阳下闪闪发光。人们也出来了，站在门前张望着。

他们简直像是另一个种族的人。他们是山民，强壮有力，身上带着鞑子祖先的印记。这一小群人，为艰厄的石头大山所隔绝，让人想起那些古时候被派到这里把守关隘又被遗忘在此的那些人。的确，这些人也许真是满人征服后派到这里的那些鞑子士兵的后裔，现在不再是军人了，但还在岗位上，无意识地执行着数世纪之前的使命。

意大利车和驾车的团队下午两点四十五到达南口，这一天共走了不足四十英里（六十四公里）。他们进入南口所经由的那个"又低又深又暗"的城门，就是至今犹存的南城门，而书中所描述的那条街，如今只剩了短短的一小截，且早已面目全非。从书中所附的照片看，南口城南门与北门之间那唯一的街道，中间塌陷超过半米深，这应该是长年缺乏维修的结果。车马践踏，纵是石铺路面也会塌陷，石板破碎，比泥土更妨碍交通。如果无人照料修缮，雨雪积水，路面下沉还会加剧。街两边的商住人家只会维护自家门前，以大石砌筑，保持门前地面不塌陷。天长日久，就会出现照片上那种街道中央深陷地下的景象。不难想象，雨雪之后，车马驴驼经过时会是多么艰难。巴兹尼说南城门"又低又深又暗"，那个"深"就是路面塌陷的结果。城门地面深陷如坑道，往来人畜车担堵死城门，这样的故事常见于清末民国间的各类记录。

在巴兹尼他们到达南口之后很久的傍晚，第二辆车才跟上来，当然不是一路开过来的,而是坐刚开通的京张线北京至南口段的火车来的。然而京张线最艰难的一段,是从南口到居庸关再过八达岭的一段,当时还正在紧张施工中,他们显然不能坐火车过燕山了。第二天,他们只能如意大利车一样,靠中国苦力拉拽推扛,才能越过燕山。在南口的这一夜,巴兹尼写道:

  太阳落山不久,南口沉入梦乡。我裹进水手用的那种毯子里,躺在炕上,全无睡意,在想象里继续着我的旅行,在幻想中探索着乡野,就这样度过了这个不眠之夜。远处有奔腾咆哮的河流,那正是明天我们要走的路线。过了一阵,河水声被急骤的雨声所淹没,风吹雨点击打纸窗,发出如同手指敲鼓的声音。

6

  高山深谷里的黄昏来得格外早,太阳刚刚偏西,西侧山峰的暗影就越来越大、越来越重,从谷底向上逐渐铺展到东侧山崖上。下午四点半,走到高速公路的居庸关出口。左手崖壁一面漆黑的水泥墙上,正中写着"珍爱生命,拒绝邪教"八个红色大字。东边山脊上的长城蜿蜒盘旋,箭垛上数十面花花绿绿的小旗一会儿随风起舞,一会儿耷拉着毫无生气。西边山顶的长城上游人正成群往下移动,阳光依旧强烈,不过很快就要黑下去了。再走十来分钟,转过几个山角,红墙绿瓦、高高耸立、近年才修建的居庸关南北大门遥遥在望。汽车已经不那么多了,沿辅路走进关城这十几分钟里,只有十几辆汽车迎面或从我身后驶来，而且只听到三四次刺耳的鸣笛，这让我感到了大半天都没有体会到的安静和轻松。

居庸关云台是我今天的目的地。下午五点多，我走到云台前时，游人正在散去，服务人员也在准备下班。天光虽然正在变暗，青白汉白玉大石块所砌的云台依旧醒目，甚至也许更耐看。不过历史上云台并不是现在这个样子。元至正五年（1345）建成时，它只是永明寺的一座塔基，塔基上建有三座覆钵式白塔。因为建在关城之内，在南北大路上，正当关隘要冲，所以塔基下开有宽阔的券门，行旅往还，必从塔下穿行，故名"过街塔"。据《析津志》记载，元帝巡幸经过这里，有时会在永明寺歇息，寺庙建筑极为富丽："车驾往回，或驻跸于寺，有御榻在焉。其寺之壮丽，莫之与京。"对元顺帝而言，迫使行旅经由塔下，既是一种敬佛行为，也符合治安方面的考虑。

《析津志》收有欧阳玄所写的《过街塔铭》，对于了解云台建造史非常重要。根据这篇铭文，建塔之初，就是"伐石甃基，累甓跨道，为西域浮图，下通人行"。整个建造工程"山发珍藏，工得美石"，"堑高陾卑，以杵以械"。值得注意的是，欧阳玄一方面夸耀过街塔"广壮高盖，轮蹄可方"，另一方面又说"中藏内典宝诠，用集百虚，以招百福"，似乎是说过街三塔里藏有释典经论，这和那个时代佛塔土石内多藏佛经的情况，也是一致的。

更有意思的是，欧阳玄这篇铭文还从哲学高度阐释了永明寺和过街塔的意义，他提到在过街塔占据交通线之外，另在悬崖边修了一座三世佛殿，断绝了从旁绕道的可能性，不仅"势连岗峦，映带林谷"，而且"令京城风气完密"。这一句"令京城风气完密"究竟是一种事后的阐发，还是元顺帝启动这一计划的动机，当然已不可知，但似乎透露了某种可能。元顺帝醉心于种种神秘主义理论，身边有许多奉献奇谈怪论的奇人，如果有谁提起"京城风气"因居庸关的南北通透而不够"完密"，引发元顺帝造塔建寺之举，那也不是不可能的。

　　过街塔的三座白塔到明初已经毁掉了，可能是因为地震。后来在塔基上建寺庙，由此把塔基称为"云台"。寺庙到清代也毁了，就成了今天唯有云台独存的局面。明代寺庙在云台上的印痕，就是那一圈汉白玉护栏。据说云台顶部还有明代寺庙的柱础，不过我从未上去看过。值得仔细瞻仰的是元代券门内外的浮雕和刻铭，特别是汉、藏、西夏、梵、回鹘、八思巴文这六种文字的《陀罗尼经咒》，是古语文学研究者常常会提到的，我自己很多年前就不止一次陪海外学者专程来看过。其实我对这种塔基和券门相结合的形制更感兴趣。林徽因在讨论法海寺白塔时，对白塔建于有拱门贯通的塔基之上，曾联想到居庸关的云台，认为是同一种建筑样式。有学者认为这种形制源于古代城门那种上有高楼下有大门的建筑传统。

　　天暗下来的时候，我联系到一家为长城游客开的客栈，请他们来车接我。很大的客栈，住宿者却只有我。主人解释，游客到长城都是一日游，愿意住下来的非常少，"生意不好做呀"，他说。不过在长城脚下住一晚真是值得，空气清爽，带着一丝甜蜜。凉意比夜色来得更快，让我一下子忘记了白天在旧县和龙虎台一带时所经历的酷热，对眼前的舒适生出莫名的满足和感激。洗过澡，换过衣服，吃过店主人替我去山下买回的饭菜，在客栈前的石板台阶上看黛色的燕山和山脊上游动着的长城慢慢隐入暗黑，听远处时紧时慢的蝉鸣。第二天就这样结束了。两脚各打了一个水泡，但显然都在可承受的范围内。不知名的鸟从头顶飞过，叫声清脆，由近而远，只在倏忽之间。

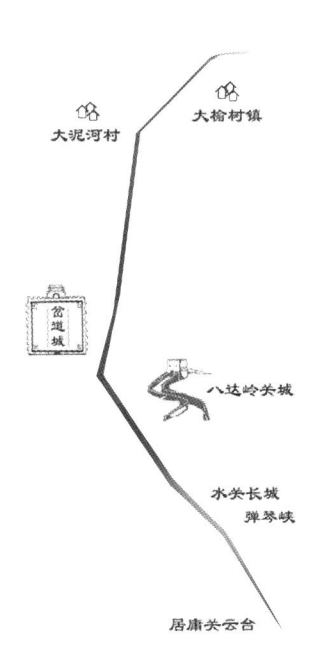

居庸关外看长城
——从居庸关到延庆

大泥河村　大榆树镇

岔道城

八达岭关城

水关长城
弹琴峡

居庸关云台

1

计划很大程度上不过是想象。按照计划，我应该每天走六小时，平均每小时五公里。早上六点起床，不到七点出发，那么中午以后不久，就完成了一天的行走任务。这样，下午住店，洗澡放松，读书写笔记各两个小时，天一黑就睡。然而事实上，这样的完美节奏从未出现。平时轻身快走当然可以每小时五公里，背包长途连四公里都达不到，更不用说山路上下的困难。早晨虽然醒得早，可要无视腰背四肢的酸痛一骨碌起身，却不那么容易。所以很自然地，6月26日，也就是第三天，本计划早七点出发，其实七点多才醒，吃了饭，请店家开车送我到居庸关时，已经是上午九点了。

今天我不会是一个人，同伴已在云台下等着我。潘隽，一位经营教育和游学业务的年轻企业家，一个多月前在和我商量8月的中亚游学时，知道了我前往上都的计划，当即表示要利用周末加入。作为户外健身活动爱好者，潘隽在我面前是专业和教练级别的。她一大早开车到居庸关，停好车，就在云台西南侧的一棵大树下做起了拉伸。我虽运动有年，却从未认真做过拉伸，得她指导，掌握了几个拉伸动作的基本要领。做完拉伸，已过九点半，我们背上包出发。和前两天不同，我把登山杖拿了出来。吸取前一天的教训，我们避开公路，走沟底小河边的小路，这样更接近古人的路线，也可以避开川流不息的汽车和卡车。

从居庸关城向东进入关沟，沟里的小河就是著名的温榆河的上游。河边有一条乡村公路，沿着河沟南北伸展，在峡谷收窄的地方，常常西斜与京张公路汇合，我们则在没有路的河滩上继续向北上山。尽管是夏天，河水还是又浅又窄，河滩长满了高低不齐的野草，茂盛蓬勃，甚至掩盖了河水的存在。幸亏用了登山杖，既可以拨草寻路，也能在踩着石头过河时保持平衡。去年夏天在湖北老家徒步时，我发现几乎所有的河流都失去了沙滩，我所熟悉的那种在月光下白花花一片的河滩已不复存在。建筑用沙的巨量需求，使得大多数宽阔的河滩被挖得千疮百孔。河流水量的急剧下降，以及夏日洪水的不规则发生，使得河滩里的沙石与腐殖质混合起来，形成厚厚的黑泥，生长出高而密的芦苇等水草，而黑藻、水鳖和浮萍几乎塞满了水体。这种物理和生态变化可能普遍发生在中国的河流里。就连这里，八达岭峡谷里的小河，也发生着同样的过程。这么小的一条河，有的河段还被人筑坝蓄水，养殖鱼虾，水体发散着腐烂的气味。

河两岸的灌木丛和野草贡献着美丽的小花。只有在野外行走，你才会注意到一年生植物更多是在夏天开花，夏日原野上的百花之绚烂真是无可比拟。也只有在这样慢速的行走中，你才会被那些随处可见的小小花朵所打动，被那种淡淡的、甜甜的香味所吸引，才会注意那些飞旋在花朵与绿叶之间的蜂蝶。花瓣变化多样的几何形态与色彩搭配，是我走路时最喜欢想的问题之一，因为明知没有答案，不必使劲想，所以轻松又有趣——你就不会注意到自己的呼吸正变得急促，甚至不会注意到你已经随着河床的抬升而走到很高的地方了。

元人所写的两都纪行诗文中，居庸关出现的频率最高。自南向北者，忽然进入崖壁峥嵘的峡谷，风物一变，不免心神震荡，所谓"心洞神疎"，忍不住要诉诸笔墨。吴师道的诗"神京望西北，连山郁崔嵬；百里达关下，两崖忽中开"，就是写这种自然景观的戏剧性变化。柳贯有诗云："我来山水窟，爱此不能忘。"胡助的诗句"天险限南北，乱石如城陴"，感慨关塞天险，觉得是上天要以此划分南北。类似的感慨也常见于其他人笔下，"惟天设限蔽，万古何雄哉"，"居庸关外阴漫漫"，"居庸关外草连天"，都是强调山南山北是相当不同的两个世界。自上都南返者，到了居庸关，终于告别寒冷的北方，即将回到温暖的大都，可以想见他们心情大悦。胡助的诗句"居庸山水新霁色，左右清景轩须眉"，就是这种心情的反映。

元代蒙古人对居庸关有自己的名称。《蒙古秘史》写作"察卜赤牙剌"，即Chabchiyal，这个词的意思是陡峭的峡谷或深沟，与Dabaan（意思是山口或关口）结合，就是居庸关。《析津志》说居庸关"古今夷夏之所共由定，天所以限南北也"，元帝北巡上都，居庸关是必经之路，"每岁圣驾行幸上都，并由此途，率以夜度关"。所谓"以夜度关"，是指很早从龙虎台出发，到居庸关时天还没有亮，需要"笼烛夹驰道而趋"，目的是一日过山，到山北的棒槌店宿顿。杨允孚《滦京杂咏》云："宫车次第起昌平，烛炬千笼列火城，才入居庸三四里，珠帘高揭听啼莺。"就是写天不亮从昌平（其实是龙虎台）出发，沿路列队夹道高举火烛照明，到居庸关时还是很早，但已经听得见早起的黄莺鸟嘤嘤而鸣了。虽然《析津志》有"车驾往回，或驻跸于寺，有御榻在焉"的记录，但一般来说，元帝似乎不愿在居庸关住宿，也许是出于安全方面的考虑，所谓"驻跸于寺"，只是路上临时休息一下。

元代陈秀民赴上都路上，曾在居庸关投宿："晨出健德门，暮宿居庸关。风鸣何萧萧，月出何团团。"那恰好是一个月圆之夜，对月思乡，不免感慨身世："我本吴越人，二年客幽燕。幽燕非我乡，而复适乌桓。"然而，壮丽峭绝的燕山景色似乎没有给他带来惊喜，反倒平添了些凄寒之气，让他觉得"寓形天壤内，忽如水上船"，把不能自我支配的人生比喻为水上随波飘摇的舟船。我在居庸关下的关沟里沿河上行的时候，既没有留意风景的壮丽，也常常会忘记地势的险要，因为我的东边山腰有火车奔驰，西边有高速公路如丝带般飘过，哪里还有"折冲险道四十里，制胜中原百万兵"的感觉呢？

2

路吉·巴兹尼所加入的意大利赛车队，1907年6月11日晨离开南口时，热心的南口人燃放鞭炮给他们送行。他们沿着温榆河岸边古老的驿路北行，穿过居庸关，翻过八达岭，直至岔道古城。巴兹尼的《北京到巴黎》中最宝贵的部分是诚实地记录了中国"苦力"如何以他们的血肉之躯，硬生生把那辆意大利车拖拽推扛，以非常快的速度"运送"到了山北的平坦道路上。限于篇幅，我在这里不赘述他对苦力们艰难工作的记录，我注意的是他如何观察，以及如何描述关沟与燕山。据说，不同文化传统下的人对同样的自然景观会有不同的理解与表达，我们已知道中国古人和今人是如何描写居庸关一带风景的，那么意大利人巴兹尼是怎么写的呢？

  我们周围的景观每时每刻都在变化。头顶上是持续延展的山脊，起伏波动，光秃秃的，陌生而怪异，黑云笼罩，白雾升腾，使得那些山脊看起来比实际上更大、更远、更可怕。下面是一道河流，同样变化不定，这会儿看上去如小溪般安静而无辜，在路侧蜿蜒出没，掩映于绿色灌木丛和柳丛中，我们都不敢从路边向下仔细观看。沿路时时可见成列的烽火台，从山巅向下直至深谷，复由深谷上升，渐高渐远，慢慢消失。这些有锯齿状箭垛的烽火台，是为了防卫外侧的攻击者；这是第二层防卫设施，依附于那巨型的壁垒——长城。

  两侧烽火台长列向下交会之处，是一个大村子——居庸关。我们进入那高而阴郁的城墙，就看见一座奇妙的大理石穹拱，从远处看你会想到罗马，有精致的浮雕，描绘着花草和人物。这座巨大的穹拱在村内贫穷低矮的房舍间巍然而立，庄严雄伟，这是那个懂得何为伟大何为壮丽的时代所遗留下来的最后文物。在中华帝国的黄金时代，居庸关是政府机构的一个驻地，那时，那些伟大的军队的满大人们，和罗马执政官一样，浸润于富丽堂皇之中，轻松地打发掉他们懒散的时光。

巴兹尼提到的穹拱，就是只剩下台基的过街塔（云台）。尽管他发了这么多感慨，但车队并未在此停留。那时京张铁路正在关沟施工，但似乎还没有影响到沟底的旧路。随着工程的展开，关沟东侧开掘路基所挖出的石头和泥土被推到河谷里，对河床与道路形成直接的破坏。

巴兹尼虽然没有提到这一点，却提到他们在路上遇到一个欧洲工程师，是中国人请来帮助开隧道的。很显然，巴兹尼知道京张铁路是清廷独资自建，不用外资，不用外国工程师。非常有意思的是，几天后走在前往张家口的路上时，巴兹尼他们遇见了一个说流利英语的中国铁路工程师：

"你们要去哪里？"

就在我们刚刚过了一座废弃的小庙时，耳边响起了这个提问，说的是英语。我们惊讶地转过身，只见一个中国人坐在树荫下，看着我们。是他在跟我们说话吗？是的。

"你们要去哪里？"

"张家口。你呢？你是谁？"

"我是京张铁路的工程师。"

"你在做什么？"

"我在做研究。"

"研究什么呢？"

"京张铁路。"

"希望你觉得有意思。"

"等一下。"

"为什么？"

"我想说 How do you do。"于是这个工程师停下。他看起来更像是在休憩的研究，郑重其事地走过来显示他懂得欧洲礼仪。他和我们每个人都握了手，不停地说："再见，再见。"然后返回他的树荫下面。

我第一次读到这里，就想：巴兹尼他们遇到的是不是詹天佑？那时詹天佑已升任京张铁路总办兼总工程师，位高权重，似乎不大可能孤身一人出现在路线调研的野外。如果不是詹天佑，那就是詹天佑的手下、同样在美国学习过的其他工程师。总之这是一次有趣的相逢。这个工程师显然比巴兹尼他们在关沟遇到的那个帮中国人炸隧道的欧洲工程师更热情，那个被中国人敬称为"开山的老先生"的工程师坐在撑着凉棚的轿子里，抬轿子的是情绪饱满的中国轿夫。与车队相遇的时候，他只是用英语说了句"早上好"，继续下山，一刻也没有停留。

巴兹尼提到沿路众多的村庄和居民，在今天已十分罕见。在京张铁路通车以前，关沟作为北京前往张家口、包头等地商旅交通的必经路段，人来人往，川流不息，滋养了关沟内的服务业。这种情况很可能自古已然。元代杨允孚的诗："翎赤王侯部落多，香风簇簇锦盘陀。燕姬翠袖颜如玉，自按辕条驾骆驼。"写的就是关沟内的居民，只不过他的目光是紧紧盯在那些突厥等部落的年轻女性身上。"翎赤王侯部落"，是指那些被迁到关沟一带司职守卫的各部族人员，比如原来居住在西域的哈儿鲁（即唐代的葛逻禄，Qarluk）。元人黄溍《金华黄先生文集》收有一篇为柏铁木尔所写的家传，提到柏铁木尔"其先出于西域哈儿鲁氏，世居海牙里"，高祖塔不台跟随本部的阿尔思兰汗（Arslan Khan）归附成吉思汗，参与征金战事，"从太祖攻居庸关有功，遂以所统哈儿鲁军世守居庸之北口"，从此就在关沟一带住了下来。

成吉思汗之后的蒙元大汗们又把钦察、唐兀、贵赤等部落兵分配到居庸关一带，就形成了"翎赤王侯部落多"的形势。这些人世代在此，担纲守卫，家属自然参与一些可以盈利的服务业。周伯琦的诗句

"市阛云聚散，关岭斗低昂"，写到关沟内的"市阛"。胡助的《居庸关》有"民居亦棋布，机碓临山陲"，柳贯《度居庸关》则说"岂唯遂生聚，列廛参雁行"，表明那时四十里关沟内有相当繁荣的服务业，为往来商旅提供住宿、饮食和交通等服务。这种繁盛景象，到1909年京张铁路通车后就不复存在了。商务旅行都坐火车，还在地上一步一步走的人一定都享受不起服务，关沟的服务业迅速过剩，不久人口锐减，市廛萧条。巴兹尼他们经过时，大概没有人会知道，关沟的荣耀已到了黄昏时分。

3

从三桥子往北，河谷迅速收紧，走在谷底乱石耸动的河床上时，只需要从东侧的铁路和西侧的公路越来越近、似乎紧紧挨在一起，就知道河谷已非常狭窄。北魏郦道元《水经注》里说居庸关"崇墉峻壁""林障邃险"，指的应该就是这种地貌。北宋成书的《武经总要》记录居庸关的军事地理形势，特别强调"两山夹峙，一水旁流"，由于这种地理条件，"（居庸）关跨南北四十里，悬崖峭壁，最为险要"。越来越窄的河谷对防卫者固然是一大便利，对行旅交通却极为不便，怪不得古人以军都陉为太行八陉之首。军都陉就是居庸关，燕山与太行山相接的这一段叫军都山，所以古时称居庸关为军都关，在此设军都县。

不远处汽车的轰鸣，使得周遭的自然风光被压制在感受的边缘。郦道元《水经注》有这么一段话，描述走在关沟时的情感波动："晓禽暮兽，寒鸣相和，羁官游子，聆之者莫不尚思矣。"今天走在关沟，很难有这样的体验,即使偶尔鸟鸣啾啾,也被淹没于雄浑如海潮的汽车马达声中。不过,我在河道里拨开芦苇和乱草寻路而进时,理解了郦道元说这一段"山岫层深,侧道褊狭",最窄的地方"路才容轨",只够一辆车通过。南宋程大昌《北边备对》也说这里"中间通行之地才阔五步"。那么,元代皇帝们骑着大象从这里经过时,断断乎不可能四象并行。《马可·波罗游记》说:"大汗行猎所经之处,有些地方的关口非常狭小,他就只能乘坐在两头象身上,有时甚至乘在一头象上。"在"路才容轨""阔五步"的关沟北段,元帝的象辇当然只能使用一头大象了。

中午时分,我们走过三堡村,到了村西北的弹琴峡。西边山脚石壁上刻着"弹琴峡"和"五贵头"两行字,落款是"邑人王福照书",刻写时间大概是清末。五贵头指的是石壁对面的山。据说"五贵头"原作"五鬼头",在京张铁路开通后又改名"五桂头",那么王福照写这几个字,当在1909年铁路开通之前。南侧石壁有一篇刻写于清同治三年(1864)的《居庸关重修关帝庙创建魁星阁碑记》。据各种资料介绍,附近摩崖刻铭甚多,可以略略想见当年这一带的热闹景象。杨允孚的诗句有"题名石壁辽金字,宿雨残风半灭磨",说明元人所见关沟摩崖题铭主要是辽金两代留下的,只是不知道"辽金字"是指辽人和金人所写的汉字呢,还是契丹字与女真字,我猜前者的可能性要大得多。

元代每年从驾往返两都的文臣如此之多,当然会有更多的题壁文字了。《析津志》说"两京扈从大驾,春秋往复,多所题咏,今古名流并载于是"。这种盛况,正如耶律抑溪所说"两京巡幸多题咏,百代兴亡要主张"(据刘晓考证,耶律抑溪是耶律柳溪之误,耶律柳溪即耶律希逸,是耶律楚材的孙子)。大概路经关沟的文学之士,目睹道旁石壁到处是字,见猎心喜,没话也要找出话来写几句。胡助说关沟一带"从官多名儒,山石遍题名",方便写字的石壁上想必早就写得满满是字。不知道这些题咏、题名仅仅是墨书呢,还是会雇人镌刻。此后的明清两代,刻写不断,覆盖前人的必定不少。1907年巴兹尼他们经过时,还见到石崖上到处是刻铭、题记。可惜如今都已难得看到,明以前的题记更是基本无存。

弹琴峡一带,峡谷收紧且急剧抬升,谷底花岗岩大石交错叠压,河水时潜时见,水流冲击岩石,发出悦耳的声音,如同琴声,在两岸悬崖间回荡,所谓"水流石罅,声若弹琴"。柳贯的诗句"水声与石斗,风飘韵清商",就是写这一景致。弹琴峡见于历代题咏之频繁,仅次于居庸关,其中颇有名篇名句,如纳兰性德的"如梦前朝何处也,一曲边愁难写"。元代陈孚《弹琴峡》云:"月作金徽风作弦,清声岂待指中弹。伯牙别有高山调,写在松风乱石间。"前面提到过的耶律希逸也有"风清时听琴三弄,人世知音问有无"之句。然而,今人到此,恐怕已无从想象当年的弹琴峡,因为修铁路和公路把两边山崖的土石砍削下来,填充到谷底石溪间,河道完全改观,溪水冲击乱石所发出的琴声,早成绝响。胡助当初写"阿谁弹此曲,遗音千万年"的时候,哪里知道要不了六百年,"白石似琴身,流水似琴弦"的弹琴峡就会消失,说什么"千万年"呢。

弹琴峡旁边,还有一个三十年前修建高速公路时"重新发现"的元代小型石窟,窟内有弥勒像一区,石券门上刻有"弥勒听音"四字。元代及后来的佛教造像,这一带还有石佛寺、五郎像等等。关沟商旅繁盛之时,寺观香火也是很旺的。巴兹尼在《北京到巴黎》里写过沿途的寺庙和佛像崇拜，他们在关沟内也见到很多磕长头的朝圣者，这些朝圣者的生活形态还使巴兹尼把他们自己的汽车拉力赛也升华成了一场朝圣之行。京张铁路开通后，商旅锐减，关沟经济萧条，当地人士试图发展旅游重振经济，把古来名胜编联成"关沟七十二景"，各取雅名，这就是今日"关沟七十二景"的前身。

从石佛寺往北，谷地渐渐开朗，距离山顶越来越近。我们偶在树荫下歇息，会有成群的蚊子在身边飞舞，制造某种恐怖气氛。好在很快就走到水关长城，眼前游客花花绿绿一片。从水关长城向上，就没有谷底河道可行了，只好在公路上靠边走，小心地避让一切对面和背后的来车。再走一个多小时，下午一点半，到达八达岭。这里就是元代居庸关的北口。我们走过那些出售"好汉证书"的商店，穿过乱糟糟拥挤着要购买"好汉证书"的游客人群，走向八达岭关门。胡助有诗句"过者但知今北口，居人不识古长城"，那时古长城的遗迹已黯淡沉灭，明长城的建立还有待时日。

在中国文学传统中，长城被视为暴政与边荒的象征，孟姜女哭倒的岂止是一段土城而已。可是一百多年来，长城的形象发生了巨大的变化。现在八达岭一段的长城不仅是万里长城的象征，也是中国旅游的象征，甚至还是中国和中国文化的象征。这个变化，在林霨（Arthur Waldron）的名著《长城：从历史到神话》（*The Great Wall of China: From History to Myth*）里，有生动、深入的探讨。该书的副标题"从历史到神话"算得上是单刀直入，简洁明快。从许多方面看，如今这个神话还在进一步地塑造之中。

4

巴兹尼《北京到巴黎》记录了他们在1907年6月11日所看到八达岭长城,并借此机会大发议论——

刚过八达岭村,一条令人震惊的长线盘旋于我们前后的山脊之上,遥遥在望。这条长线时隐时现,微露齿状,有如一个带牙的东西,靠近我们时,渐渐显现出数不清的、串在长链上的烽火台,如同守卫在岗位上的巨人。这就是长城。

从远处看,紧紧贴附在山脊和山侧上、与高山的轮廓协调一致的长城,完全不像是人类的作品。它是如此巨大,无论从哪个位置去观察,所见者远不到它真实长度的千分之一。这个东西似乎是地球上的离奇怪物,是被某种伟大的、未知的自然力所抛掷出来的,是一场大变异的产物,只不过这场变异并非破坏性的,而是创造性的。

越靠越近的时候,长城逐渐掩藏于一丛丛云朵般的山峰之后,我们只在道路最后一个大拐弯的地方才再次看到它,就在我们即将进入它那仍可使用的城堡覆压之下的、厚重的双层关门之时。通向关门的道路至多可说是一条在山石间凿开的通道,越往上越陡峭难行。在毫不间断的雨水中,我们已经走了八个小时了。我们缓慢而痛苦地前行,每分钟都得停下,清理开路上的石块,以容纳车轮,并保护调速轮(fly-wheel)不为路面突出的石块所伤害。我们周围的一切都是阴郁的、荒凉的。

我们紧贴着一道陡峭的深谷,忽然,两条电报线从深谷冒出来，掠过道路和长城。如同看到了熟悉的面容，这些电报线是我们的朋友，会把我们的消息带给外面的世界。可怜的古城墙啊，三个皇朝和数百万人的辛劳与骄傲，并非只有大炮让你变得毫无用处，一根线就足够了。最遥远的人们可以静静地彼此交流，经由长城的头顶，而完全无视其存在！

从近处看时，长城并不那么雄伟。有点像一般城镇的城墙。而对于刚刚见过北京高大城墙的人来说，长城就更加经不起比较了。然而，当我们过了八达岭，在通往岔道城的路上回过头再看长城时，不由得倒抽一口凉气。一线白色的长城直奔目力所不及的远方，起起伏伏，随山势而升降，时而跃入林谷，时而昂扬而起，时而侧向拐弯，时而径直前行，以各种方式引领着烽火台。一会儿在我们面前徐徐展示其城垛，过一会儿又在远处成群结队。像是一个古怪的东西，时而招摇，时而谦退，如此交替反复，直至两边的天尽头，直至最高之处，直至变成难以察觉的一个小小线头。而这只是直隶省内的五百英里而已，在这段长城的外面，才是遍布危险的边疆。这只是内长城而已，在这之外，还有我们即将在张家口看到的"万里长城"，沿着中国本部的边界伸展，长达一千五百英里。长城可不只是两重城墙而已，在岔道城之后的平川旷野上，我们会看到更多的烽火台、更多的城堡，一如我们在南口河谷之所见。

中国人在超过一千年的时间里修建长城，用来抵御西方，这种劳作直到三百年前才停下来，直到中国的皇位被鞑靼人所占据，而恰恰是为了对付这些鞑靼人，才出现了这种砖头加灰浆的建筑。

以我们现代人的心智去理解，长城更像是表现中国人恐惧的纪念碑，巨大而又毫无意义，壮丽而又荒唐可笑：我们欣赏它，又嘲弄它。可是我们忘记了，罗马也在大不列颠岛上修筑了双层城墙，以对抗不屈不挠的喀里多尼亚人。而且，历史上有很多时期的生活条件使得人们认为，在相邻的国家与种族之间，在文明与野蛮之间，筑建起巨大的障碍物，是合理的、自然的和必要的。即便是今天，那种巨型工程，比如在地球上铺设成千上万英里长的铁轨，为此要砍掉那么多的森林，要在大山的心脏里开出一条路，等等，我们现在认为是合理的和必要的，可是，说不定将来也会被认为比修建长城更不可思议、更荒唐可笑、更中国。

5

从八达岭关门往前，就是一路缓坡下山。下午两点整，我们到达岔道城东门。古代道路至此分岔，所谓"路从此分，四通八达"，向西北经怀来、鸡鸣驿前往张家口，向东北则经延庆进入黑谷峪，后者就是元代辇路所在，辇路正是在这里与驿路分开，各奔一方。顾祖禹《读史方舆纪要》说岔道城"逼临山险，为居庸之外卫"，军事意义由此可见。元代过八达岭后的第一个捺钵，应该就在明代修筑的岔道城一带。明代的岔道城，属于宣府镇庞大又复杂的防卫体系的一部分。经十几年来的修复，现在岔道城在形制上大致可见明清旧观，特别是东、西两个城门颇有气势。不过到长城的游客通常停留在八达岭一带，不会来岔道，这里几乎没有游客，只有东门门洞内呆立着两个年轻的保安。出奇地安静，新修的仿古民居反倒增添了破败和寂寞的气息。

岔道雄关

古代道路至此分岔，所谓"路从此分，四通八达"。辇路正是在这里与驿路分开，各奔一方。

然而，夏蝉怒鸣中，城内主街上的三棵古槐，有如灰色画布上的三大团绿彩，给似乎已被岁月遗弃的古城注入些许生命。

岔道城只有东门和西门，分别题为"岔东雄关"和"岔西雄关"。我们从东门进城，沿街西行，经过清真寺，到一家名为"铁锅王"的客栈休息、午餐。非常意外的是，客栈里住有几个青年，正傍着西窗读书，完全没有长城游客那种慌急忙火的紧张劲儿。主人领我们到空无一人的上房，摆开桌椅，先切了个西瓜，再陆续上菜。从外面绝对看不出，这个小院轻漾着舒适和静谧的气氛。如此凉爽，连头顶上的太阳都不再那么令人畏惧。元代的萨都剌有诗句云："居庸关，山苍苍，关南暑多关北凉。"明代有条谚语："过了八达岭，征衣加一领。"就我自己的体感，山南山北的气温差距应该超过五度。其实岂止是气温上的差距，空气质量的差异更是巨大。一过八达岭，天空明丽，一切都显得好看了，哪怕是灰暗的房舍和远处山头上的黄土墩台。空气不仅不再呛人，甚至还略有甜意，使得你不由自主地深深呼吸。

军都山南北气温的差距，古人在旅行中自然有深刻印象。本来从京北平原地带进入居庸关，气温已显著降低。胡助的诗句"清泉白石幽深处，暑气绝无寒气生"，就是对关沟里气温的体察。但过了八达岭，更有季节转换的感觉。王恽《中堂事记》就说："出北口，午憩棒棰店。天容日气，与山南绝异，以暄凉较之，争逾月矣。"他觉得山南山北的差异几乎是一个月那么大。清代有一句诗，描述春天自居庸关出八达岭的"气候之异"："马后桃花马前雪，出关争得不回头。"元代杨允孚《滦京杂咏》在弹琴峡与榆林驿之间，也就是今日的岔道城一带，有一首诗写早晨向往来行人叫卖豆粥的女店家："狼山山下晓风酸，掩面佳人半怯寒；倚户殷勤唤尝粥，正宜倦客宿征鞍。"初夏天气,山南已是暑气蒸腾,山北却是"晓风酸""半怯寒",诗人把自己的感受加在了那个倚门唤客的佳人身上。

在计划前往金莲川之行时,一再有人提醒我中暑的危险,特别是从北京到八达岭这一段。我也认为只要过了八达岭,就不必担心气温了。虽然后来证明这种想法并不全对,但基本上一进延庆,就舒服得多。因此,很自然的,坐在岔道城那家客栈里吃午饭时,我对完成这个计划似乎信心大增。从早晨离开居庸关到现在,我们走了不到五个小时,但连续上山造成的疲劳还是比较明显的。脱去鞋袜,检查一下两脚的水泡,发现一直疼痛的右脚食指趾甲周边出现肿胀,大概是甲沟炎。十年前我参加中蒙联合考察队在蒙古中西部旅行时,右手食指得了甲沟炎,指头肿得比大拇指还粗,相当不好受,直到回新疆后在吐鲁番做了个小手术。对长途步行者来说,甲沟炎可比脚上那两个水泡严重得多,好在接下来的两天会有时间找医生解决。

下午三点,我们离开客栈,继续沿街西行,经过官井、把总署和城隍庙到西门,顺内墙台阶上了西城门。从城门上俯瞰全城,四围城墙、城内外街道格局都一清二楚。原来岔道城是一个很不规则的长方形,城内主街也在东侧呈明显的弧形,现今岔道村除了包含原岔道城以外,主要是在西关外发展起来的,这很可能与城外的客栈、商铺等非官方服务业有关。南望燕山,深绿色的山峦层层叠叠,山脊上盘旋着细如长线的银色长城。想起巴兹尼《北京到巴黎》里对这一段长城景色的描述,不由得好奇,那么,中国传统文学的笔法会如何描述呢?

明代徐渭(1521–1593)在他五十六岁那一年,即万历五年(1577),应时任宣大总督的老同学吴兑之招,前往宣府,在明朝的北部边疆生活了大半年。在这大半年时间里,他游历边境,增益见闻,到过我此行要经过的某些地方,写了不少很有意思的诗文。但他此前的大病和入狱,似乎对他的健康破坏很深,所以经受不起宣府那个冬天的严寒,只好在第二年春天返回北京。他往返走居庸关,都是乘坐一种小轿子,所谓"一肩舆坐度居庸"。什么样的"肩舆"呢?徐渭在另外一个地方有描述,说是"坐小兜,冒以红毡",即双人肩扛的小轿,上面覆盖着红色毡子。他返程经过八达岭时,写了一首诗,长长的诗题对眼前景色有所描写:"自岔道走居庸,雪连峰百仞,横嶂百折,银色晃晃,故来扑人。"连峰与横嶂,让人一下子就想到古代中国的山水画。当然,对于今天的我们来说,这种观察和表达的传统,也已越来越远了。

巴兹尼的意大利车队并没有进入岔道城,而是继续向西,前往如今已沉没在官厅水库里的怀来县城。两个月以后,即1907年8月10日,他们率先抵达巴黎,赢得了那瓶作为奖品的玛姆香槟(Mumm Champagne)。作为纪念,整整一百年后,也就是2007年,同样路线的洲际汽车挑战赛再次举行。然而,这时到处都是高速公路了,巴兹尼描述的艰难行程几乎不复存在。穿越关沟、翻越八达岭,成了一瞬间的事情。高山、深谷、悬崖、绿野和长城,都不过是车窗外飞速闪过的一抹颜色而已,巴兹尼那样的记录已成绝响。移动速度对于观察者的意义也就在这里,正是在这种比较之下,才能理解,步行之于高速飞驶的汽车,自有其无可替代的宝贵价值。

所以我们就在岔道城与巴兹尼分手了。

6

告别岔道城,我们沿西门外向北的路走上一座小山,那里有一条不能通车的沙土路直指小泥河村。从地形分析,元代辇路应该是在稍西一些向北,基本上就是沿今日的西新路,在簸箕营折入今八达岭路,再往北就到了延庆(元代的龙庆州)。我不想与汽车拥挤在一起,特意选择山边的小路,从岔道城经小泥河村、大泥河村,以大榆树镇为今日的目的地。这个略微偏离辇路的线路穿行于玉米地和山林间,除了偶尔遇到几个村民,再没有别人出现,更听不到汽车声了。右手边是静默的燕山,从任何角度都能看到散布在山脊上的长城墩台。微风吹拂,凉爽宜人。只有路侧草丛和树林里的虫声,提示着这是夏天。

我的同伴潘隽有比我丰富得多的户外经验,身轻体健,一拔腿就走到我前面去了。我读过的徒步指南一类的书上说,多人一起行走,每人要找到自己的速度和节奏,不可追人,亦不可等人,如此才能持久。我们就是这样各走各的,但每过一小时她会停下来等我一下,因此才没有走出我的视线之外。聊天中,她经常提到中欧和戈壁挑战赛,这两个关键词都是我非常陌生的。中欧是指中欧商学院,潘隽对她就读过的中欧商学院认同度非常高,我通过她而认识的其他中欧同学也无不如此。对我来说这是很新鲜的,因为我一直把这类商学院看作职业培训,有别于普通高等教育,而一所职业培训机构能够使学员具有这么高的情感和思想的认同度,不能不说是相当成功的。

戈壁挑战赛的全称是"玄奘之路商学院戈壁挑战赛",创始于2006年,由多所商学院组队参赛,比赛内容是在河西走廊西端瓜州与敦煌间的戈壁上,用四天时间徒步穿越一百一十二公里的无人戈壁滩。研究者认为这片戈壁就是古代的莫贺延碛。唐代玄奘法师西行的全程中，以这一段最为艰难，既绝了水，又迷了路，"四顾茫然，人鸟俱绝"，"四夜五日，无一滴沾喉，口腹干燋，几将殒绝"。《大慈恩寺三藏法师传》记载，玄奘被迫决定掉头，回到第四烽去，已经走了十几里，忽然想起自己发过誓愿"不至天竺终不东归一步"，于是下了决心，说"宁可就西而死，岂归东而生"，这么想清楚了，拨转马头，朝不可知的危险而去，即所谓"于是旋辔，专念观音，西北而进"。戈壁挑战赛在玄奘走过的路上进行，所标举的就是这种"从坚持到超越"的精神。

对商学院学员来说，戈壁挑战赛名声响亮，他们只用简称"戈六""戈七"等来说那些参与过或很熟悉的赛事，参加过戈壁挑战赛的则都是"戈友"。参赛者分成争取名次的A队和不计成绩的B队，能够进入A队的当然都是千挑百选的强者，而进入B队的也都经过了严格的训练。潘隽很谦虚地说，她参加的是B队，而她的好朋友赵欣是获得过名次的A队。赵欣也计划抽时间来参加我们的"走向金莲川"，所以我会有机会认识她。从潘隽的介绍，知道戈壁挑战赛的赛前训练非常系统和严格，有专家指导，经过这番训练的戈友都或多或少积累了户外运动的经验。比如，每天徒步之前和结束之后的拉伸，就是非常重要的一个环节。

下午四点左右，我们走到小泥河村时，天越来越阴。再走不到半小时，就到大泥河村了。大泥河村南北向的主街上有一棵粗大而苍老的槐树，似乎在表明这个村子有相当古老的历史，只是树腰上环绕了一条标语牌，显得有些唐突。村中还有一座戏楼，看起来像是清代至民国的建筑，似乎是最近一次文物普查时登记为文物的，无墙敞透的地方都围上了金属网，算是保护起来了。这时黑云翻腾，天暗了下来，马上要下大雨的样子。离大榆树镇还有二十几分钟的路程。我决定就到这里,结束第三天的行程。于是向村头老乡打听有谁开出租车送我们到居庸关,老乡立即掏出手机拨通了一个号码。几分钟后,开始有零星雨点的时候,一个小伙子开着轰轰响的小车赶过来了。车过八达岭,雨意全无,阴云都隔在山北了。回到居庸关停车场,游客正在散去,我们还有时间做几组拉伸,才开着潘隽的车南返。再过一小时多一点,天还大亮,就回到中关村了。

我接下来有差不多两天的休息时间。此前的十多天里,王抒正在中欧多国进行他的"启蒙之旅",从微信里可以看到他和他的同伴们在德国、捷克等地非常有趣的旅行。他定于6月27日返回北京,然后和我一起完成从延庆到正蓝旗的全部行程。我们计划28日夜赶到延庆,29日从延庆出发,所以留给他休息的时间只有一天。我呢,根据这三天的试探,要做一些新的准备,特别是要解决脚指头甲沟炎的问题。虽说走了三天微微有些疲累,但比起三天之前,信心大大提高,这才真的是令人愉快。

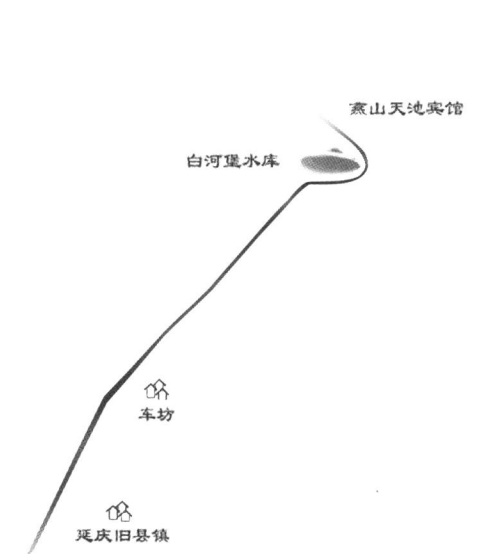

黑谷深深十八盘
——从延庆旧县镇到白河堡水库

燕山天池宾馆
白河堡水库
车坊
延庆旧县镇

1

被手机闹铃叫醒时,我正在做一个有关故乡的梦。睁眼看陌生的房间,床边堆着的蓝黑色背包,以及小桌上摊开的昨夜入睡前所读的书,才完全清醒过来。这是6月29日早上六点,在延庆的一家宾馆。昨夜我们一行四人在五道口集合,开车来到延庆,在这家宾馆住下,约定六点半大堂见。除了王抒和我,我的同事郭润涛教授和潘隽的同事刘冰也加入这一天的行程。我收拾停当下到大堂时,他们都已经等在那里了。夜里下过小雨,街边苦楝树瘦长的树叶油光发亮,空气里满是湿意。于是到隔壁的小吃店吃早饭,豆浆油条煮鸡蛋,再买一袋馒头准备在路上吃。吃完早饭,我们告别延庆,坐出租车前往旧县镇,从那里开始走去白河堡水库。

旧县镇就是元代的缙山县城所在。元仁宗爱育黎拔力八达(Ayurbarwada,1285–1320)出生于本县,当上皇帝后就把缙山县升级为龙庆州。周伯琦在《扈从集》里记他所参与的1352年6月那次北巡,车驾大队并没有进入缙山县(正如此前没有进入昌平县),而是宿顿于车坊,车坊在"缙山县之东"。缙山(或缙云山)即今佛爷顶。从海坨山等北部山地发源的多条河流汇入妫川盆地，形成大片的湿地和肥美的良田，"风物可爱"。周伯琦对缙山县的农业条件印象很深，特意记录"地沃衍宜粟，粒甚大，岁供内膳"，竟然还是元朝皇家的粮仓之一。他的纪行诗叙述过了八达岭之后，"居庸东北路，草细一川平，夹岸山屏转，穿沙水带萦"，与山南景象迥然不同。接下来就说到这一带农业物产之饶，"缙云山独秀，沃壤岁常丰"。

我在出租车上问司机，这一带是不是还种植小米。他回答说只种玉米。的确，公路两边可以看见的农田，种的全都是玉米。周伯琦所说的那种供应皇家内膳的大颗粒粟米，早已被单位产量和经济效益大得多的作物比如玉米所驱逐。旧县是妫川平原的中心，而妫川平原是地理学上所说的断陷盆地接收南北河流冲积物而形成的，有"北靠山，南连川，五万亩山，五万亩滩，五万亩粮田"的说法。妫水上源各支流构成的灌溉水网，使妫川平原足以提供大片的宜耕良田。军都山南北支脉夹持环护的地势，又使得这一带地下水资源格外丰富。郦道元《水经注》说牧牛山（即海坨山）山下有九十九泉，附近还有很多温泉。其中有一个水温特别高的温泉，可"疗治万病"，然而"此水炎热，倍甚诸汤，下足便烂人体"，病人需要把热水引到别处，慢慢降温，等水凉一些才能使用，所谓"消息用之耳"。如今海坨山下泉眼锐减，妫川平原河流多枯，滚烫的温泉更只是古老的传说了。

七点半过一点儿，我们在旧县镇政府附近下车。先找片空地，在刘冰带领下做拉伸，然后沿八峪路向北走出这个安静的、全然没有古旧意味的古镇。走了一刻钟，到旧县村，再往北，就上了212省道（昌赤路），这条公路将会带我们到白河堡水库。也许因为还是早晨，路边虽然常有房屋，却见不到什么人。从旧县往东北再走一公里，见一岔道口，路边大石头上刻着红字"车坊村"。原来，这条岔道以东的那个车坊村，应该就是周伯琦所记载的、元代皇帝当一个捺钵驻扎过夜的那个车坊，那是1352年6月15日之夜。第二天一早，他们就"入黑谷"，爬高山了，走的正是我们现在要走的路。

车坊东南八公里之外的永宁镇，就是延庆境内最重要的明代古城之一永宁城。我多年前为了看火神庙明代壁画去过一次，在古城区停留了一个小时而已，对建于19世纪的耶稣圣心堂（所谓小北堂）印象特深。听说近年重修了玉皇阁，还建了仿古一条街。在准备这次辇路之行时，我读材料常常涉及永宁城，主要是有关明代宣府边防体系，因为那时的黑谷（黑峪）就属于永宁县。顾祖禹《读史方舆纪要》说："黑峪口在（永宁）县北，寇冲也。口西为白草洼等处，属夷驻牧于此。"这段话可能抄自明代万历时期杨时宁所编《宣大山西三镇图说》。所谓"属夷"，有时又写作"熟夷"，是指款附明朝、在长城内外驻牧的蒙古部落。白草洼就是今白草洼村一带。我对明代长城地带的熟夷一直有兴趣，因为相较于古代其他时期的熟番，明代的边疆防卫资料丰富得多，仔细分析的话，或许能看到某种有趣的模型，可以帮助我们理解更早时期的边疆问题。

杨时宁《宣大山西三镇图说》有"永宁城图"，在黑峪口画了一个小小的方城，据此，明代黑峪口有堡子，这个堡子是长城防卫体系的一部分。黑峪口是妫川平原与北部山地（即所谓黑谷）的连接点，是所谓"寇冲"，驻军筑城都是可以理解的。不过根据明代史料，黑峪口曾设过巡检司，后来移到别处去了，这个小方城也可能是巡检司城。今昌赤路（即212省道）从车坊向北，一路缓坡上升，走一个小时，就到黑峪口村，也就要开始爬山了。周伯琦的诗句"车坊尚平地，近岭昼生寒"，就是说从车坊出发时还在平原上，到黑峪口山脚下，就能感受到山上的寒意了。黑峪口一带是否还有明代堡子的遗迹呢？我没有找到相关的报告，看起来是早已不存在了。而在白草洼一带驻牧的"熟夷"是什么部落，经历了哪些变化，我也很感兴趣。

从延庆出发时还是乌云蔽天，走到黑峪口时，越来越多的阳光穿透云层，照射到刚刚重铺的马路上。一路上几乎没有汽车往来，对徒步者而言真是十分幸运。路边田间偶尔见到妇女收摘连翘籽，这是我第一次看到连翘籽在这么青嫩的时候就被采摘。到黑峪口村时，公路绕村向西形成一个小小的弧度，雾气蒸腾中，露出迎面山上大部分包裹在树林里的一座墩台，以及墩台背后高耸的山峰。那就是元代的色泽岭，有的地方又写作色珍岭，可能就是明代所说的涩石岭。从黑峪口一路上岭，山高坡陡，道路盘旋往复，直至分水岭的山口，有所谓"十八盘"，元代又称之为"十八盘岭"。我们从黑峪口村开始，就要开始爬这个古人谈虎色变的十八盘了。

2

虽然无从了解明代驻牧于海坨山下白草洼一带的蒙古部落到底是什么来历，但附近长城一带的其他蒙古部落大致上都有一定线索。杨时宁《宣大山西三镇图说》对边墙内外的驻牧"夷人"通常记录得比较清楚。比如在东边紧邻的四海冶堡的地图中，在长城外画了两顶蒙古包，包前有两个蒙古人骑马相对而立，旁边还有一群马，图上标注"安兔等部落"。安兔（他处又写作赶兔）作为俺答汗的孙子，是兀爱营的大领主，率领一部分土默特贵族统领蓟镇和宣府边外的新附朵颜部落。研究者发现，安兔通过联姻，也就是娶朵颜各部酋长家的女子，加强了土默特万户对朵颜部众的统属关系。在一些重大政治事件里，他们常与宣府边外的另外两个属夷部落联系在一起，这两个部落就是在我们接下来几天要行经的路段驻牧的史、车二部。

属夷有驻牧于长城内的，也有停留在长城外的。"四海冶堡图"的文字说明就提到，在"边外芍药湾宝山寺"一带驻牧的安兔部落中，也有"朵颜属夷杂处"。朵颜三卫（或称兀良哈三卫）是宣大和蓟辽边外属夷的重要来源，史、车二部也出于朵颜。日本学者和田清在《明代蒙古史论集》中说，大约宣德年间，因蒙古各部内部政治关系的变化，兀良哈三卫与明朝的关系突然友好起来。根据明人的说法，这之后的兀良哈三卫整体上已具有属夷性质。后来在土默特万户扩张时期，受到挤压和威胁的察哈尔万户东迁，东迁的察哈尔又威胁到兀良哈三卫。在嘉靖二十九年（1550）蒙古大举入侵并逼临北京的"庚戌之变"以后，蒙古本部持续进入朵颜卫驻牧的燕山腹地，最终造成三卫整体上被征服并被吸收进蒙古本部，只有一些残余的朵颜部落向南依托明朝，沿长城一线自蓟镇向宣府移动，成为嘉靖至万历时期驻牧于宣府大边内外的属夷部落。

属夷又称熟夷。熟夷是相对于生夷而言的。生、熟对举，是古代用以区别边裔族群的常见说法，明之前有生番熟番、生蛮熟蛮等名称。通行的英文翻译把生番译为 raw barbarians、熟番译作 cooked barbarians，取生、熟二字在食物处理方面的词义。我认为这种理解是错误的，或至少是不准确的。其实这里的生与熟分别指的是野生和家养，所取的是二字各自所含的陌生、熟悉两种词义。照我看，生番应该译作 untamed barbarians，熟番则当译作 tamed barbarians，二者的区别就在于是否在政治上（哪怕仅仅是名义上）服从王朝。现在许多研究者喜欢把生熟的区别强调为是否服膺中华文化传统，是否在文化上表现出接受中原影响。我认为即使文化上的区别在某些案例中是存在的，但总体来说，或从根本上说，分别生熟的标准是政治而不是文化。熟番就是已进入王朝政治秩序的生番，虽然来自生番，却不再如生番那样独立于王朝的政治秩序之外。

尽管有"普天之下，莫非王土"的古老说法，任何王朝统治在空间上总是有边界的，而边界以外并不一定就是敌人。即使有时存在强大的外敌，敌我之间也不一定是一条清晰的、剑拔弩张的分界线。其实，在历史上的几乎任何时期，边境地区通常存在一个宽窄不等的、模模糊糊的灰色地带，熟夷就是这个灰色地带。就北方长城地区而言，当某些草原部落遭受其他部落欺凌压迫时，投靠南边的中原王朝、接受其经济资助和军事支持，无论如何总是一个现实的选项。这个选项的结果，就是放弃独立地位，政治上接受明朝政令，部落向长城靠近或进入长城以内，古代把这种做法称为附塞、款塞或保塞。

至少在开始阶段，这么做对那些部落的好处是非常显著的，不仅解决了部落安全问题，而且会获得王朝的优厚赏赐，部落首领还会得到王朝的官爵，这些官爵反过来又帮助他们去收编部落外的其他游散牧民，从而扩大本部落的实力。同样，对于王朝来说，敌对阵营有人来投，也是求之不得的好事，花费小而收益大。这些附塞熟夷有责任协助守边，要参与王朝的军事行动，即所谓"可藉藩蔽"。然而，如果边疆军事对抗的形势和缓下去，熟夷各部对王朝的边防价值随之下降，例行的赏赐就开始不那么顺畅地抵达。更有甚者，当王朝和边外的大敌开始和谈时，夹在中间的熟夷会有极大的不安全感。在这种情况下，摆在他们面前为数不多的选项中，脱离王朝控制、重新回到北方阵营、做回生夷，也是相当切实和现实的。由于这种特性，熟夷和生夷之间的边界永远是不稳定的、流动的。

熟夷通常都会保留自己的部落结构，但由于首领被王朝授予了官爵，就算是王官了。不仅北方如此，南方深山大谷里的那些生夷一旦归附王朝，首领被授予官爵，就成为土司。清人吴振棫《养吉斋余录》说："有土司者熟夷，无土司者生夷；生夷居山，熟夷居村。"这虽是针对南方情况而言，但以有无土司为标准，也就是说，看是否在政治上服从王朝，分类标准和北方长城地区是一致的。

生夷和熟夷表面上分属不同的政治阵营，由于历史和文化的联系，关系通常是很复杂的。吴振棫指责熟夷帮助生夷入境抢掠，沆瀣一气，狼狈为奸，"生夷以熟夷为间道，熟夷以生夷为巢穴。熟夷势败则委过于生夷，生夷则捏一不可知之名，指一莫须有之地，又得熟夷弥缝之，袒护之"。这种情形是否普遍，当然难以概言，但王朝多数官员这样认识，很大程度上决定了王朝对熟夷的政策建立在不信任的基础上。明代唐顺之在兵部做官时，曾到蓟镇长城区域出差，路上写的诗有"熟夷生夷递番覆""时时愁被熟夷遮"的句子。由此可以理解，王朝对于政治上臣服归附的熟夷，总是怀着天然的疑虑，一边借用其力，一边深加戒备。

从黑谷道开始，在阳光闪烁的林木间，随着一步步走进明朝的大边二边，我们就进入了熟夷各部在夹缝中求生存的地带。

3

我们四个人从旧县出发时就找到了各自的节奏，前后隔得相当开，王抒和刘冰走得比较快，我和郭润涛稍微慢一些，大概取决于年龄和体力。我已经习惯了使用登山杖，杖头敲击路面的嘚嘚声，和心跳、呼吸一样成为身体韵律的组成部分。《金银岛》的作者史蒂文森（Robert Louis Stevenson, 1850－1894）被认为是第一个把徒步旅行当作文学主题的作家，他说："真正享受的徒步旅行应该是孤身一人。如果是一群人，哪怕只是两个人，那你的行走就徒有虚名，徒步一变而成了野炊和郊游。"不过马克·吐温也说过："再没有比一起旅行更好的方法，来检验你到底是喜欢还是恨一个人。"从我个人的经验来说，好的同伴并不会干扰你享受行走时的沉思或半睡眠，相反，他们的存在使周围变得更生动、更安全。

从黑峪口村开始的上岭之路，因坡度较大，折旋攀升，所谓"其山高峻，曲折而上，凡十八盘而即平地"，故有十八盘之号。十八盘是一个常见名称，几乎每个山区都有，我小时候生活的地方就有好几个十八盘。比较之下，元代辇路上的这个十八盘并没有什么特别艰险难行之处。周伯琦纪行诗写这个十八盘"拔地数千丈，凌空十八盘"，实在是夸张得比较过。他还写登上山顶俯瞰山下的村庄房舍，简直怀疑自己是生了翅膀飞行于高空之上，所谓"俯视人寰隘，真疑长羽翰"。不过他写的"飞泉鸣乱石"或许并不是瞎编，虽然这种美景今天是看不到的。另外，他写了"危磴护重关"，"危磴"指人工铺砌的石台阶，这印证了元顺帝曾下令"修砌北巡所经色泽岭"辇路的史料。当然，这些石台阶我们今天也是看不到的，尤其当我们沿着盘山公路往上走的时候。

也许因为心里事先对这段路的艰难准备得过于充分,真走起来却觉得相当轻松,尽管呼吸越来越急促、步子越来越缓慢。茂盛的林木使山间弥漫着清爽,停下来喘气时,双手把背包稍稍上托,汗湿的背部立即感觉凉飕飕的。转过一个大弯,一条小路岔出的地方,路边本来是为香营某个试验区所立的大石碑上,喷写着四个红漆大字"禁种毒品"。这种标语说明,在离首都如此之近的地方,也必须采取实际行动以防止种植毒品。是种植而不只是吸食,这个事实令人吃惊。去年夏天我在桐柏山区行走时,得知深山里一些只剩孤寡老人居住的村子里,一些老人唯一的收入来自在自家院子里种植的罂粟。我问,种了罂粟怎么出售呢?回答是:到时候自然有人来收。

石碑旁边的岔路指向对面绿意深浓的山峰,那就是著名的佛爷顶,也就是古代的缙山,或称缙云山。我们在石碑旁休息时,一个六十来岁的精瘦男子骑车上山,停下来和我们聊天。他是山下香营人,因患病而锻炼身体,每天在山间坡道上骑行百十公里。他指着佛爷顶对我们说,那山上有空军雷达站,林彪出逃的飞机就是这个雷达站最先发现的。据我所知,佛爷顶原有延庆最古老的缙阳寺,又称龙安寺,是辽代所建,早已毁坏不存。缙阳寺分为上下两寺,山顶是上寺,山麓是下寺。上寺原有一座辽代的功德碑,现已移存他处。根据碑文,辽代不止一个皇帝南巡时驻跸于缙阳寺,说明辽代皇帝前往南京(即元代的大都、今日的北京),也会经由此路。那么,元代这条黑谷辇路,是不是继承自辽金呢?

再往上走半小时,就来到崇峻耸立的三香峰下。作为白河与永定河分水岭的三香峰,是由三座喀斯特地貌的山峰组成的"峰丛",形似三大香柱,故称三香峰。三香峰的岩石是十多亿年前在海洋中形成的前寒武纪雾迷山组白云岩。雾迷山组得名于蓟县雾迷山，主要是燧石条带白云岩。由于岩性坚脆，由中生代的燕山运动与新生代的岩溶作用共同塑造为喀斯特地貌，容易形成悬崖绝壁。京北许多风景区壁立如削的峡谷，都是出于这种地质条件。当然如三香峰这般惊艳壮观且贴近公路的并不多见。离这里不远，延庆境内还有国家地质公园，展示的就是同样的地貌和地质景观。

从三香峰再走二十分钟，就到了公路最高处的盘云岭山口，大概也是古代十八盘结束的地方。盘云岭山口是由地质学上所说的盘云岭断层形成的，山口路旁有观景台和一座绿瓦红柱的凉亭，旁边立有大石，石上刻着"燕山天池"四个红漆大字。从观景台下望，白河堡水库温润闪亮的水面直扑眼帘，那也就是所谓"燕山天池"。称白河堡水库为"天池"，大概因为它是北京地区海拔最高（560米）、水量第五大的水库。它环抱于四周绿色的群山之中，覆盖在洁净如洗的蓝天之下，水面在蓝绿两种颜色之间变幻不定，静谧而温柔。

我们在凉亭休息了十来分钟，喝点水，吃个馒头。从旧县出发到现在，我们已走了整整三小时，其中爬十八盘用了两个小时。大家互相询问：累吗？不累，一点也不。山口吹来轻轻的凉风，外套下面汗湿了的衬衣冰凉冰凉的。

4

下山的路也是盘旋往复，不过轻松得多了。路两侧山坡上的野杏树丛丛簇簇，枝头青黄色的杏子在阳光下显出暗红色斑点。我注意到，有些杏树远远看去像是结有硕大的锈黄色果子，近前一看却是叶片肥大卷曲并变成了黄色。我后来知道，这是一种常见的杏树病虫害，即杏树桃粉蚜。这种蚜虫附着于杏叶的背后，造成杏叶肿胀肥大并向后包卷，绿色褪去之后变灰或变黄，多个叶片纠结成一团，猛一看像是奇怪的花朵或果实。家养的杏树在花期以后会施药除虫，不容易见到这么严重的症状，山上的野杏树自然无人照料。这一带山坡上的杏树真是密密麻麻，春天杏花怒放的季节，一定是朵朵白云停在山坡上的样子。

半小时后我们就走到山下的白河堡乡所在的三道沟村，到了水库旁边，路边刷了石灰的砖墙上喷写着红漆大字"严禁种植毒品原植物"。这样的标语之后几乎每天都会看到了。在1983年水库大坝竣工以前，经黑峪口翻山前往赤城的路，应该是经过今库区内的白河河谷，沿水库北岸的山麓地带西行。水库建成后，因南岸山崖陡峭，公路从水库北岸绕行一周，在水库西端回归白河河谷。这就要多走一倍以上的路程，对于汽车当然不算什么，对于步行者可是一个大圈子。我们接下来的路程，就是绕行到东北角的水库大坝附近，在那里过夜，明天再从那里继续绕行，走到西边白河流入水库的地方去，进入白河河谷。这些当然都不是以前河谷中的辇路，而是远在辇路以上的山间。辇路也好，明代边塞的驿路也好，都已淹没在白河堡水库的水底了。

白河堡水库不仅淹没了古代道路，还淹没了明代设在这里的戍堡，即白河堡。常听人说，白河堡的正式名称是靖远堡，因在白河峡谷中，俗称白河堡。可是明代宣府所属堡子里并没有靖远堡，在今天白河堡水库一带只有一个靖胡堡。我猜是清人讳胡，改靖胡堡为靖远堡。靖胡堡是嘉靖三十五年（1556）修筑的，"周二里有奇，北面阻山，东西南三面临河"，可见白河在这里拐了一个大弯，靖胡堡就建在白河北岸被河水环抱的台地上。北边的山上筑有长城，长城外的黑牛山、乱泉寺、许家冲等地，都是"属夷驻牧处也"。而白河东流切割出的白河峡谷（今天的百里山水画廊等风景区），"层崖叠嶂，林壑深阻，部落往往驻牧其中"。前面说过，这些部落通常是源于朵颜三卫的熟夷。

沿昌赤路（S212）在水库边走半小时之后，回过头看南边高高的盘云岭山口，才明白那个断层真是异常激烈，山脉在这里断裂下陷，形成一个深深的马鞍，成为这一带过山道路的必然选择，黑谷道因此才能出现。而水库向西南角伸出的那个长湾，超过一半已露出库底，蓬蓬勃勃地长满了青草。白河堡水库的重要功能是向官厅水库和密云水库补水，随着北京地区的缺水情况日益显著，处于上风上水的白河堡水库向密云水库补水的任务越来越重。但是白河堡水库自身也面临巨大压力，水源破坏，水质污染，水量减小，生态环境恶化，地下水位逐年下降。2005年延庆水务局联合河北赤城县发起"白河堡水库水源保护工程"，封山造林，封河育草，恢复湿地，力度似乎相当大。但愿这些措施至少能够部分地达成目标。

在水库南侧沿路向东，常见地质公园管理者在某些露出地质特征的地方竖立说明牌，只可惜说明文字如地质学教科书一样，缺乏基础的人一定看得一头雾水，至多接触了一下"角闪正长斑岩""角闪石""上侏罗统土城子组"这样的术语而已。这段路走一个多小时，就能很清楚地看到对面不远处的大坝了。这时我们已经走了五个半小时，身体开始发出各种抗议，甚至开始消极怠工。肚子也叽里咕噜，在山上补充的那个大馒头似乎已化为乌有了。照说我们应该停下来吃点东西，但天空突然间乌云翻滚，远方传来隆隆的雷声，四围的青山变得

白河堡水库一角

沿昌赤路（S212）在水库边走半小时之后，回过头看南边高高的盘云岭山口。山脉在这里断裂下陷，形成一个深深的马鞍，成为这一带过山道路的必然选择，黑谷道因此才能出现。

黯淡无光，似乎涂上了一层墨色。很显然会有一场大雨，我们必须赶在大雨到来之前找到住处。

偏偏在这时候，许多令人吃惊的景色出现了。除了左手水面的色彩不停变幻以外，右手山巅巨大的悬崖把山林切分成多个楼层，既秀丽，又雄壮。在一个大转弯处，水库一侧伸出一条巨臂般的长岬，崖壁如削，切割出一道水湾，猛然看去颇有海洋的气象。我们忍不住停下来一边赞叹，一边拍照。对面高山的山腰以上都已没入云雾之中，而山腰以下直至水库的部分，却特别清晰，像是被水洗过一样。头顶清脆的雷声越来越密，越来越近，而且开始有雨点飘下来。下午两点过几分，我们终于上了大坝。在大坝上向东侧的坝下望去，从前的白河河谷，如今满是农田和房舍，坝下大片的果树林也说明已经很久没有泄过洪了。

这时风突然大了起来，雨点也沉重了许多，头发和脸很快就全湿了。我们加快脚步，过大坝再走六七分钟，就见到石壁上的白色大字"燕山天池会议中心"。依照箭头所指，找到水库库区管理所的燕山天池宾馆。整整一栋楼，我们是仅有的前来投宿的客人。刘冰和郭润涛要返回，只给我和王抒开了房间。在刘冰指导下，我们忍着疲劳和肌肉疼痛，在房间瓷砖地面上做了几组拉伸动作。然后到餐厅，先吃了西瓜，再享受饭菜。服务员端上来一锅本水库所产的青鱼的时候，外面声响骤变，下起了瓢泼大雨。哪里是大雨？其实是令人恐惧的暴风雨。像是天上的水库突然漏了底，哗啦啦倾泻而下，地面立即聚水成河，裹挟着各种垃圾冲向水库。

无法想象，如果我们未能及时赶到这里，而是被暴风雨拦截在山道上，会是怎样的情形。

5

万历五年秋冬至次年早春（1577—1578），徐渭仗着与宣大总督吴兑的早年私谊，在宣府境内各边堡旅行，也到过延庆一带。他写过"十八盘山北去赊，顺川流水落南涯"，这个十八盘是不是我们走过的十八盘呢？他另有一首诗："十八盘南甃沸汤，燕京楼子待梳妆。当时浴起萧皇后，何似骊山睡海棠。"自注云："十八盘山有汤泉，云是辽后浴处。"延庆旧县镇的古城村，传说有辽代萧太后的花园，她在这里生活过较长时间。徐渭这首诗把郦道元写过的那个水温极高的温泉与萧太后联系起来，甚至联想起了《长恨歌》里的杨贵妃。可见徐渭所说的十八盘，就是元代辇路所经的十八盘，十八盘山就是周伯琦写到的十八盘岭。

徐渭那首提到十八盘山的诗里有这样的句子："真凭一堵边墙土，画断乾坤作两家。"意思是长城隔开了农牧汉蒙两个世界。那时正是隆庆和议之后不久，北边一派和谐，俺答汗（Altan Khan，1507—1582）接受明朝所封"顺义王"之号，与明朝通贡互市，结束了北边长久以来的战争态势。徐渭在宣府时，还赶上一次俺答汗命人飞骑送来一只刚刚猎获的黄羊，得以吃到这种"味绝胜"的草原美食，写诗记其事："紫塞黄羊美，超腾不易供，蹄虽千里外，命寄一厨中。"想到如此美味来自夷人酋首的馈赠，更是不免得意起来："谁致西河俎，言穿老上弓。"借用匈奴老上单于的典故，说这只黄羊是俺答汗亲自射中的。正是在这样"边尘靖不扬"的祥和氛围里，徐渭写下了一些与文学传统不太一致的、温情脉脉的边塞诗。

尽管也有"雪沉荒漠暗，沙揽塞风黄"这样的旧式句子，徐渭的边塞诗更多描写的是另一种风情:"虏帐朝依水,胡酋夜进觞,舞儿回袖窄,无奈紫貂香。"他的确出席过塞外部落酋长在蒙古包里的宴席,所谓"胡酋夜进觞"就是这种场景。而他在写俺答汗外甥女("此是胡王女外甥")的诗里,特别提到"窄袖银貂茜叵罗",也就是这里描写舞儿的"回袖窄"和"紫貂香",反映了他对蒙古少女的观察。他还有一首诗写雪中前往蒙古部落,"立马单盘俯大荒,提鞭一一问戎羌,健儿只晓黄台吉,大雪山中指帐房"。黄台吉是俺答汗的长子,明人来访,蒙古健儿立即指示其帐房所在,竟完全不加提防。这和他诗中"塞北红裙争打枣"的画面一样,都是隆庆和议之后北边安详局面的写照。

徐渭对边境上明朝的和平政策显然是满意的、支持的。他大概不止一次去观摩边境互市的所谓"胡市",写有好几首诗。《胡市归》写他在胡市停留时间虽然短暂,但无法忍受市场里的羊膻味,更糟的是这种味道还要保留好几天,就是题下小注所说的"胡馆不一刻,膻触数日"。诗里"满城屠菜马,是鼻掩绵羊",对于胡市上杀马宰羊、腥膻扑鼻,有朴素的描写。尽管如此,他还是支持明蒙和议、边塞互市的政策。他写道:"即苦新输辇,犹胜旧杀伤,从来无上策,莫笑嫁王嫱。"纵然经济上并无利益,甚至颇有损失,总好过相互厮杀、折损人命;而且古来并无比休兵互市更好的安边之策,如远嫁王昭君这类的和亲也是不得已而为之。在另一首《胡市》里,徐渭干脆评论道:"自古学棋嫌尽杀,大家和局免输赢。"比起当年投身抗倭战场的纵横筹策,已入暮年的徐渭开始珍惜平凡的生活。

有个也许是听来的故事打动了徐渭。某位僧人的姐姐,昔年南北交战时被蒙古人掳掠入北。和议互市之后,南北之间有了正常往来的机会，僧人与姐姐得以相见。姐姐哭着把弟弟领到自己所居住的蒙古包里，叫出自己的儿女来拜认这位和尚舅舅。原来她已在蒙古部落嫁人成家、生儿育女了。徐渭把这个故事写成这样一首诗："沙门有姊陷胡娃，马市新开喜到家。哭向南坡毡帐里，领将儿女拜袈裟。"和常见的辱骂外夷的诗文不同，这首诗并没有简单地把蒙古人当作这一人生悲剧的罪魁祸首，甚至也未必把这个故事视为悲剧。这只是边境地区常见的一幕，应该感谢的是"马市新开"，新政策使一堵边墙不再把她和家人阴阳隔绝。

万历五年的冬天，徐渭经历了他从未见识过的寒冷。尽管有赤城的温泉，他那刚从大病和牢狱中挺过来的身体终究还是吃不消，"手皲而笔冻"，写字都成了问题。风雪压城的日子里，他就和自己寄住的寺庙里那个老僧以及邻居道观的老道一起围炉谈天。在给吴兑的书信里，徐渭说"惟有拥炉拨火，与缁黄闲话沙场旧事耳"。如此"闲话沙场旧事"，应该是徐渭获得北边知识的一个重要来源。比如关于顾八的故事，很可能就是从这样的闲谈中得来。顾八是逃入蒙古的汉人，极得蒙古人信任，以至于蒙古人举行重大祭祀时，也允许他参加。要知道蒙古部落里虽然汉人很多，有些汉人甚至拥有较高职位，却一律不得参加蒙古人的祭祀活动，唯独顾八是个例外。徐渭专门写诗记录此事，还自注云："胡于汉人，虽亲贵甚，祭祷则不及其名，独许一顾八。"故有"偏许老巫收顾八"的诗句。

那时宣府冬天所烤的炭火，最有名的是蔚州炭，那时又叫蔚州石炭，也就是蔚州所产的煤。《徐霞客游记》记浑源以北包括蔚州（蔚县，今河北省张家口市辖县）的地方"山皆煤炭，不深凿，即可得"，极便开采。不仅开采成本低，而且煤炭质量高。清人方以智说过，"蔚州石炭终日不灭",是今日所说的无烟优质煤。徐渭发现"诸边竞用蔚州之炭",可见明朝北边将士过冬非常依赖这种煤炭。所以徐渭向吴兑请求,"惟蔚州炭多赐几块,是实惠也"。和他一起烤着蔚州炭取暖谈天的老僧,擅长用芦笙吹奏《海青搏鹅曲》,这是寒夜解闷的法门之一。海青,就是海东青,又称矛隼或鹘鹰。这一年冬月十七(1577年12月25日)气温骤降,宣府城中引自洋河的各条水渠全部冰冻。正是"此际乡心愁不少,满城流水响无多",好在作为房东的老和尚知他寂寞,常来他这里吹奏这首曲子,即诗中所说"东房老衲怜牢落,夜夜来吹鹘打鹅"。而在前夜所写的诗里,徐渭就说到"冰花遇水连朝结,榆叶愁霜一夜凋",寒冷已经降临了。

宣府的这个寒冬给了徐渭一个下马威,他的身体出了问题,一开春就匆匆南返京师。坐着小轿到八达岭时,山上还是白雪皑皑。可是过了居庸关,燕山以南已是无限春光。他因此写了一首《入关见杨柳》:"关门杨柳绿秧秧,关外杨枝白似霜,若道春光无别意,缘何一树两般妆?"

6

在暴风雨的伴奏下,我们一边吃饭,一边交流路上拍的照片。从旧县镇出发时,请路边行人替我们四个拍了张合影,在山路上还对着一个凸面转弯镜拍下合影。合影都是过后看特别有意思,那些照片把共同且独有的经历升华为一种情感。下午四点,风停雨住,我们走出餐厅。刘冰和郭润涛找了辆车回延庆,到延庆再开刘冰那辆车回北京。他们两个并不是户外运动爱好者,之所以走今天这一程,纯粹是为了表示对我的支持和鼓励。

刘冰在英国获得数字媒体专业的硕士学位，但他喜爱文史，考上了首都博物馆的志愿讲解员，特别受青少年观众欢迎。他对文博业务的真心喜爱给我很深印象，前一阵他还专门去江西参观了轰动一时的海昏侯墓。这种热情我完全不能比，我不仅不会远赴江西，而且若不是因为陪客人，也未必会去看首博办的海昏侯专题展。郭润涛和我一起参加的野外考察是很多的，比如我们曾两次在蒙古国中西部考察，共同经历过在鄂尔浑河、塔米尔河、伊德尔河、杭爱山、阿尔泰山的那些日日夜夜。他总是一个受欢迎的、情绪饱满的团队成员。我常常记起的一个场景，是在齐格斯泰河东岸台地的乌里雅苏台古城，他蹲在地上抄读那座只剩一半的关帝庙碑，夕阳把他和石碑染成亮闪闪的橙黄色。

把郭润涛和刘冰送走，我与王抒返回各自房间洗澡、休息。洗完澡我检查得了甲沟炎的脚趾，包扎起来，免得一碰就疼。躺了一会儿没有睡着，就坐在床上写笔记、看书。下午六点，出来走走，正好碰到王抒，一起到水库边。雨后的风景有一种无从描述的秀美。东山还在阳光的包裹下，一片深绿簇拥着白色的长城和墩台。西边的高山已经越来越暗，照向水库的阳光被阻隔在山峦的另一边。几缕白云映在水面上，随波轻漾，如同风中的丝带一般。高高台阶下的水库边坐着三个钓鱼人，架着七八根钓竿，木头人似的一动不动。一只小狗热情洋溢地陪着我们，从宾馆院子一直跟到水库边，突然似乎见到了什么，冲向一边去搜索，过一会儿跑回来，嘴里噙着一个酸奶盒。这一下它不再跟着我们了，而是紧咬着它的收获物，快速爬上水泥台阶，回到院子里去了。

我们走出库区管理所，沿滦赤路（S309）向东走了二十几分钟，来到溢流堰下的泄水槽与白河主河道汇合的地方。天色已暗，只有对面东山山脊上的长城墩台依旧明亮。我问王抒是否觉得累，他说比预想的轻松得多。他前天才从欧洲回来，应该还有时差，在欧洲十几天，每天开车、走路，行程非常紧，疲劳感必定积累得挺严重。十四五年前，当他还在北大读研究生时，我们一起旅行过几次，特别是一起到陇南，去看孤悬在山顶上的仇池国遗址。那时我们都还年轻，不大容易感觉到疲劳。如果不是有那些旅行，我作为他的指导教师是不会了解他在专业学习之外的一些特点的：他掌握的体育竞赛方面的知识称得上是惊人。他简直就是一部体育知识大辞典，不仅记得哪届奥运会谁得了什么冠军，还记得具体的成绩和纪录。他自嘲说，如果记得的不是这些没用的体育成绩而是历史知识，学问就可以更好了。

王抒研究生毕业后到国家博物馆工作，从真心喜爱文博的角度说，这个工作很适合他。他还在读研究生时，就能够背诵历届颁布的全国重点文物保护单位名录。这些年，他似乎还基本上造访了这些国保单位，说起各省文物古迹来如数家珍，很多地方我甚至根本没有听说过。在文物古迹之外，王抒这些年相当频繁的田野旅行中，相当一部分都与古代交通地理有关。我过去曾对古代交通路线有兴趣，也算略有心得，但这几年和他聊起相关话题，感觉他的相关知识已经远远超过了我的积累。

接下来的十几天，接下来的三百多公里，我就要和王抒一起走过了。

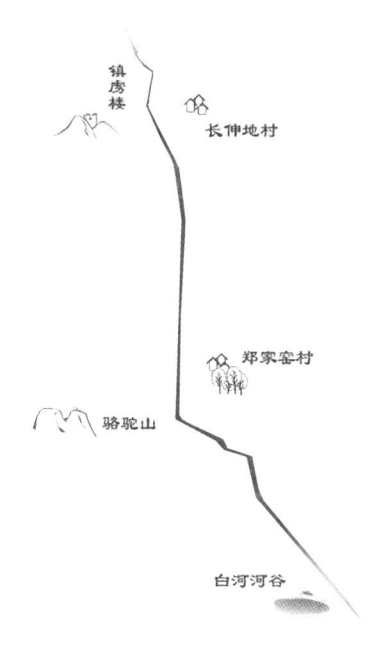

无限青山锁大边
——从白河堡水库到长伸地村

镇虏楼

长伸地村

郑家窑村

骆驼山

白河河谷

1

醒来看见光亮之前,先听见了窗外雨打菜叶的声音。夜里不知下了多久的雨,到早晨五点多滴滴答答也没有停的意思。起来洗漱收拾,发现昨夜洗的衣服还湿漉漉的,也许是因为阴雨天湿度太大,只好装进塑料袋里塞进背包。每天早晨把这么多东西塞进背包,并不是一个轻松活儿。我慢慢习惯了前一天把所有东西都取出来整整齐齐安置在不睡人的那张床上,第二天再按固定程序一件件放进背包。正收纳间,忽然雨下大了,噼里啪啦的。不由得担心雨下个没完,会耽误行程。走到窗前向菜园里张望,只见大雨冲刷着黄瓜、茄子、豇豆、西红柿和韭菜。西侧的矮墙上趴着一丛南瓜蔓,一个南瓜半挂在石墙上,青白斑条的瓜身上溅了好多泥点。远处的天空,飘移着的暗灰色的云层间,却有了一些蓝天,以及阳光的温暖。继续收拾。果然雨很快就停了。

六点整,王抒敲门进来。我们吃昨天准备好的馒头和煮鸡蛋,算是用了早餐。一刻钟之后出发,长长的台阶还浸在流水里。对面的东山山顶一线染上了晨曦,山谷间白雾升腾,而水库似乎还沉睡在黑夜里。走上滦赤路(S309),溯白河向西,路边红褐色的道路指示牌上写着前面的观光景点，依距离远近分别是冰山梁、护国寺、金阁山、赤城温泉和朝阳观。最近的朝阳观只有十三公里，可惜我们在到达朝阳观之前就会折而向北。看水库南岸的高山，昨天我们翻山过来的地方，山的上半截耸立于白云之上，山麓云雾已散，只有山腰白云凝重，就像是捆着一条白腰带。第一缕阳光照进河谷，一大片草地从深绿变为嫩黄，白色的水鸟腾空而起。

走了一两公里，发现我挂在上衣兜里的太阳镜不见了，想必是在路上整理背包时掉地上了。王抒让我等着，放下背包转身回去，沿路寻觅。我也把背包松开放下，看路边林子里滚着露珠的树叶，以及闪着水滴的蜘蛛网。一辆小汽车驶过，经过我身边时突然停下，车里几个人好奇地看看我，又一言不发地快速开走了。大约过了二十几分钟，王抒回来了，手举墨镜，笑意吟吟。如果这次没能找回，可就是我几天之内丢失的第二个墨镜了，前一个是在关沟的乱石滩和芦苇丛觅路时丢掉的。

公路紧贴在白河河谷的北岸，越来越开阔的河谷都已开辟成了种植玉米的农田，白河在农田间蜿蜒盘旋。前一天的降雨使河水湍急而浑浊，水面漂浮着的塑料袋远远望去很像是随波上下的鹭鸟。河对岸陡峭的山峦时时露出巨大的黄白色岩壁，在山坡上低矮的松树林和灌木丛的映衬下十分雄壮。这条路间隔很久才会见到一辆汽车，山谷静谧，风清天凉，如此行走真是十分享受。在我们的右手，因修公路而劈开山坡露出的岩石剖面，各有美丽得难以形容的花纹，有的细密齐整如砖墙，有的起伏翻腾如波澜，只有受过地质学的专业训练，才读得出它们所讲述的"深历史"（deep history）。

两个多小时后，就进入河北省境，路边有一座标注"国务院"的形态庄严的界碑。从这里开始，滦赤路的编号从S309改为S353。太阳渐渐升高，但气温并没有明显的变化，一直感觉凉爽。一边走，一边看河谷两侧连绵不绝的悬崖，心想，这景色，古人也曾看到吧。大象背上的元朝皇帝看到了，骑马随行的周伯琦看到了，明代边塞上的人们也看到了。而如今满满地生长着玉米的白河河谷，在明代隆庆年间，是熟夷车达鸡部的牧场。车达鸡部，就是明代文献中常常提到的"史车二夷"中的"车夷"。据《万历武功录》的"史二官车达鸡列传"，隆庆初年，车达鸡率部逃脱俺答汗的控制，来到宣府长城地带，正式归附明朝，明朝把他们安置在滴水崖及靖胡堡一带放牧。也就是说，在投奔明朝之后，从白河堡水库到赤城县后城镇这一带的白河河谷，就成了车部蒙古人的放牧区。那时的河谷肯定和现在不一样，但两边的山林与峭壁，应该是差不多的。

上午十点，到达骆驼山村。之所以叫骆驼山，是因为村南有一片石山，虽不甚高大，形状却绝似几头骆驼列队而行，任何人看一眼都会印象深刻。元初耶律楚材之子耶律铸（1221－1285）有《过骆驼山》诗二首，第一首的第一句就是"天作奇峰象橐驼"，橐驼，即骆驼。耶律铸曾经跟随忽必烈路经此地，第二首诗云"昔驾朱轮白橐驼"，就是说自己当年多次乘坐白骆驼所驾的朱轮大车经行此处。耶律铸相信，那时这些石骆驼肯定见到过他所乘的白驼大车，即所谓"石驼曾见屡经过"。许多年过去，耶律铸不再是朝中大官，不再白驼朱轮，只骑着一匹瘦马、带着一箱书册经过此地。他很感慨，那石骆驼们，还认得出白发苍苍的他吗？这就是第二首的最后两句："苍颜今日应难识，瘦马服箱转旧坡。"

从骆驼山村开始，我们就要离开滦赤路，向北折入编号为X405的县级公路蒋京线。如果沿着滦赤路继续向西走六七公里，就到明代的滴水崖堡了，而滴水崖得名所自的那块惊世巨石，就在后城镇西北不远处。据说那块丹霞地貌巨石的东西长度将近二十公里（故号"四十里长嵯"），通体高度五百六十米。本地人士宣称滴水崖比号称世界第一巨石的澳大利亚艾尔斯岩（Ayers Rock，又称 Uluru 岩石）还大，因此正在申请吉尼斯世界纪录，要挑战艾尔斯岩的地位。路上一再有标牌提示的观光名胜朝阳观，就位于滴水崖的山麓，始建于明代嘉靖年间，至今仍有多座殿堂保存，当然很多都是近年新修的。可惜我们这次不去滴水崖，而要擦着滴水崖巨石的东端，追随辇路上元朝皇帝的旧迹，往北去了。

我们在村口的永顺超市休息了一会儿，买了一个西瓜和两个咸鸭蛋，就着自带的馒头，在店内堆货物的一角坐下吃起来。开店的父女俩因为几种商品的定价问题，激烈地争吵着，但并不影响他们同时接待买东西的客人。这时阳光已经有刺痛身心的威力，门口走着的一个本地老妇人也打着花格子太阳伞。

2

在滦赤路后城至雕鹗段开通以前，公路主干线就是蒋京线所走的从骆驼山向北的这个白河支流的河谷，经长伸地村、巡检司村折向西北，翻越红沙梁山口，东行进入龙门所乡所在的山谷，从那里或北去龙门所，或南行西转去赤城县城。这种交通地理的形势，在八十年代初出版的地图上还非常清晰。从骆驼山村向北的河谷，一直夹在东西两列高山之间，东山以海拔1399米的八挂顶为主峰，西山以海拔1481米的大坡墩为主峰。由此可以理解，这一段在古代交通路线中也有相当重要的意义。关于元代辇路从黑峪口到龙门所一段到底怎么走，学者看法并不一致，我们采信陈高华和史卫民等人的意见，主要是因为，只有这样才刚好符合周伯琦所记的道里数。

这个河谷在明代长城体系里也有特别的意义，河谷东边的高山山脊上，正是宣府所辖长城的突出部，即所谓"大边"。宣府长城在赤城县境内向北凸起，形成一个三角形，我们就走在长城俯视下的山谷之中。即使纯粹从地理上考虑，也很容易理解这个河谷与我们之前所走的白河河谷属于同一个交通、军事和经济单元。朵颜部的车达鸡部内徙成为明朝的属夷之后，驻牧于靖胡堡与滴水崖之间，即今白河堡水库与后城镇之间的白河河谷地带，骆驼山以北的这个河谷也必在他们的放牧范围内。也正是因此，按照明人的说法，出于防范长城外俺答部蒙古向南侵扰的需要，修建了长伸地堡。当然，真实的目的不仅是对北的防御，还有必须切断车部与长城外蒙古人的联系，即所谓分隔内外。

如车部这样脱离蒙古本部的控制而投明的内附属夷，对于与俺答汗激烈对峙的明朝来说，接纳他们，其意义不只在于弱敌、诱敌，还真真实实地增强了军事实力。明朝边防大军中，属夷要占相当比重。不同材料显示，史、车二部先后有上千人被征入明军。为稳定属夷，并引诱尚未内附的外夷，明朝对前来归附的蒙古各部施予各种优惠，不仅准许他们在长城内水草条件较好的地方放牧，还给予颇有吸引力的所谓"抚赏"，内容是粮食物资等各种生活必需品。抚赏是抚和赏的合称，每年一次规模较大的赏赐，称为"赏"，每四个月一次规模较小的赏赐，称为"抚"。大概在理论上，靠着这种抚赏制度，属夷就不需要担心生计问题了。这种例行的抚赏由明朝边堡将官定时发放，属夷到时候就去领取。大概分工是这样的，史部到龙门所领，车部到靖胡堡（即白河堡）领。抚赏是针对部落全体而言，那些被征入军队的，则"廪食县官"，即由国家财政养起来。

属夷各部除了部分成员被征入明军之外，也可能在边境发生战事时，以部落为单位参与到军事行动中。明人观察到，这些属夷是乐于参与这类战事的，因为他们可以从中获利，即所谓"辄欲偕缘边卒从征，侥幸于捣巢赶马，而遂以为利"。属夷各部积极参与明蒙战事，就是为了在抢夺战利品方面有所收获，叫作"捣巢赶马"。宣府将官们都注意到，他们辖下的史、车两部属夷，经济上差异较大，驻牧于龙门所的史部比较富裕，而车部"以穷困，故来归我"，投明较晚，财物穷乏，"告窬无积聚""帐中澹如也"。白河河谷并不是富庶之地，高山夹峙之下，河谷牧草有限。因此，车部一方面特别依赖明朝的抚赏，另一方面也依赖明朝与俺答汗蒙古之间的紧张关系。

1571年隆庆和议所促成的北边和平局面，极大地改变了如史部、车部这类保塞属夷的生存环境。明朝与俺答汗达成和议后，长城地带南北对峙、战事频发的局面不复存在，军事对抗一变而为商贸互通、共生共存，史家对此给予非常正面的评价。然而，一般研究者没有注意到或不太在意的一个情况是，这种广受明、蒙两边各阶层欢迎的和平局面，并不是对长城地带的所有人都同样具有积极意义。和平并不总是受到所有人的欢迎，或者说，和平并不是对所有人都有利。对史部、车部这样的属夷来说，他们很快就感受到自己在边防上的重要性下降，也就是他们对明朝来说迅速贬值了。也许朝廷并没有政策上的重大改变，但地方官员的态度是如此明显，首先是例行的抚赏出现了延迟和拖欠。

本来，在"北线无战事"的情况下，"捣巢赶马"的机会消失了，唯一的利好就剩下每年一大三小的抚赏。史料里说，"贡市成，毋用武，惟仰食县官"，意思是明蒙和平之后，不打仗了，没有外财可捞了，属夷只好仰赖明朝的抚赏。然而拖欠开始发生。比如，驻扎在靖胡堡的明朝将官董用威，就拖欠车部酋长那出赖等很多米谷和银两。参将麻承诏等人在万历十八年（1590）拖欠史部，本该四月发放的"米蘖"，非要改到六月。从明朝曾处分部分官员的事例看，拖欠抚赏并不是朝廷政策，而是地方将官自作主张，目的是从中渔利，和克扣兵饷一样。这些拖欠和克扣，不仅损害了属夷各部的实际利益，而且在情感和心理上使得他们越来越疏离明朝。

更严重的打击是他们的放牧经济遇到了麻烦。边境和平，士卒无事，将官鼓励、怂恿甚至组织士兵在辖区内开荒种地。可想而知，他们选择的土地一定是在便于灌溉的河谷地带，也就是常有属夷放牧的地方。据《万历武功录》，自隆庆和议之后，"缘边卒皆虎睡，倒载干戈无所用，相率去垦田"。这样就出现了明朝将士与属夷部落争夺土地的危机，而属夷在争夺中当然不可能占优。史部的史二官就感觉到了这一危机。长安岭、雕鹗堡、滴水崖和赤城一带的白河河谷，是史部过去放牧的地方，如今已开垦成了农田，如果他的部落还去这一带放牧，难免破坏河谷里的庄稼，"踩践禾稼"，这就可能导致明朝将官的惩戒。放牧经济受到压制，对于属夷各部来说，恐怕是致命的威胁。

当史二官率领部落逃出大边，前去投靠俺答汗的孙子安兔时，明朝边将派人追问为什么要这么做。史二官回答："我亡，以内地多耕种，吾无牧所也。且麻将军不食我月米，已两月矣。不去，将安待乎？"属夷被动或主动靠拢塞外蒙古，根本的原因就在于史二官所概括的这两条外逃理由。塞外蒙古当然乐于招徕这些投附明朝的朵颜各部，而缘边的动荡也由此而起。在大和平、小动荡的边疆形势下，真正令明朝忧虑且视为心腹大患的，并不是塞外强大的蒙古本部，反倒是这些名义上臣属于明朝的属夷部落。

隆庆和议以后，长城地带的边防压力大大减轻了，然而，明朝修建长城的工作并没有因为和平局面而停顿下来。事实上，万历十五年以前，宣府辖内的长城修筑相当频繁，新的墩台城堡还在持续出现。为什么呢？新的威胁并不来自，或者说，并不直接来自塞外蒙古。史料中屡见明朝官员议论边防形势，称史车二夷"最为心腹患"。他们考虑的是如何截断内附属夷与蒙古本部之间的联系，如何防止他们向塞外逃亡，一些新堡，如我们今天的目的地长伸地堡，就是为此目的而修建的。前往长伸地堡的行走，成为重新思考属夷历史的一个机会。

如果不观察史、车二部这样的属夷在隆庆和议以后的命运，就难免会一味沉浸在对往昔和平的甜蜜想象里，而看不到鲜亮树叶的背面，会有另一种颜色、另一些故事。

3

我们从骆驼山村沿蒋京线北行时，注意到村口竖着一面很大的蓝色告示牌，大标题是"断交公告"。猛然看见，吓了一跳，因为脑子里把"断交"直接与"断绝外交关系"画了等号，看小字说明才知道是对自骆驼山村向北的路段进行封闭改造。这意味着两天之内我们要沿着施工中的公路行走，绕道还在其次，尘土飞扬才是最大的困扰。不过想想也不全是坏处，那就是除了施工车辆以外，不会有别的汽车通行。自 6 月 24 日晨从健德门桥下出发以来，道路选择的基本原则就是躲避繁忙的公路，尽量不与汽车共享空间。现在一条"断交"的乡村公路摆在眼前，可真是"求仁得仁"。

非常意外的是，从骆驼山到长伸地的十二公里，在我们行走的三个多小时内，并没有遇到任何施工者，虽然到处是修路的迹象，但似乎今天工人和车辆都放假了。山谷如此寂静，天蓝云白，两边的山崖险峭俊秀。在骆驼山村以北十几分钟的距离内，路东有个稍大一些的村子郑家窑。村子紧傍公路，路侧南北相距不远各有一颗大榆树，很远就看得见，树冠展开如深绿色的大伞。南边的大榆树树干底部堆放了一圈捆扎起来的柴火，北边的那棵巨根暴露，横向伸出，四个老年村民闲坐在树根上乘凉。树干上古树标牌说，这两棵树的树龄都在一千年。看起来，南边那棵要粗大得多，说它们都是千年古树，似乎难以相信。如果标牌所示不误，辽、金、元以来的许多人都看到过这两棵树，只是不知道那时有没有这个村庄。

常听人感叹在中国乡间不易见到高大古老的树木，其实中国传统社会普遍存在对古树的崇拜，许多村庄都有自己的古树，当然那一两棵往往十分孤独。对古树的崇拜与随意砍伐树木的传统是并存的，两者合起来造成的景象，就是今日许多村镇只见得到很少几棵孤独的古树，此外就只有刚刚新种的小树苗。某棵树一旦被赋予神性，人们就会保护它，在它的枝叶间绑上祈求护佑的红布条，旁边会有人焚香祷告。许多这样的古树甚至挺过了"文革"，我小时候听说过一些故事，比如说红卫兵或造反派要砍村口某棵古树，一斧砍下去，流出如血般

郑家窑的大榆树

村子紧傍公路,路侧南北相距不远各有一颗大榆树,很远就看得见,树冠展开如深绿色的大伞。

的红色汁液。如果不顾这样的警示继续砍，就会有灾难发生在砍树者身上。不知道这类故事是不是为了阻止毁坏古树而编出来的，但显然发挥了极大的威力，而且还强化了古树的神性。另一方面，人们又毫不犹豫地砍掉那些没有这等神威的普通树木。天长日久，那些被特意保护的古树越来越孤独，也越来越具有传奇色彩。郑家窑村口这两棵古榆树，或许也经历过同样的历程？

阳光虽然强烈，气温却不高，还有凉爽的风在山谷里流动。公路两边原有的白杨树因修路大都已被砍去，谷地里别无森林，只有遍开小花的草地、低矮的灌木丛和弯弯曲曲的田埂所分割开来的田地。东西两侧的山峦高耸挺拔，使我们的视野保持某种适度的宽阔。西山多有巨石裸露，那是和滴水崖一样的丹霞地貌。东山偶见向谷地伸出的石墙，有的石墙是双层的，中空处生着一丛丛多刺的山枣。蓝天上一团团白云快速移动，大片云影滑过山坡和谷地，把亮闪闪的浅绿染成暗淡的墨绿，如同淋湿了一般。

就这样走过寺沟、上堡、蛤蟆沟等几个村子，偶尔看到路东山脊上的黄土墩台。我们一般都会走已铺好路基的新公路，可是某些路段被大土堆截断，多数桥梁也不能通行，只好绕行河谷，或走起伏不平的旧公路。在河西村以北不远，从河谷重新走回公路时，穿过玉米地，拨开田埂上的长草，在一片刺丛里觅路而进。到公路旁边，为了爬上较高的路基，左手力撑登山杖，右手抓住身边的灌木或草丛。这么走了几步，手再次伸出时，忽然觉得那草不大对劲，心里已经明白是什么了，手还是碰了上去。立即，触电一般感觉到刺痛。那是荨麻，过去我只在西北遇到，万没想到在这里也要提防。赶紧爬上公路，就着几块大石卸下背包，找出药膏涂抹。

王抒赶到，我指给他看，要他记住这种植物，千万碰不得。荨麻以茎叶上有毒的蜇毛为武器，接触皮肤后会引起刺激性皮炎，如蜂蜇般疼痛难忍，因而猪羊牛马都避而不食，哪怕在植物稀少的地方，也常常可见茂盛而碧绿的荨麻。二十年前在新疆，我见过一个朋友在野地里蹲着大便时，竟一屁股跌在荨麻上，好几天不能坐卧。王抒说，他没听说过这种植物。我向他展示右手掌沿上肿起来的白色疹子，当然那种难受劲儿是只有我能体会了，好在我及时收手，接触面有限。我们坐下来休息，喝点水，吃几块饼干。我趁机把昨夜没有晾干的衣服拿出来，铺在石头上晒晒。正是一天里最热的时候，不大一会儿衣服就干透了。于是收拾背包，继续北行。

每天都是这样，头三四个小时是没有什么不适感的，一般到五个小时以后就会慢慢地倦怠乏力，腿脚酸涩。最鲜明的标志是感觉背包越来越沉重，不得不一再地背转手托住背包的底部向上推，似乎可以稍稍减轻肩膀和后背的压力。这种时候人也变得对周遭的事物不太敏感，不大注意风景的变化，只顾一脚轻、一脚重地迈着步子。在草岭子村附近，一个村民在路边放羊，足有四五十只的羊群散布在小河西岸的草丛里，有绵羊，也有山羊。那个牧羊人正在打手机，见我们走近，咧嘴朝我们笑笑，举了一下他的手机。

下午两点四十分，当路东的小河剧烈深切，形成一个窄而深的峡谷时，我看到路西左前方山脊上一座方形墩台，傲然挺立于低矮而密实的林木之上。跟一路上所见墩台不同，这一座墩台通体的包砖未见剥损，在午后的阳光下极为醒目。隐隐约约，墩台底部的边缘似乎有些空，大概底座的砖石已经风化内削。墩台顶部的箭垛间，看得见几株小树的枝条向外伸展。再走几分钟，前面出现了高高的黄土城墙，以及城墙背后寂静的村庄。终于，我们今天的目的地长伸地村，已经近在眼前了。

4

长伸地村就是明代的长伸地堡。嘉靖时期蒙古朵颜部的史部，以及隆庆初年同样出自朵颜部的车部，在投奔明朝成为属夷以后，就被安置在龙门所、滴水崖和靖胡堡一带驻牧，长伸地堡就在这一狭长地带的中间。在万历七年（1579）以前，这里本来没有筑堡，也不叫长伸地，那时的地名叫外十三家。我猜这个地名是明朝一方的称呼，所谓外十三家，大概是指在此驻牧的车部（或许也有史部）的一小拨部民。但本地人，也就是属夷蒙古牧民，对这里却有自己的称呼，就是长伸地。后来明朝筑堡，就采用了本地人的地名。我怀疑长伸地，就是蒙古人所说的"长城地"，本来是汉语，经蒙古人一用，再回到汉语，就成了长伸地，和洪台吉（皇太子）、宰桑（宰相）、详衮（将军）等词汇一样。后人解释说曾经有个常将军或一位常胜将军怎样怎样，当然都是望文生义了。

杨时宁《宣大山西三镇图说》有"长伸地堡图"，图中堡在东西两山夹峙之下，北边长城以外的四个蒙古包，标注为"安兔等部落"，另有"北松棚"和"南松棚"，以及常在史料中提到的"乱泉寺"。长城内有"镇安台"，号称"极冲"，就是极为险要的关键之地。四至里程是这样写的："北至龙门所四十里，西至样田堡三十里，南至宁远堡五十里，东至大边山六十余步。"大边山就是山谷东侧的高山，因山脊筑有大边（长城）而得名。图中的长伸地堡，是正方形小城，南北各开一门，四角各有敌楼，南北城门各有城楼。然而，如果把这张图当作长伸地堡的写实记录，可就大错特错了。这不过是一种标准化的城堡图案，绝大多数城堡都画成这个样子，其实每个城堡都因地形不同而各有特点。

实际上长伸地堡分为南北两城，北城为屯营军人和普通百姓的居住之所，南城则是校军场。今日长伸地村仍然遵循了明代的做法，村民都住在北城，南城则是玉米地。据《宣大山西三镇图说》，长伸地堡外墙周长"一里二百七十六步"，高"三丈五尺"，当然城墙都是包砖的。今天看到的城墙，砖头都已被拆走用做建筑材料了，只剩下里面的夯土。失去城砖保护的城墙，抵抗风吹日蚀的能力大大降低了，即便没有人为的挖掘破坏，也难免日益凋损。据清代方志，长伸地堡"楼二座，南北门二座"。这两座城门现在还保存完好（城楼当然早已毁去），南瓮城和南关城也可见旧规，北西南三面城墙依然挺立，只有东城墙损毁不存。到万历三十年（1602）杨时宁对边墙城堡进行普查时，长伸地堡的"见在官军"一共七百三十八人，战马七十四匹，统归本堡的"操守官"指挥。除了军人之外，肯定还有相当数量的家属和居民，再加上堡外驻牧的属夷蒙古车部、史部，那时的长伸地堡可远比今日的长伸地村热闹繁华。

长伸地堡官兵分管的长城区段，"大边三十二里，边墩一十九座，火路墩一十一座"。火路墩又称烟墩，正式的名称是"腹里接火台"，现在俗称烽火台。这些边墩、火路墩虽大多仍可见痕迹，但包砖被拆，夯土倾颓，早已不复当年的景象。可是长伸地堡不同寻常的是，有一座敌楼的保存情况相当好，这就是我们在进村之前就首先见到的那座墩台。这座墩台位于长伸地堡西南侧的山坡上，是一座单体方形空心敌楼，门额所嵌的石板上有"镇虏楼"三个大字。

张家口文物考古研究所于2012年对镇虏楼进行了调查和勘测，根据勘测报告，未发现二次修缮痕迹，也就是说，现存一切都是430多年前，即明万历八年（1580）完成的建筑的原迹。调查发现楼顶有瓦片堆积，推想过去建有望亭，而现在楼顶已生长小树七株及灌木数丛。报告得出结论说，镇虏楼是明代空心敌楼建筑的典型代表，保存状况较好，极有研究价值，当然也亟待保护和维修。我从远处看到的底部外缘缺损的情况，在报告里描述为底部基座的石块丢失（应该是人为的），如果不及时修缮填塞，加固楼体结构，楼身包砖的裂缝可能会进一步加大，最终可能造成整座建筑的倾塌。

长伸地堡建造的时候，明蒙和议贡市已经八年了。为什么要在这里建这座小堡呢？《明实录》万历七年三月庚戌（1579年3月31日）记载，接受宣大总督吴兑的建议，在长伸地建堡屯兵，目的是"一以固南山陵寝之防，一以援北路孤悬之势"。所谓"固南山陵寝之防"，南山指延庆南边的军都山，陵寝指军都山南的明十三陵（当然那时的明代皇陵还没有十三座之多）。所谓"援北路孤悬之势"，指接应大边北路的龙门所等边城。这个理由当然是容易理解的，问题是这种军事需求并不是万历时期才出现的，和议之前岂不是更迫切吗？只有把史、车等部属夷的不安定局面考虑在内，才能理解明朝在这里建堡的必要性。

在和议之前，一个小边堡对北疆军事态势无足轻重，建不建倒无所谓。和议之后，大敌已不是边外的"安兔等部落"，而是与之有千丝万缕联系的、长期在长城内放牧的属夷部落，即史部和车部。修建城堡墩台，增驻兵马，其实也是要隔绝长城内外，防止属夷各部与边外的"安兔等部落"拉拉扯扯，因为这种拉拉扯扯极可能导向变生肘腋。过去费尽心机收买利诱来的属夷，法律和行政意义上的明朝臣民，这时候反倒成了边疆驻军的防范对象。

5

万历四年（1576）夏秋之际，徐渭在宣府时，到过延庆、赤城、龙门所和滴水崖，在滴水崖的朝阳观和当地官员"小集"，写了一首诗，开篇就说"朝阳道观一何县（悬），滴水孤厓（崖）百丈边"。以滴水崖巨石为背景的朝阳观，风景壮丽，给他很深的印象，故有"余气出关雄大漠，长风吹壁立青天"之句。他从滴水崖前往龙门所，必须走长伸地堡这条路，只是那时这个边堡还没有修建。但是，促成吴兑向朝廷建议修建长伸地堡的原因，就是在这时候变得越来越显著的，那就是，驻牧于这一地带的属夷车部和史部越来越多的部民外逃，留在塞内的，也可能会最终被边外蒙古尽数诱导而出逃。

隆庆和议之后，塞内属夷就面临如何处理与边外蒙古关系的问题。既然明朝已封俺答汗为顺义王，俺答汗之子黄台吉被派到草原东南靠近长城的区域，开始与属夷各部建立婚姻关系。黄台吉广娶属夷各部之女，算是和宣府、蓟镇北边的属夷都结了亲。据说黄台吉放出话来："吾长王胡中，若等岂忧贫乏哉。"从这句话来看，边外蒙古对塞内属夷采取了从前明朝那样的收买引诱的政策，这对和议后日益窘迫的属夷各部一定有着相当的吸引力，特别是车部这样经济拮据、势力单薄、"帐中澹如"的部落。黄台吉他们的最终目的是诱导这些属夷率部北逃，加入边外蒙古。很快，车部里就有一些与黄台吉结亲的部民走上了这条路。

黄台吉的妻子之一大韩比姬是车部人，在她说服下，她的父亲哈不当等人，加上车部的一个小首领革固，就率众北逃了。在黄台吉的政策鼓励与已经北逃的属夷诱说之下，越来越多的车部属夷逃出长城。对于明朝一方来说，属夷各部是大明的臣民，外逃行为等同叛变，边塞将官有责任加以控制和阻拦，这势必引发冲突。在蓟镇的车部牧民果然与守边明军起了冲突，据徐渭的诗序是"一日寇蓟，杀两将军及数十人去"。由于车部的酋首都在宣府，所以蓟镇就要与宣府协商处理此事，派来的联络官就是徐渭的旧识毛德甫。徐渭有两首赠毛德甫的诗，就写于此时。诗中把车部（通称车夷）写作"扯蛮"，扯是车的异译。根据诗序，宣府方面对车部的处理是"责之，缚十七人来，斩于都市"。

其实明朝方面的选择并不多，最主要的手段是威胁，对属夷威胁停发抚赏，对边外蒙古则威胁停止互市。据说吴兑与王崇古一起，把车部包括车达鸡在内的大小酋领都召集来开会，详细问询，才知道还没有外逃的车部部民只剩下1882人。于是宣布，如果问题不解决，就暂停抚赏的发放。同时威胁俺答汗，如果纵容黄台吉，就暂停边贸互市。这时蒙古方面对互市的依赖远多于明朝，俺答汗不得不妥协，黄台吉就把一些车部牧民遣送回来。事件虽然告一段落，明朝方面明白了必须加强对长城内属夷各部的控制，于是筑城修墩，扩建边墙。几年后长伸地堡之修造，就是这个事件刺激的结果。

徐渭从滴水崖到龙门所，要从骆驼山村向北，进入长伸地所在的山谷。这次旅行使他对属夷的部落生活有了切身感受，写了不少充满暖意的边塞诗。比如这一首写他到蒙古人家里做客："胡儿住牧龙门湾，胡妇烹羊劝客餐。一醉胡家何不可？只愁日落过河难。"想象徐渭在属夷山清水秀的蒙古包里吃羊喝酒，主人好客，客人流连不忍去，对徐渭而言真是难得的体验。有一首诗可能与我们所在的这个山谷有关："风吹干草没沙泥，啮草奔风马自蹄。却问骆驼何处去？大酋随猎未曾归。"大酋可能指车达鸡，而被徐渭问话的骆驼，也许并不是散在山野、埋头吃草的真骆驼，而是骆驼山村那些石骆驼。

可能就在这个山谷，徐渭见证了蒙古牧民对汉地所产白酒的喜爱："骆驼见柳等闲枯，虏见南醪命拼殂。"长城地带的汉人中有个谚语："骆驼见柳，达子见酒。"达子即鞑子，指蒙古人。骆驼喜食柳叶，恰如蒙古人喜欢喝酒（南醪）。徐渭在边地见到的蒙古人，喝起汉人带来的酒来，命都不要了。然而就是这样的蒙古牧人，对他们的酋长车达鸡（车夷，徐渭写作鸱夷）特别忠诚，还惦记着留点酒给他带回去。所以徐渭的诗说："倒与鸱夷留一滴，回缰犹作卯儿姑。"徐渭自注曰："夷言磕头为卯儿姑。"卯儿姑，就是蒙古语 mölkü，或以此词根所构成的 mörgügü 等，意思是叩头、跪拜。明末阮大铖《燕子笺》就有"拍手卯儿姑，把如花向帐前奉"的句子。徐渭见到的这个蒙古人，要把特意留下的一点酒带回去给他的酋长车达鸡，上马离开时，在马鞍上回身做出了拜谢的姿势。可以想见，已经有点醉意的他，可能是晃晃悠悠坐不大稳的。

曾长期历官于长城地带的萧大亨（1532－1612）在《夷俗记》里说，蒙古人"食最喜甘，衣最喜锦"。甜食是蒙古人的最爱。怪不得徐渭也说："虏最嗜糖缠杏仁。"什么是糖缠杏仁？清代陈元龙所编《格致镜原》里提到："缠糖或以茶、芝麻、砂仁、胡桃、杏仁、薄荷各为体缠之。"以杏仁为体外裹熔化了的蔗糖，就是糖缠杏仁，明代很流行这种甜食。宋诩《竹屿山房杂部》里说过"糖缠"的制作方法："凡白砂糖一斤，入铜铁铫中，加水少许，置炼火上镕化，投以果物和匀，速宜离火，俟其糖性少凝，则每颗碎析之，纸间火溶干。"糖缠在明代汉地也是广受喜爱的食物，《西游记》里就提到"斗糖龙缠列狮仙"。长城地带的蒙古人最喜欢从汉人那里得到这种甜食，徐渭的诗里就记录了一例。

徐渭《上谷边词》里有一首，写他遇见过一个（或好几个？）十分俊秀的蒙古少年索要糖缠杏仁，说是要带回家给几个妹妹吃。"胡儿处处路旁逢，别有姿颜似慕容。"所谓慕容，指十六国时期的慕容冲，小时候以美貌为苻坚所爱幸，长大后成为率领大军围攻苻坚的鲜卑领袖。徐渭以慕容冲比喻路旁所见的蒙古少年，主要是取容貌相近，大概没别的意思。这位蒙古少年向路过的汉人讨得糖缠杏仁，高兴之余，表演了自己百步穿杨的射术："乞得杏仁诸妹食，射穿杨叶一翎风。"

徐渭游历大边，有机会观摩夹缝中的史、车两部属夷的日常生活，也有机会见识南来互市的边外蒙古。他肯定也注意到，在南北贡市的和平气氛下，涌动着种种不安。所以他写道："胡马南来汉市通，边墙犹自匝墩烽。"事实上，当他在外十三家走访车部属夷，在路上偶遇跟他讨要甜食的俊美少年，在蒙古包里吃羊肉、喝白酒时，邀请他来宣府的宣大总督吴兑，惩于史车两部属夷一部分部民已经外逃，而剩下的部民面临着可内可外、或内或外的艰难抉择，正在考虑要在这一带修造可以屯兵近八百人的长伸地堡呢。

6

我们走过静静兀立在太阳下的浅褐色夯土城墙（长伸地堡的南墙），靠近长伸地村的村口时，还不到下午三点，但算起来已经走了八个多小时了，潜伏着的疲劳感开始浮出水面。村子太小，没有可提供住宿的招待所或旅馆。我们事先已通过朋友联系村委会，找到在这里承包山地开发果林的贾先生，据说只有他家备有合适的客房。到村口之后我们给他打电话，按他的指示，不进村子，右转过河，沿一条新铺的水泥路上山。远远看见高大的门楼，以及东山的山麓台地上绿树环绕的房院，那就是贾先生的大宅了。大门口虽有狂吠的狗，得守门人约束，倒也不可怕。从大门到贾先生的大院，还有一段几百米长的上坡路。对我这样的强弩之末来说，这一小段路却半点都不轻松。

贾先生正在大院门口和几个工人说事，见到我们立即迎了过来。他中等个头，四十来岁，矜持又热情，把我们领进大院里西厢房北头第一间房。房间像是乡镇宾馆的标准间，两张单人床，一个床头柜，一个方桌，几张椅子。贾先生说你二位先休息一下再吃饭，然后他出门去安排饭食。我们卸下背包，拿出各种用具，再躺倒在床上伸展一番。院子中心花坛边有个使用手压泵打水的水井，我们自己上下摇动打出水来洗一洗。花坛里种了一些大丽花，此外都是蔬菜，比如西红柿、茄子、花菜、黄瓜和豇豆。院里共有三排房子，北头正房是主人住的，靠山的东厢房一溜是库房，西厢房一溜五间是客房、厨房等。贾先生夫妻俩都不是本地人，都在赤城县城里工作生活，因为投资承包山地才来这里，当然一般也只在周末来，平时都靠他的岳父母照料。

贾先生的岳父来请我们去吃饭，餐厅在厨房的外间，一张方桌，摆着一大盆米饭和三小盆菜。他们肯定早就吃过午饭了，但还是坚持陪我们。贾先生是赤城人，夫人是怀来县人，岳父母近年才从怀来搬到长伸地村来。贾先生在这里承包了六十亩山地，发展果林，还准备进一步发展农家乐和采摘等，希望将来会有很多北京的客人来。我和他岳母聊了一会儿，见她走几步就喘粗气，问她身体，得知她已多年高血压。我今年也才开始吃降压药，所以有了共同语言。问她吃的什么药，说一直吃北京降压灵，前一阵血压太高，去北京看医生，给开了一种外国药，每周一盒，每盒二十元，太贵了，吃不起，还是吃北京降压灵。我问北京降压灵的价格，她说每盒两元。

饭后她指导我们去院外西侧的厕所洗澡，那里装有太阳能，热水足够多。我洗完澡，还洗了衣服，搭在院内的晾衣绳上。院门外东侧有一个狗房，里面卧着一只黑毛藏獒，见到我立刻站起来隔着铁栏杆狂吠。在旁边看工人用电锯锯木头的贾先生，过来训斥藏獒，藏獒安静下来，再次卧倒。看起来这只藏獒不是很精神。进了院子见贾先生的岳母在一个大盆里拌棒楂粥，说是喂藏獒的，才知道他们家藏獒平时吃不到肉，怪不得不十分威风。不过即使是吃棒楂粥的藏獒，也让人闻声生畏。回到房间，拿起本子记笔记，没写几行，困倦得不行，倒下就睡着了。

这样差不多睡了四十分钟，醒来院里已没有太阳，室内也暗了许多。从四月开始计划这次徒步时，设想每天下午都会较早到达目的地，会有很多时间写笔记和读书。正如每次旅行或度假之前以为可以读很多书，结果带了不少书却只翻看了几页，这次带了几本书也只是徒添重负而已。在出发前还假想过，每天读两小时书，写两小时笔记，走到正蓝旗时，基本上一部详细的行程笔记已经完成。我脑中甚至出现过坐在躺椅上观看落日的浪漫图景。可事实上，行走的速度越来越慢，每天抵达目的地的时间越来越晚。即使偶尔早到，也困乏得无力读书，笔记只记得寥寥数行，完全与计划不沾边。

起来再记几行笔记，贾先生就来叫我们去吃晚饭。这下餐厅的方桌就显小了，因为那两位锯木头的工人也一起吃饭，大家密密地围坐，桌上几大盆饭菜，地上一箱啤酒。贾先生还有很多建筑计划，正在一点点实施。这两个工人不是本县人，在这边做事，吃住都在贾先生家里。他们埋头吃饭，每人各喝一瓶啤酒，一句话也不说。贾先生的岳母忙进忙出，重重地喘气。吃完饭，贾先生说要带我们看看他承包的六十亩山地，我们高兴地跟他走出来。

时当晚上七点多。对面的西山已经黑下去了，我们这边的东山（就是明朝的大边山）山顶仍然大亮。河对岸的长伸地堡城墙已经昏暗难识，长伸地村低矮趴伏的农舍间升起白色的浓浓炊烟，向河边的白杨林飘过去。贾先生带我们在他的山地果林转了一大圈，差不多有三公里长，上山下山，左弯右绕，杏林、桃林、苹果林，一片又一片。他介绍了他的计划，这里还要种什么树，那里还要建一个亭子，下面要建一个农家乐餐厅，河边再盖一栋宾馆。等公路修好了，从北京过来，也就几个小时，除了采摘、爬山，河里还能钓鱼。我问他目前有什么困难，是否一切顺利。他顿了一会儿，唉，做个啥事都不易，村里人一开始欢迎你，反正荒山啥用没有，等你开发出来了，他们又不乐意了，跟你要这要那。

回到院里时，已是晚八点半，山里真是说黑就黑，啥也看不见了。我和王抒说了一会儿话，再到院里压水洗脸刷牙，准备睡觉。北房全无光亮，主人都已入睡了。西厢房南头的那一间是工人住的，也已熄灯。我习惯性地要在睡前先上厕所,走到大门口才发现院门已经上了锁,而且外面的藏獒叫个不停,令人不寒而栗。如果去叫主人起来开门,似乎太不礼貌。几次走到院门试着开锁,又被藏獒的叫声吓了回来。踌躇好一阵子,跟王抒说了。王抒说,就在院里吧,靠花坛墙边。我只好照做,心里扑通扑通。星星什么时候已布满空中,明日会是一个大晴天。一只小猫从脚边溜过,悄没声息的,真真吓我一跳。

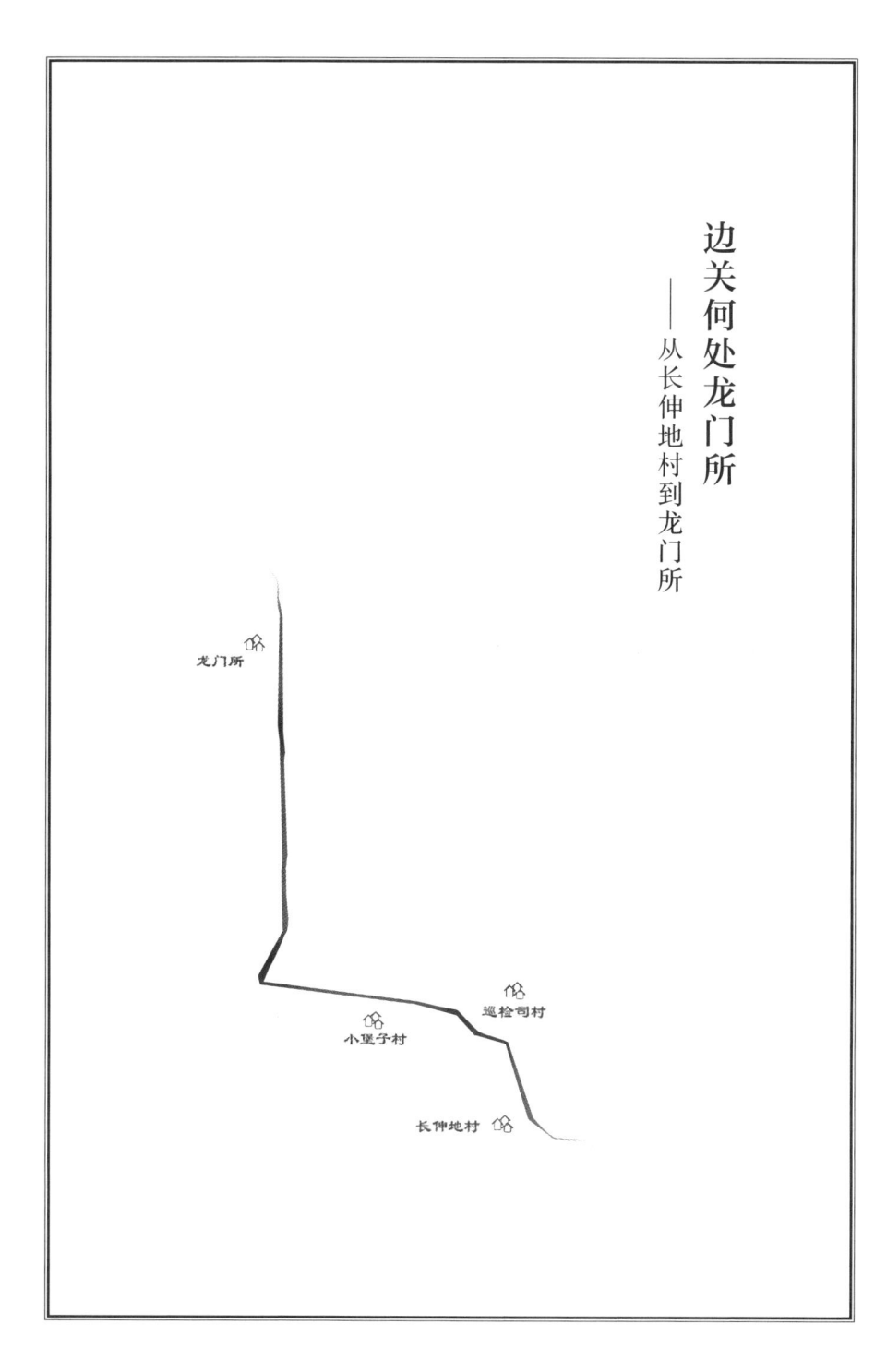

边关何处龙门所
——从长伸地村到龙门所

龙门所

巡检司村

小垦子村

长伸地村

1

　　七月的第一天，早上五点半起来，对面西山反射过来的晨光照亮了院子和附近的树林。刚收拾好背包，贾先生就来叫我们吃饭。早饭是他岳母做的手擀面，新面有一种香而呛人的味道，很久没有大清早吃这样的面条了，连吃三碗才打住。饭后跟贾先生道谢，拿出二百元钱塞给他，被他板着脸拒绝了。看看表正好是六点半，背起背包，和贾先生一家告别。藏獒安卧狗房，似乎懒得看我们一眼。从院门口的斜坡向外望，整个山谷被对比强烈的明暗两色一分为二，河道以西洒满阳光，我们这边还在东山暗影的保护中，西山上的镇房楼洋溢着介乎金银两色之间的亮光。贾先生送我们到靠近大门处，指着谷地里的村庄说，村里有古庙，去看看吧。

　　因为要赶路，我们并没有进村去。听说村里还有古戏台，大概街巷布局也是旧的，可惜我们只能从村口往里一窥，只见到窄而深的巷子，几只小狗慢悠悠地跑过。村子东北角有一座小庙，大概仅有三四平方米大，还外带一个有砖墙的小院子。其实是一个神龛，建成了微型庙宇的样子，不知供的是什么神，隔着稠密的山枣树丛，完全看不清楚。小庙附近忽然有嘹亮的公鸡鸣叫,打破了清晨的静谧。这类小庙在北方农村十分常见,一般都建在村外高地上,虽然大多是新建的,但那些红色布幔和彩旗早已陈旧褪色,远远看去很有历史感。果然,一小时后在东坡村外,我们又遇到一个几乎一模一样的小庙。

和昨天不同,长伸地村以北的修路工程似乎正在实施中,虽然还没到上班时间,路上堆放的各类工具却预言了即将开始的喧闹以及漫天尘土。天上也没有那么多云朵了,蓝澄澄的天空宣示着阳光的灼热。我们尽量走路边的老路或人行道,爬上爬下,绕东绕西,大大增加了里程。一般的沙土路走走也还行,最不妙的是修桥洞的地方都挖开一条大沟,真正"断交"了,只能往远处绕行才得通过。不过每天早晨出发后的头两三个小时,都是我们一天中体力最好的时候,所以这也不算是多么难受。相反,在施工车辆轰响之前,在阳光变得如炙烤般令人畏惧之前,走在有清风流动的山谷里,看蝴蝶在眼前飘摇而过,听路边灌木和草丛中的虫鸣,还是相当愉快的。

从长伸地村出发后刚好两小时,我们到了巡检司村。没有记录显示这里何时设置过巡检司,而且明代中后期的史料还把这个地方记作巡检寺、巡简寺,表明那时不记得这里有过一个制度上的巡检司。看起来这里设置巡检司,要么在元末、要么在明初。这里是两条河流汇合的地方,山谷也一分为二,主干道折而向西,村子就在东西两河之间的山坡上,向南正对着我们走过来的山谷。东西两山上都有剥去了包砖的墩台,村后坡顶也有一个白闪闪的墩台。靠近村子,首先就被那个墩台下方的大树、房屋和台阶所吸引,即使在一里地之外,也能感受到那种浓浓的古旧气息——不只是破败荒残,不只是被遗弃的寂寥,还有那些久远的、被召唤回来的声音和色彩。

巡检司村

靠近村子,首先就被那个墩台下方的大树、房屋和台阶所吸引,即使在一里地之外,也能感受到那种浓浓的古旧气息——不只是破败荒残,不只是被遗弃的寂寥,还有那些久远的、被召唤回来的声音和色彩。

村口刚好停着一辆流动售货车，这种专卖瓜果蔬菜的微型卡车从一个村到另一个村，沿路用大喇叭放着叫卖的录音，比从前肩挑担子的货郎威风得多。我们到车旁时，那里已聚集了好多村民。我注意到，除了卖本地不产的瓜果如菠萝和香蕉以外，他们还卖蔬菜，大概也是本地不产或季节未到。我们本想买个西瓜，但车上没有，只买了几个香瓜。带着香瓜进村，先到坡下村口的旧戏台看看。戏台满是小草的屋顶已如水波般扭曲变形，似乎承受不了瓦片的压力。东西两侧的木梁下都新加了木柱，不过看上去也不足以抵抗这座古建筑的衰迈倾颓。戏台上堆满了杂物，有一点点腐烂的味道。院子西北两侧的旧房子还在使用，整齐的砖墙、微微变形的瓦顶和暗褐色的木窗格，表明这是很多年前的建筑。

我们坐在戏台北侧山坡上的大榆树下吃香瓜，关于吃不吃瓜瓤，讨论了一番，似乎各地习惯不太一样。我老家是要把瓜瓤瓜子都掏出来扔掉，我还记得有的大人紧握切开的半片瓜，扬臂向下猛地一甩，瓜瓤就飞蹿出去。走了两个小时，早上吃的几碗面条好像已经不在肚子里了，这样的小瓜来得正是时候。常听人们抱怨现在的瓜果不如从前好吃了，类似的比较和感慨也许在人类生活中一再重演，而在没有机会体验饥饿感的当今，凭着对那个不容易吃到好东西的时代里某些甜蜜时刻的记忆，这样的比较真的靠谱吗？

这棵大榆树少说也有四五百岁了，就算没有见过元朝皇帝乘坐四头大象的风光，也一定见过明朝戍边的将士，以及在这一带放牧的史、车二部蒙古牧人。徐渭从滴水崖北来经长伸地前往龙门所时，也要在巡检司村歇息打尖。只是那时候这里要热闹得多，我们所坐的这个石台阶，以及石台阶所连接的上下几排房屋，应该是一座寺庙（因此明人会把这里称作巡简寺)。徐渭来时,村里原有的巡检司小城可能早成了兵营,他们的任务是巡守附近的几座敌台。依徐渭的习惯和喜好,他一定会选择寺庙而不是兵营小憩。也就是说,他会来到我们吃瓜的地方,会在同一棵榆树下迎风而立,向南看这个静谧的山谷。那时已是秋天,东西两山霜叶如染,色彩斑斓,远比我们今天所见的更壮丽、更迷人。

吃了香瓜,我们绕到山坡上的烽火台看了看。堆在四周的砖瓦石片大概都是从烽火台剥取的,附近民房用砖应该也是由此而来。靠近烽火台的院落房舍很多都像是没有人住了,比人还高的蒿草挤满了院子,遮住了已经朽烂的木格窗户。我们走回坡下,沿着公路边的院落向西。那些院子明显有生气得多,乱叫一气的小狗也多了起来。左转走回公路之前,我看到一家院子里有好几棵樱桃树,结满了鲜红的樱桃。

2

从巡检司村开始,修路的人员车辆都上班了,这意味着每走一会儿就得穿过一截施工路段。大卡车奔忙来去,拖曳着尘土飞扬的长龙。我把一个毛巾挂在背包的肩带上,随时拿来捂住口鼻。阳光越来越强,一路上都陪着我们的风却无影无踪了。脸上微微有些汗,尘土立即沾上去,形成一层能感觉得到的薄膜。更糟糕的是,随着我们在这个山谷越走越高,两侧的山地渐渐低伏下去,不再有那巍峨峻峭的山峰和崖壁了——其实我也分不清,是景色变得平庸了呢,还是自己更加专注于眼前的尘土、酷热与种种不适,而对自然景观不再敏感了。

王抒可能有更严重的问题。他的脚第一天就打了水泡，每走一步都会有刺痛感，特别是停一停再走的时候。所以他宁可一走起来就不停，连续迈步，让伤口周围的神经受到持续压迫而变得麻木。脚上打过水泡的人，应该都有类似的体验。虽然他较为年轻，身体也好，没有参加头三天从北京到延庆这一段，但他此前一直在德国、奥地利和捷克旅行，十七八天时间，每天开车、走路，回北京休息不足一天就参加这一程，身体未能得到适当的调整。他在欧洲时，我从微信上看他每天发的照片和行程，羡慕他去了那么多小城镇，都是在历史上名声很大、现在却不大容易去的地方。王抒本科读的是中文，读研之前当了几年高中语文老师，有些文学气质，描述事物的方式很有特点。比如他会引用安徒生的话："魏玛不是一座有公园的城市，而是一座有城市的公园。"他会把班贝格主座教堂说成"献给上帝的诗篇"。

由于尘土、卡车和烈日，这是相当困难的一天。从巡检司村走一个小时到张寺沟村，之后是盘山公路，一路向上，不一会儿就能看到西北山脊上的一线长城了。有些研究者主张那就是现存北魏长城最完整的一段，但也有研究者不同意这是北魏长城，而认为只是明长城的一部分而已，还有学者说是其他时期所修的长城，总之并无定论。长城所跨的这座山，名为红沙梁，所以山那边的村子也以此为名。从沟底上山，松树越来越稀少，到山上时，连灌木也不复繁茂，红褐色的沙土成片裸露，大概这是得名红沙梁的原因。现在公路上山的这条路，即元代辇路的过山之路，只是那时可能更加迂回曲折。红沙梁山口是长伸地、巡检司这个山谷与龙门所所在河谷的分水岭，军事上可以说是冲要之地，特别筑墙置守，当然是可以理解的。沿盘山公路上得岭来，只见公路过山之处切割出一个深槽，真成了"山口"。路旁立有一个"河北省文物保护单位"石碑,题为"万里长城",如此含糊其辞,不明确交代什么时代,看来还是相当谨慎的。

走进这个深槽山口,立即有清凉的风从山那边吹过来,一种难以形容的舒爽掠过全身。向山下看,背阴的西侧山谷松林深密,与向阳的东侧山谷的稀疏草木形成鲜明对照。忽然想,当年侍从元帝北巡的文武官兵们,走出这个又窄又长的山谷,费尽力气终于来到红沙梁山口时,大概也会有同样的凉风拂过汗涔涔的额头吧?当他们看到山口另一侧的黑松林时,也一定和我们此刻一样,感到一种如释重负般的愉悦。当然,路还很长,太阳也渐渐移到我们的头顶上。不过,即使对于走远路的人来说,每涉过一条大河,每走出一个峡谷,每越过一个山口,都会有里程碑式的成就感来为你注入动力。

3

从红沙梁到龙门所的这一片河谷,就不是车部而是史部的驻牧之地了。作为明代后期宣府战区内最重要的属夷蒙古,车部和史部的汉文名称都来自这二部的首领。车部的首领是车达鸡,史部在降明以前的首领是史鸡儿。这两个人名的汉文译写使用了很不好的汉字,是那时汉人音译外语人名时的一种习惯(其实是华夏-汉文化的一个古老传统,比如古代的匈奴、鲜卑等等,铆着劲使用奴、卑一类字眼)。同时,汉语简化非汉语称谓时,习惯于取第一个音节,因为在汉语社会里人名的第一个字通常是姓氏。所以这两个人群就分别获得了车夷、史夷的正式汉语称谓。汉语又有"译音无定字"的传统,所以徐渭的诗里，又把车夷写为"扯夷""鸱夷"。

嘉靖四十年（1561）六月史部内附保塞。明朝的官方文件记史部降明之前诸事，也把该部首领的名字写作色振儿或者色镇儿。色振儿、色镇儿，都是史鸡儿（Sijir?）的异译。汉语中的"史夷"一名，是直接从史鸡儿这个译法节略而来的。史部入明时史鸡儿已经死了，所以明代文献里记史部归附事就没有提到他，而只说了他的两个儿子史大官、史二官。大官、二官并不是这兄弟二人的蒙古语名字，显然只是明人对他们的称呼，因为他们都获得了明朝的官衔，还赏了官服，如史大官被赏"织金纻丝衣一袭，彩段二表里"（一袭就是上下各一件，二表里是衣料的面子和里子各两套），史二官没有得到织金纻丝衣，只被赏"彩段二表里"，大概两人的官衔有明显的高低差异。

史部父子所领"朵颜别部"投明以前的历史，可以分为三个阶段。第一个阶段，是作为朵颜部的遗散部落在蓟辽北边活动，受土默特部扩张的逼迫，渐渐沿长城西迁，进入宣大战区的北边一线。第二个阶段，生活在宣大战区长城以北，土默特部控制区以南，也就是在明朝与蒙古本部之间的狭窄夹缝之内。在这个阶段，他们既不属于蒙古本部，亦即并未与土默特部建立附属关系（蒙古语把这种属部称为Albatu），也未臣属于明朝，政治上是独立的（这种人明朝称之为"流夷"），既可以南攻北袭以获取物资，也不得不防备来自明蒙两方的攻击。第三个阶段，随着蒙古本部在俺答汗时期的强盛发展，这些夹在明蒙之间的"朵颜别部"只好投附蒙古本部，成为土默特部的Albatu。进入这个阶段，蒙古本部派到这一地区统领各部的是俺答汗之子辛爱黄台吉（Sengge Qung Taiji），因而史部就成为辛爱黄台吉的属部。据说辛爱黄台吉对史部等朵颜别部非常严酷，贵族及普通部众的妻女稍有姿色者，都被他霸占，史部上下怨愤甚深。

因为无法忍受辛爱黄台吉的欺凌鱼肉，史大官、史二官决定率领所部叛投明朝。而在明朝一方，自从长城外的朵颜别部加入俺答汗蒙古本部以后，龙门所以北的缓冲地段直接变成了强敌势力，军事形势立即大为紧张。据《明实录》，自从史氏兄弟加入蒙古本部之后，辛爱黄台吉"因用为导以内攻，永宁、龙门之间颇被其害"（"攻"原误作"辽"，造成研究者错误断句），也就是说，这些"流夷"由于熟悉长城地带的地理形势，常常引导蒙古大军攻入长城，致使贴近北京的延庆等地都遭到攻击和破坏。因此，当接到史家兄弟所派使者表达降服之意时，宣府边将又惊又喜，将信将疑。他们要求史家兄弟杀几个辛爱黄台吉的人，以证明不是在使诈。史家兄弟于是杀了辛爱黄台吉派来监视史部的人员一百多人，率领部落尽众南入长城，驻牧于龙门所一带。从此，他们从俺答汗蒙古的 Albatu 变成了明朝的属夷。值得说明的是，研究这一段历史的学者中，南京大学特木勒教授近年的几篇文章是最出色的。

从嘉靖四十年投附明朝，到隆庆四年（1570）明蒙和议，十年之间，史部在赤城、雕鹗和龙门所"荒田无垠"的河谷平原放牧，一方面得到明朝政府的抚赏（所谓"岁赏月米"），另一方面时不时加入明朝边军的对蒙战事，可以"捣巢赶马"，发一点战争财。特木勒教授说这是史部和其他属夷"春风得意的十年"。然而隆庆和议之后，史、车二部这样的属夷在军事上的作用大大下降，用以招抚边外蒙古的象征意义不复存在，而作为明朝财政负担的一面日益凸显，日子不那么好过了。可以肯定，长城地带的明朝属夷各部是不欢迎明蒙和议的，如果可能，他们会尽力破坏和议局面。事实上，就在和议刚刚达成之时，史大官就多次越界去蒙古本部"偷赶"马匹。蒙古那边"忍他不过",报复性地回抢,结果被抢者不仅有属夷,还有边境汉人。蒙古方面为维护和议大局,特地把"误抢"的汉人及其牲畜送回。这就要求明朝方面约束属夷,不许他们再行"捣巢赶马"。为防止属夷骚扰北边破坏和平局面,明朝把他们进一步内迁,筑城建堡予以隔绝。

隆庆和议之后的二十年,是塞内属夷的生活境况越来越恶化的时期。在长城之内,史大官死,史二官成为史部首领。在长城之外,俺答汗死,黄台吉赶回呼和浩特继任顺义王,留下他的儿子安兔(又译作赶兔)担任宣府以北土默特别部的首领。比史部境况更糟的车部早已陆续有人脱离明朝控制,北奔安兔的控制区。到万历十八年(1590),史二官率所部男女二千余口出边,投奔安兔,且对追来询问原因的明将说:"我亡,以内地多耕种,吾无牧所也。"这当然不会是唯一的理由。明朝在调查这一事件之后也承认,史二官所说的长城内河谷地带因种田而造成牧场不足,以及拖欠月米等,"似是实情"。进一步调查显示,宣府边将为了保护自己的犯法家人,对"老而驯良"的史二官极为粗暴,甚至"捽其发而窘辱之",随意杖杀包括部落贵族在内的史部部民。就是这样,史二官终于被逼上梁山,仓促北奔,从此成为一个国防威胁。明朝为了挽回颜面,逼迫蒙古方面交回史二官,甚至以断绝互市相威胁。更看重互市贸易的蒙古一方抓住史二官交给明朝,明人将他关押于宣府大营,至死未得自由。

史部部民中没有北奔的,加上北奔之后又南归的,还有一千多人。据明人的说法,多年之后,他们还"夷俗如故也"。其实他们已经有了很大的变化,放牧之外,耕种在日常生活中所占的比重越来越大,他们越来越像是定居的农民。只是从表面看,史二官的子孙仍然是部落领袖,仍然活动于塞内河谷间,主要在我们这两天所走过的白河堡至龙门所一带。

4

从红沙梁一路下山,我们离开了有墨绿色松林和清凉微风的山坡,在河谷南岸的台地上,以及修路卡车扬起的尘土中,顶着烈日再走一个小时,到了小堡村一带。公路离村庄很远,看得见河对岸已经崩塌的堡子和快要崩塌的墩台。几天来第一次,我觉得双腿乏力,不得不坐在路边粗大的水泥管子上休息一下。这时已经快十二点了,饥饿感相当强烈,而阳光的暴晒又成倍地放大了疲劳。从地图上看,我们还得再走一小时,才能到有小卖部或饭馆的地方。于是把背包里的饼干坚果等物都拿出来吃掉,喝一大口水。看王抒脸上,汗水流过之处,有明显的泥土痕迹,想我自己的样子也差不多。

再往前走,河谷渐渐开阔,公路右侧是大片大片的菜地。这里属于赤城县百里蔬菜产业带。据说在这个南北纵贯的狭长河谷地带,共有八万亩蔬菜田,产品都卖到北京,我们日常吃的蔬菜,一定有来自这个区域的。看到地里灰绿色的菜叶子,一向自负"多识鸟兽草木之名"的我,竟然不知种的什么菜。恰好一群村民在地里干活,我走过去打算请教。一走近就看清那银灰色叶片所包裹的,就是我们熟悉的花椰菜。这是我第一次见到长在地里的花椰菜,原来绿色的西兰花和白色的花椰菜,都是包裹在这种菜叶子里长出来的。另一块地里,几个村民正在割圆白菜。这种圆白菜有足球大小,算是很大了。不过比起我几年前在土耳其东部农村见过的巨型圆白菜来，只能算是微型品种，那种圆白菜比过去常见的搪瓷洗脸盆还大一圈，极为壮观。

快一点时，我们走了两天的蒋京线（X405）终于到头了，汇入国道京环线（G112）。发源于红沙梁的自东向西流的小河，在此汇入自北向南流的白河支流。这意味着灰尘漫天的路段结束了，但也意味着我们接下来要与各种汽车共享公路了。转入国道，折而向北，再走几分钟，路边就有一片房屋，是加油站和餐馆，似乎还有旅馆。餐馆里四张桌子，只有靠墙的一桌坐着一个男子在喝酒。开餐馆的似是一对母女，妈妈在厨房忙碌，女儿招呼客人，两人都身穿浅绿色的围裙，围裙上画有联通的广告。厨房门口挂了半截的帘子，帘子上有张家口产的白酒广告，从帘下看厨房里面，妈妈正站在木桌前用菜刀切葱花。女儿看起来二十出头，清秀而利索。我们放下背包，到院子对过上厕所，然后到院子里打水洗手洗脸。薄膜般贴在脸上的灰尘一洗而去，有种浮出水面的轻松感。

我们先点了两瓶冰啤酒，再点一盘炒鸡蛋、一盘西红柿炒西兰花、一盘家常豆腐、两碗米饭。等菜的时候，开始喝啤酒。冰凉的啤酒入口进喉，一路上的灰尘和燥热立即消失了。一辆卡车开到门口，下来两个中年男人，坐我们旁边的一桌。我过去看这种满身汗渍、双手油黑、衣衫甚脏的人，常常在心底产生疑惑，不知道他们怎么能表现得那么轻松，一点也不在意的样子。现在我自己身上也好不到哪里去，一杯啤酒也能让我快意平生，似乎打开了我的理解力，使我感到他们很亲切。饭菜端上来了，我们立即专注地吃起来。的确是饿了。是不是早晨吃的面条，并不适合走远路呢？从巡检司村开始，我心里一直有点嘀咕。这时，邻桌的酒菜也端上来了，我听见其中一个和那个女孩子的对话。

"有地方休息么?"

"有呢,那边有客房呢。"

"这地儿,啥都没有,咋休息呀?能不能找俩女的?"

"有呢,院里有母狗呢。"

没说话的那个男人大笑起来。我没想到自己这么快就喝完了一瓶啤酒,王抒问要不要加一瓶,我没敢,怕喝得迷迷糊糊影响走路。看门外的碎石和沙土,以及远处一棵毫无精神的白杨树,就知道比刚才还要热。我把凳子搬到墙边,靠墙坐着,脱掉鞋子,双脚搭在另一只凳子上,闭眼休息。那两个男人仍然在大声说话,好像是关于上个星期修车的事,被修车铺骗了配件钱什么的。有那么一瞬间,我好像是睡着了,觉得自己正在路上走着,炽热的阳光穿透了墨镜,眼前一片白光。

5

下午两点,我们从餐馆出来,沿公路向北走。正是最热的时候,基本上没有行道树,公路的水泥路面有烤透的气息。路西的河谷十分开阔,河道东侧全是菜田,种着花椰菜,大片大片的蓝灰色,田头堆放的菜叶发出腐烂的味道。当年这里应该就是史部属夷的牧场,只是不知道明朝边防将士及家人开垦田地时,是不是很早就占据了这个河谷,使得史部牧人无法继续放牧?天上飘着扯成长条的白云,在远处绿色山坡上洒下暗影。为什么我们头顶没有一团一团的云朵呢?这么愤愤不平地想着，一步一步往前走。

其实夏天是适合旅行的，除了气温高一点、阳光毒一点，一切都是好的，特别是满眼绿色，在别的季节简直不能想象。我读过近代日本人类学先驱、以探险和献身精神著称的鸟居龙藏的传记。他在1906年春从北京前往内蒙古的喀喇沁王府，那是四百多公里的路程，相当于我从北京走到正蓝旗的距离。虽然他搭乘王府派来的毡篷马车，并非一路步行，但那时的包铁车轮还没有胶皮轮套，道路坑坑洼洼，可以想见是多么颠簸摇晃。春天的冷风夹带着沙尘，连驴马都睁不开眼睛。除了天空，一路所见都是灰和黄，只有偶尔出现在山坡上的喇嘛庙装扮得五彩缤纷。靠近喀喇沁王府所在的王爷店时，一队蒙古妇女骑马来迎，骑在最前面绽开着笑容的，竟然是他那身穿蒙古服装的妻子，先他一个月而来的鸟居君子。鸟居龙藏这样描述喀喇沁王府：

> 喀喇沁王府位于阴山山脉中、英金河的支流西伯河畔，在众多蒙古王府中，这里的地势最高。古时候这一带有森林覆盖，松树很多，最近砍伐过度，树林减少了很多，但是现在还留下昔日是森林地的痕迹。比起其他王府，喀喇沁王府的建筑是最豪华的，前临河岸，两岸都有整排的树，后倚山丘，山上栖息着虎、鹿之类的野生动物。拨给我们夫妇的宿舍靠近围墙，墙外常有狼群出没，附近有石人石马。

鸟居龙藏到喀喇沁是搭了妻子的顺风车，因为王府聘请君子担任女学堂的教师。而君子之所以勇敢地应聘，是因为她深知丈夫早就盼望着去蒙古做人类学田野调查。鸟居龙藏在蒙古，名义上是到王府所办的崇正学堂兼任教师。在崇正学堂，他一方面教日语，另一方面学蒙古语，"教师与学生双方的语言能力突飞猛进"。教学之余，他和妻子一起练习骑马，踏查附近的史迹，采集石器时代的标本，还收集民谣和童谣，用他带来的计测器测定蒙古人的体质特征。从春间抵达到冬季大雪纷飞，他们没有离开过王府。年底时他给朋友写信，说起在蒙古的生活情形，感慨道："我可能如愿永居于蒙古。下次回东京，我会尽量把所要的书及其他东西全部打包带回蒙古。我已觉悟，当蒙古人，过蒙古人的生活，这样做反而让我快乐。"

可是才过去一个多月，鸟居夫妇决定顶风冒寒南返北京，再赶到天津，从那里登船返回日本，因为君子已有八个月的身孕。这个决定看起来有些仓促，似乎是临时做出的，可能他们犹豫了很久，最终不敢在医疗条件那么差的地方冒险生产，宁愿忍受在寒冷中旅行。腊月间，坐着那样的毡篷马车，从喀喇沁翻山涉水（全是冰雪）到北京，这个旅行真是难以想象。五个多月后，他们抱着三个月大的女儿返回喀喇沁时，还是坐同样的马车，走同样的道路，不过见到的已经是温暖的夏日风光，青山绿水，花开满野。此后，他们以喀喇沁为基地，开始对蒙古进行大范围的调查，一直到1908年11月才举家返回日本。

比起鸟居那些早已过时的民族志调查材料（主要见于鸟居《蒙古旅行》一书），他妻子的笔记才是更有意思的田野记录。鸟居君子篇幅极大的蒙古田野笔记于1927年出版，题为《土俗学所见之蒙古》，长达1160页，"用浅易的笔法，详实而具体地记录研究生活"，被誉为"卓越的报道文学作品"。为该书作序的是当鸟居夫妇颠沛跋涉于蒙古时，正在北师大的前身京师大学堂师范馆担任正教习的服部宇之吉。序文说："夫人抱着才出生数月的婴儿，深入不毛之地，也许有人会讥为无谋之举，我却相信龙藏君的探险经验以及夫人忠于夫君、充满自信的性格，定能化险为夷。"鸟居君子记录他们1908年3月15日离开王府前往辽代旧都时，是这样写的：

> 篷车队从北门出县城，渡过英金河后往北走，前边是一望无际的大沙漠，走了几十公里还看不到人烟，波浪形的沙丘如海浪般，一波波向车队涌来。

第一天晚上，他们借宿在刘家营子村一姓刘的富人家里，进了土围墙，君子抱着刚满周岁的女儿下了马车，刘家的人引她到厕所：

> 厕所的恶臭刺激了我的鼻子，很想吐。昏暗中定睛一看，身旁站着一头大牛。我大吃一惊，向周围环视，喔，这里，那里，都是牛，好像有四五十头。牛好像受了惊，一齐向我这边瞪眼。我从未遇见这么多牛，想到这些牛角一齐冲向我，一定没命，在暮色中我仓惶地逃出来。

这一年11月9日，鸟居夫妇回到北京，当他们走进据说是当时北京三家高级餐厅之一的东单扶桑馆时，受到柜台的冷遇。君子很快就明白了：

> 三年来我们生活在蒙古人中间，身心都已经变成蒙古人了。衣服又脏又破，头脸晒得黝黑，皮肤粗糙。很久没有照过镜子，我想我是满脸皆黑，只有两眼发出无精打采的光吧。

夫妇二人都喜欢在笔记里引用或创作俳句短歌之类。1908 年 4 月 23 日，鸟居龙藏用了一整天时间调查辽上京，感慨系之，写下这样的笔记：

> 城内荒凉极了，只剩中心位置那两个高台。附近有石狮子、很多石柱础，以及散乱于各处的黄、绿瓦片，可以想见辽代皇帝的御座就在这里。想起日本俳句诗人芭蕉的著名俳句，感觉芭蕉的即兴诗境与古城的景象颇为一致：

夏草やつわものどもが夢の跡
（这一片夏草啊，是阵亡士兵的梦痕）

我觉得最好的短歌还是鸟居君子写的。1906 年初，君子比丈夫早一个月只身来到北京，然后坐马车前往喀喇沁。风雪之中，君子一方面思念家乡和亲人，另一方面强自振作，触景生情，吟出一首短歌：

はらちんの都は近し　故国遠し
理想と共に朔風強し
（喀喇沁在近／故乡已远／强劲的朔风里／有理想做伴）

龙门所在近。当路边菜地里人多起来，远处绿树之上有一溜红瓦屋脊，右前方山坡上出现一座黄土墩台时，我知道龙门所已经不远了。这里是明朝北边的凸出部，那时候山上可能也有虎、鹿和群狼，正如清朝末年鸟居龙藏对喀喇沁的描述。靠近镇子时，迎面嘚嘚嘚地过来一辆黑驴拉的板车，车上装着两袋化肥，赶车人侧身坐在车首，上身是污黄的白衬衣，头上扣着大草帽。与我们擦身而过时，他的眼睛藏在帽檐的暗影里，我却分明感觉到他深深地凝视。

6

进入龙门所镇正好是下午四点，从早晨六点半出发到现在，不算在巡检司村休息和拐上国道后吃饭，我们走了整整八个小时。进镇后第一件事是找旅馆，东问西问，竟然一直找不到。看来镇子太小，交通又方便，需要在这里过夜的旅客是很少的。正在这时候，王抒接到潘隽的电话。第三天在岔道城时，她就说过要利用下一个周末赶过来，再次加入我们走两天。现在她让人开车送她，已经快到龙门所了，还说已经联系了一家旅馆。我们就在路边等她，不久白色的凌志车就到了。潘隽精神抖擞地跳出汽车，打开后备厢，让我们把背包放进去。我上车时，看到车里那么干净，而自己一身灰尘，犹豫了一下。汽车把我们带到镇子东北角公路边的一个小院里，是我们刚刚走过的，旁边的人并没有说这是一家旅馆。

这的确不能算是一家旅馆，只有两个房间，房间里各有四张单人床，其中三张没有床头护栏，拼在一起形成一个大床，靠着侧墙和后墙；有护栏的床靠窗横放；房中仅余的空地上有一把学校用的带写字板的座椅，椅子上放了一个塑料洗脸盆。床单、被罩和枕巾脏污油亮，一大队蚂蚁正在床上行军，床头还有一些虫子的尸体。顾不得那么多，先把背包放下、打开，拿出换洗衣服和毛巾，出来问老板在哪里洗澡。瘦瘦高高的老板大概六十出头，很腼腆的样子，领我到北厢房西头的水房，说热水器可能不好用，但凉水肯定有。我顾不得凉水热水，蹲在水泥地上，用一个塑料桶接水，凑凑合合赶紧洗了个澡。换了衣服出来，觉得一天的疲劳至少洗掉了一半。

这家旅馆收费很低，每人十五元。平时都是什么人来住呢？老板笑笑，只说，有人呢，有人呢。院子在国道西侧，路东就是田地。院子里有个花坛，种了西红柿、南瓜、茄子之类。花坛外面的地上，在砖缝之间，长着一株虞美人，花瓣红艳艳的。想起一路上时不时见到的禁毒标语，我问老板，这是虞美人呢，还是罂粟？老板还是笑笑，不是咱种的，它自己长的，就是个花嘛，咱也分不清。又说，野地里长的多了。跟老板又聊了一会儿，感觉他说话分寸感特好，就问他，你以前当过老师对不对？他不好意思地笑笑，没有回答。又问他，刚才进镇子后见路东一座高台上一群古建筑，是啥？龙王庙呗，他说。明代就有的龙王庙，现在还在那里呀。明人杨时宁所编《宣大山西三镇图说》的"龙门所图"里，在龙门所城的东侧，有一个大院子，标注"龙王庙"，就是今天国道东侧那一座。

龙门所是"龙门守御所"的简称。因为赤城西南还有一个重要驿站龙门镇，这个龙门所又被称为东龙门，或简称东庄。作为一座守备城，龙门所比长伸地那个堡子大好多倍，虽然城墙高度差不太多。长伸地堡的城墙周长一里两百七十六步，而龙门所的城墙周长是四里九十步。据明代《宣府镇志》，龙门所城有七座城楼、三座角楼、八座敌台楼、两个城门，南门名为敷化门，北门名为统政门。在守备城的南侧，还建有一座关城，城墙周长一里三十步，和长伸地堡相仿。

正常情况下，这里驻有官军一千零六十五名，马、骡一百四十五匹（头）。这座较为重要的明代边城，到民国时期还基本保存了原有的规模和格局，然而近六七十年来，就像刮了一场历史龙卷风，一切都被荡为废墟。有意思的是，只有那些宗教建筑或遗址，能够稍稍抵御这场龙卷风，或能够较快从废墟中重新站立起来。龙门所城只剩下几堵土墙，而城东的龙王庙仍然香火兴旺，庙宇内外古树苍苍。

旅馆不提供餐饮服务，老板推荐我们去北边不远的一家餐馆。到了那里，屋里已有一桌客人。我们请餐馆老板给我们在院子里摆下桌椅，点了菜，坐下休息。院子正对田野和东山，山上的黄土墩台沐浴在黄昏的日光里。清风拂面，凉爽宜人，说起白天在尘土中的诸般难受，竟然忘记了那些具体细节。此刻的感受会改变记忆中的感受。饭菜上来了，什么都显得那么好吃。和老板聊天，问她为什么龙门所没有一个像样的旅馆。有啊，她说，塘子庙温泉那边有好多度假村呢。哪里哪里？塘子庙，不到十公里之外。洗过澡、吃饱饭的我们，开始在乎那家旅馆油腻的床铺和床上成队成群的蚂蚁了。如果温泉度假村可以开车把我们接去，明天早晨又可以开车把我们送回龙门所，那么今夜真是不妨住到那里去。我向王抒和潘隽提出这个想法，他们马上同意了。于是查到一个电话，打了过去。对方问我们需要多少房间，说是房子少了不提供接送。一听说要三间房，立即说，行，立马就来。

我们回到旅馆，跟老板说了这个变化，又是道歉又是感谢。潘隽给老板五十元钱，老板坚持不收，潘隽硬塞给他。这时天黑下来了。还没收拾好背包，度假村的汽车就到了，赶紧把晾晒的衣服卷成一团，直接上车。再过二十来分钟，就到塘子庙村了。原来真是有很多家温泉度假村，不过多数正在建设中，到处是建筑工地的感觉。我们联系的这一家称作"温泉宾馆",是一栋二层小楼,紧靠着公路。每个房间的卫生间,砌了一个方形池子,那个样子让我想起家乡的猪圈。有热水管通向池子,客人就在里面洗温泉。宾馆服务人员来介绍温泉洗浴的操作程序,我说不必了,今天不洗了。

今天睡意来得特别早,拿起笔记本,只写得几行字,就关灯睡觉。明明听到有蚊子在耳边唱歌,还是心无旁骛地见周公去了。

白云依旧照黑河

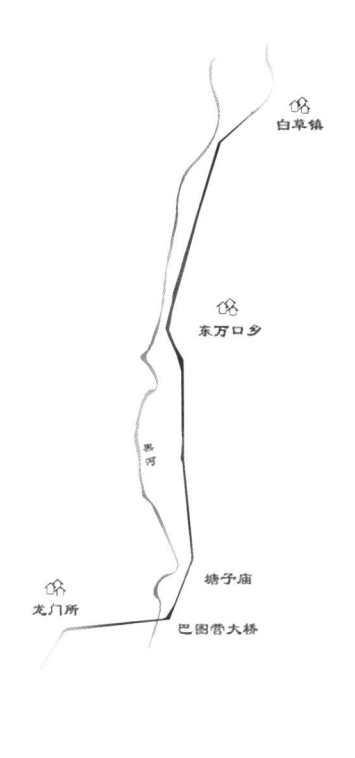

——从龙门所到白草镇

白草镇

东万口乡

黑河

塘子庙

龙门所

巴图营大桥

1

塘子庙就是明代地图上的"滚水塘",以温泉得名。地质学家解释说,这一带主要是受深断裂控制,加上一级构造的制约,由于断层发育,岩层破碎,地下热水沿张性断层侵入岩脉,露出地表,就形成塘子庙温泉群。据说,过去共有七十二眼热泉,水温可高达75℃,真当得起"滚水"之称;现在还有超过四十处泉眼,稍大些的早已被"开发",其余也正在被"开发"。在中国,近年来"开发"一词似乎越来越令人生畏,好像任何好资源一旦被开发,就面临伤害、破坏甚至毁灭的悲惨命运。塘子庙这一带的温泉群,毫不例外地卷入开发的浪潮,到处都是兴建度假堂馆的工地。作为开发的成果,我们住的这家"温泉宾馆"开业不久,床铺墙面还算干净。半夜来了一车客人,大呼小叫地闹了好久。

宾馆主人言而有信,一大早开车送我们返回龙门所。根据他的描述,白草镇和龙门所一样,没有适合过夜的饭店,我们决定在这里多住一晚,也就是走到白草镇之后,再返回塘子庙。这样,我们就把不必要的行李都留在房间里,背包就显得很轻了。离开塘子庙时不到早上七点，说好等走回到这里时再吃早饭。我们挤进昨晚坐过的那辆小车，先向南到巴图营，再向西沿盘山公路爬上一座山，直奔龙门所。昨晚一片漆黑，除了车前灯光里的路面，什么也没看见。现在终于看得清沿途风景了。十公里的路程，不到二十分钟就跑完了。回到昨晚吃饭的那家餐馆前，下车背上背包，看路边一丛鲜艳的罂粟花迎着朝阳轻轻摇曳，开始今天的行程。

从龙门所沿 G112 先是向北，一路越走越高，到小东沟林场就到了白河与黑河的分水岭，下山之后折而向东，进入黑河滋养的河谷地带。下山时我们没有沿公路旋绕盘山，而是走一条小路径直下山，在长草与灌木间觅路而行，大大缩短了路程。早晨车少，山谷里有清脆的鸟鸣，墨绿色的松林和浅绿色的灌木丛在远近山坡上画出不规则的格子图案。阳光刺眼，但还不觉得很热，正是一天里最适合走路的时刻。一小时四十分后，就到了巴图营大桥。黑河从桥下急急东流，东边不远是已经停用的、从前公路的多孔拱桥，看起来很漂亮。黑河是白河的支流，发源于赤城、沽源两县交界的黑龙山一带（最高峰是东猴顶），东南流过冀北山地，最终在白河堡水库以东汇入白河。

G112 在巴图营之前都是下坡路，过巴图营之后转而向北，一路都是上坡，开车可能感觉不到，走路还是比较明显的。到巴图营之前，走得轻松愉快，一路说说笑笑。过了巴图营，再走半个小时，我就开始出汗，还微微气喘。显然王抒和潘隽体力比我好，竟越走越快，把我远远甩在后面。我正在犹豫是不是加快脚步，挂在背包横带上的手机响了。看到来电姓名（K老师），我接了这个电话。已经好几年没有接到 K 老师的电话了，每次接他的电话都很沉重。寒暄几句之后，K

黑河旧桥

东边不远是已经停用的、从前公路的多孔拱桥,看起来很漂亮。黑河是白河的支流,发源于赤城、沽源两县交界的黑龙山一带。

老师说想找个时间请吃饭。我说谢谢，怎么敢，我请您才是。又说，眼下不合适，我不在北京，过一阵吧。K老师问，你在哪儿呢？我说，河北赤城县。啊，那没多远啊，啥时回来？十来天吧。那么久，干啥呢？没啥，转转。哦，旅游啊。

对北大历史系来说，K老师具有双重的身份，既是系友又是学生家长。我刚留校时认识了在读博士生小K，得知他父亲也是北大历史系毕业的，在吉林某高校任教。父子同系的佳话，并不常常听到。不幸的是，这位年轻博士毕业后不久，忽然失踪了。1999年冬，我在新疆住院、在湖北养伤整整半年后，刚回北京，有天傍晚去学校，在澡堂外的梧桐树下遇到他，他还关切地问我身体情况。后来知道，那之后他就失踪了，我居然是最后一个见到他的。也许是因此，专程来京打探儿子失踪案的K老师和我见过几面，通过几次电话。大概因为我是年轻教师，他也不认识别人，我就成了他在北大历史系的主要联系人。他回吉林后，每隔一阵就打电话来，探询是否有什么新消息。所谓活要见人，死要见尸，如此不明不白，做父母的当然无法接受，一直期待奇迹。有人告诉K老师，可能他儿子被派到国外执行特殊使命去了。他在电话里问我，这可能性有多大？我说，我对中国的秘密职业全无了解，不知是否有过先例。他说，有，听说过一些。又说，那这小子也该想个办法给家里透个信儿吧，这不得把他老妈急死呀。

又过了一两年，忽然接到K老师的电话，说他和老伴搬到北京来住了，在昌平买了房子，"退休了，没啥牵挂了，在北京等孩子回来"。他约我在北大二院见面，几天后见到，老两口比几年前明显苍老了许多，七十来岁却显得不止八十岁的样子。我说请他们吃饭，他们坚决不同意，说是看看北大就回家去。那时来来往往有不少学生和老师走过，他们当然谁都不认识。K老师问起系里的情况，他认识的老师多已不在人世，健在的似乎他觉得也不便贸然拜访。"跟你说说就挺好。"他说。他在书店翻看系里一些教师的著作，电话里聊过，见面时更是不停地表示佩服他们的学问。记忆中似乎那是最后一次见面，后来就只在电话里聊聊。不知道是不是因为我有意避免见他们，或是他察觉到我不太情愿，K老师后来很少提见面。有一天我收到包裹，是一本有关高句丽研究的资料集，看地址是他寄来的。过了几天接到电话，原来他在杂志上读到我讨论高句丽的文章，就把这本书送我，希望有助于我的工作。

说起来都快二十年了。前年春节我在美国接到他的电话，说了拜年的话之后，他好像不知还说什么好，停顿一阵子。我问，身体好吗。好，没啥不好，没啥不好。又停顿一阵。我说，那咱们回来再聊，我这会儿在国外呢。是不是我的声音透露出不耐烦之类的情绪，他说，哎呀，抱歉。立即挂断了电话。这一年多再没有联系，直到我走在巴图营以北的太阳下。有时候我们强制自己不去问这个问题：如果自己遭遇这样的不幸会怎么样？同情都是短暂的、有限度的。我叹一口气。远离熟悉的环境，去看看外面的世界，至少是推动我们出门旅行的理由之一，然而在异乡的蓝天下，你却发现自己的心思总是飘摇于那些熟悉的人与事之间，一如此刻我因接了K老师的电话而想起他的人生，当阳光变得越来越像火一样酷热，在黑河东岸寂静的公路上。

2

回到塘子庙是十点十分，早过了与店家约好的时间，但他们还是为我们做了饭菜。这家"温泉宾馆"的餐厅同时也是小卖部和办公室，昨晚我还看到一桌人在这里打麻将，夜里显得乌烟瘴气，白天看还算整洁，饭菜也不错。吃完饭，我们包了几个馒头，带着准备当午餐。再回到路上已是十一点了。村北路边见到好几处木牌，写着"单间十元""大池五元"之类的广告，昭显着本地温泉资源的开发热潮。几公里之外，一家大型温泉度假村正在建设中，这里离塘子庙温泉群已经相当远了，意味着他们要么开掘深井抽采地下热泉，要么泵取河水简单地加热成所谓的"温泉"。工地上看得到一些半球型的建筑框架，大概是蒙古包式建筑，和附近的"塘子营民族村"一样，以开发蒙古族文化资源的方式发展旅游。

路西河谷一侧的玉米地边，醒目地竖立着水泥碑板，在罂粟花果的背景上，是八个红色大字："卫星监控，种毒难逃。"路上和村民聊天，说前几年很多人种植罂粟，这两年好多了，因为政府打击得厉害，"卫星啥都能找到呢"，他们说。有意思的是，有些种植者为了躲避检查，用花盆种罂粟，挂在树上。有时大半个山坡的树上都挂着陶盆，把树林都变得红艳艳的。花籽随风飘散，山坡河谷间就有了"野生的"罂粟，开花季节是相当好看的，我们这一路上常常见到。我想起去年夏天在桐柏山区听说的，山村留守老人的主要经济来源就是种罂粟，即使种在地里的被政府来人打掉，种在自家小院里的一年也可以挣万把块钱。那些过去多达五六十户人家的山村，如今只住有五六个病残老人，他们有足够的田地种菜种粮，但几乎没有渠道获得看病买东西所需要的现金,这种情况下,就会有毒品组织来把他们编织进那个种植罂粟的网络。

走过东梁村时正好十一点半。村子在公路西侧地势较低的河谷,从公路上可以看到全村的房屋和街道。暗红和灰黑两色的屋瓦分别标示着两个不同的时代。灰黑色屋瓦的老房子大多已破旧残损,屋檐瓦片滑落,露出泥土和椽木,但精致漂亮的黑色窗棂依稀回响着热闹的旧时光。这些清代或民国时候的老房屋多数已不再有人居住,屋后长方形的院子早已开为田地,种满了玉米、土豆和蔬菜。村里树木不多,只有几棵白杨树和榆树,孤独地挺出黑瓦红瓦的屋顶之上。天空湛蓝,点缀着几朵白云。远处看得见黑河西岸的青山,阳坡是低矮的灌木和草丛,只在北坡有一片片的人工林,大概是松树和柏树。黑河在这一带流量并不大,但河谷开阔,滋润了河谷里的草场和农田。

中午十二点,我们走到东万口乡。这是龙门所到白草镇之间最大的集镇,我们从早上到现在走了近二十公里,差不多是一半路程,正好休息一下。街两边摆摊的多,逛街买东西的少,显得一派荒寂。进了一家商店,买几瓶水,一个西瓜。柜台上的年轻女子说:这瓜可不甜啊。没关系,有水就行。店里空间狭窄,没有地方吃瓜,我们抱着瓜出来。正午时分,骄阳似火,也不能坐在太阳下吃瓜。沿街走几步,见到街东一个院子,院子东头一棵大榆树,旁边有一台报废的拖拉机。这个院子属于东万口公路段,院子北侧的一排平房就是公路段的办公室,里面有一些桌椅。只有一个办公人员在,得他同意,我们搬了一张桌子和三把椅子到院内树荫下。拿出一直带着却从未派上用场的户外餐具,分食西瓜。西瓜确实不甜,但我们还是非常满足,更何况我们头顶着树冠很大的榆树,还有麻雀飘飞于那台锈迹斑斑的拖拉机上。

东万口到巴图营一带就是明朝所谓"李家庄夷人"所在的"李家庄"。史料中的李家庄夷人似乎有两拨,分别在宣府和蓟州的边外,研究者有各种解说。这个地名在万历年间已经成为一个问题,当时就有人以为龙门所本名李家庄,其实龙门所本名东庄。照我的理解,两拨"李家庄夷人"根源其实是同一拨,即本是蓟镇边外的"朵颜别部",是独立于蒙古本部、与明朝关系较为亲善的朵颜三卫的一部分。其中一批人沿长城一线向西移动,来到宣府龙门所东北边外驻牧。当时明朝边镇知道他们的底细,仍称之为"李家庄夷人",时间稍久,明人记录中就把他们所在的黑河河谷一带记作"李家庄",把这批自东边流徙而来的蒙古人称为"李家庄流夷"。随着土默特蒙古的崛起,俺答汗的势力逐渐覆盖到宣府和蓟镇边外过去由"流夷"控制的地区,吞并了绝大多数"流夷",包括黑河河谷的"李家庄夷人"。在宣府边外统治新附各部的黄台吉与黑河河谷的原李家庄夷人发生矛盾,这批夷人在史鸡儿(色振儿)之子史大官、史二官两兄弟的率领下,于嘉靖四十年(1561)投降明朝,成为此后宣府事务中非常重要的属夷之一,即史书上所说的"史夷"。史部附明之后,一段时期内在蓟州和宣府同时申领例行的"抚赏",直到蓟州方面发现为止。这说明两边的"李家庄夷人"其实是同一拨人。

从政治上独立的"李家庄流夷",到成为黄台吉统驭下的阿勒巴图(Albatu,意思是属部),再到南奔降明成为明朝属夷的史部,这批长城地带的蒙古人在三十多年内经历了命运的多个转折。而降明之后,又遭遇隆庆和议的重大历史变化。这一变化,清代魏源在《圣武记》里誉为"不独明塞息五十年之烽燧,且为本朝开二百年之太平",然而正是这一变局给宣府属夷带来了极大的问题,造成他们后来再次外逃，以及被明朝强制蒙古本部送回，等等。五十多年间，他们的命运一直在风口浪尖上飘摇不定。在准备这次"走向金莲川"的历史资料时，我注意到这一群人。他们的命运，我从走进白河堡水库开始就一直惦记，不能忘怀。现在我们到了黑河东岸的东万口，到了李家庄流夷曾经的故乡。就是在这里，他们有过一段不太长久的自由和快乐的时光。

3

长城一线的明朝守边军人与长城外的蒙古各部之间，即使在烽火不绝的紧张时期，也保持了一种非常复杂的关系，有时是一种今人难以理解的互依共存的关系。比如，有些边堡将士为了腾出时间照料他们开垦的农田，就请边外的蒙古人替他们巡守边墙和墩台。有时则相反，塞外蒙古人会请明朝军士替他们放牧。这就是《明实录》所说的"虏代墩军瞭望，军代鞑虏牧马"。走私贸易是长城内外各种人群共同参与的经济活动，其规模之大、涉及面之宽，远远超过了史料记录。在隆庆和议以前，对明蒙互市的必要性、重要性和紧迫性，与草原社会有紧密联系的明朝戍边将士远比朝中政治家们理解得深刻，这至少反映在朝廷一再拒绝边镇有关互市的提议上。当长城内外正在卷入同一个市场、同一个经济浪潮时，政治家看到的只是鼻子底下的政治利益。

如果把"李家庄流夷"这样的人群也纳入考虑，作为传统农牧分界线的长城地区就更呈现出一种复杂多元的人文景观。这种"流夷"夹在明朝和蒙古本部两种超级势力之间，在长城外狭窄的山区河谷间求生存，虽然人口不多，规模不大，却尽可能久地维持了自己的独立地位。除了自己放牧和耕种，他们的经济来源主要是串通明、蒙两边的走私贸易，以及时不时对明、蒙两边进行突袭式的抢掠。他们的根据地都是"四围皆山，壁立如削，林木茂密"的地方，易守难攻，"其中旷衍，周匝约百里"，又有足够的生存空间。他们从明、蒙对抗中获益，根据力量对比和形势变化决定自己的策略。

明朝观察的结论是，这些流夷"犹中国山贼也"。明方很高兴地看到他们"常盗俺滩（俺答）马牧"，因为所居"山深险"，强大的俺答也"无如之何"，"非兵不相敌，盖险不可攻也"。根据通晓边事的明人尹耕的记录，这些流夷很注意维护与明朝边堡的友好关系，他们集中兵力去蒙古本部（所谓"大营"）"捣巢赶马"时，特意知会长城上的明朝将士："往大营盗马，无南事也。"突袭大营归来，也要这样向明方解释。这大概是因为他们集结军马，奔驰于边外，会引起长城守军的警惕，所以要通告明方以免引起误会。在"大营"（蒙古本部）与"南"（明朝）之间投机获利的流夷，当然也同时面临两边打击的风险，不过由于他们目标小，人众有限，可以较为轻易地流移躲避于深险之地。

所谓"李家庄夷人"并不都是蒙古人，事实上他们是来自四面八方的一锅大杂烩：汉人、蒙古人、逃犯、强盗、乞丐、难民、农民、牧人……他们依靠朵颜部残余的部落框架组织在一起，如梁山泊好汉那样生活在明、蒙两个政治结构之外。明人早就发现，李家庄夷人的基干人群是"诸夷华人之逋逃者"。虽然兼有蒙古人和汉人，从他们的首领陈挞頇、色振儿、阿耨豆儿几个人的名字看，这个人群主体上是蒙古人，社会内部以蒙古语为通用语言。这种社会构造意味着他们对南边的明朝和北边的蒙古大营都有相当深入的了解,也拥有与外部世界轻松沟通的能力。"土肥沃,可屯田"的自然条件,与"华人逋逃者"相结合,也推动了农业种植的发展。不同于历史上农业在蒙古高原上的零星出现,明中期以后草原南部,特别是靠近长城的地带,农业比重显著增长,深刻地、永久地改变了这个地区的生态面貌。

明朝官方对这种介于明蒙之间的独立人群,也有比较清醒的认识。《明实录》载嘉靖十年(1531)巡按直隶御史李宗枢的报告,他认为,由于李家庄流夷这类人的存在,等于在明蒙之间设置了一个战略缓冲带,使得蒙古大军不能轻易直逼长城,"此地因彼住牧,北虏亦罕能至"。这种人群有如双刃剑,固然可借以阻隔蒙古,同时也可能越境内侵,就是所谓"善抚之则为我藩篱之用,不善抚之则为我门庭之寇"。那么应该怎么与他们相处呢?李宗枢建议朝廷指示边防镇巡官将,既充分利用这些人群可利用的一面,又必须看到他们需要提防的一面,"犯顺则剿杀,以挫其锐;贡市则恩信,以结其心"。

然而,宣府明军对李家庄流夷的策略并没有维持前后一致。尽管很多人都有近似李宗枢那样的认识,但一些主事的将领贪功求利,竟然趁李家庄流夷放松对明人的警惕,多次发动袭击(这类袭击就是所谓"捣巢")。嘉靖二十二年(1543)宣府总兵官郄永率领家丁从龙门所出塞袭击,"斩四十余级而还"。第二年冬天,郄永与口北道参议苏志皋再次从龙门所北出,"斩首五十二级,获马一千有余,牛羊无算"。打了胜仗,当然要到朝廷邀功,"朝廷嘉其能,各重加升赏"。苏志皋为此写了一首《甲辰北伐》,有"半夜驱兵薄虏营,旄头星陨将星明"之句,尽现得意扬扬之态。

郄永等人昧于蝇头小利的行为受到了有识之士的批评。比如,尹耕认为郄永"怯于御强而勇于贪弱"，这么做"不惟失李庄诸房之心，无以成抚处之计，抑使之饮恨于我，盗边日甚"。尹耕也看到，真正因小失大的，还是为渊驱鱼，为丛驱雀，逼得这些流夷投靠蒙古本部，使蒙古本部的兵锋直接来到龙门所的长城脚下。所以他说："或自虞孤弱，求合大营，所失非寻丈也。"可是，袭击捣巢的好处诱使另一些边将效法郄永，继续这种因小失大的做法。嘉靖二十五年（1546）夏，宣府游击将军吕阳和参将董麒对宣府督抚唱出高调，放言"必立功以报国"，然后"出塞袭击李家庄诸房"，虽然"斩三十余级"，但返程时在大雨中被追兵赶上，明军大败。董麒不敢支援前面的吕阳，径直逃入长城，吕阳弃众潜逃，"间关获免"。

事后总结，吕阳"作俑贪功，废谋轻举"，董麒"见房先回，不援后拒"，都得到应有的惩处。新任宣大总督翁万达改变策略，决心与李家庄流夷调整关系，为此特地把郄永从宣府调开，让他"闲住京师，不令在镇"。翁万达最担心的，也是这些流夷被郄永之流的贪功之举推向蒙古本部的阵营。他说："设使我军屡袭为功，逼之太甚，势弱不能自立，将必并投大房，为彼向导，地方愈益多事，费于支吾。"翁万达的政策调整在多大程度上阻止了事情向更糟的方向发展，换句话说，郄永等人把李家庄流夷向蒙古大营的方向推了多远，现在没有足够的材料来分析和判断。不过几年之后蒙古本部的势力就发展到了黑河谷地，龙门所之外都是黄台吉的统治区域了。与蒙古大营本有历史仇隙的朵颜别部，终于在多种历史因素的共同作用下，与俺答汗建立了主属关系，成为蒙古本部的阿勒巴图，从此丧失了独立地位。

李家庄流夷这种在夹缝中求生存的人群投入俺答汗的阵营后，长城南北真正变成了一个非明即蒙的二元世界。十年以后，当史部与黄台吉的矛盾日益激化时，明朝边镇抓住机会诱导史大官、史二官兄弟率部叛入长城，降附明朝，成为明的属夷或熟夷。这意味着他们告别黑河谷地，迁入白河河谷，也就是我们前几天走过的那些地方。那之后的故事，比如史部在"隆庆和议"之后的艰难处境，比如史二官率部逃出长城，又被蒙古本部送还给明朝，等等，我们在来龙门所的路上，都已经熟悉了。

4

在东万口的大榆树下吃西瓜之前，我们就接到两条有意思的信息。第一条是王抒的好朋友刘未发来的，问我们在哪里。刘未是北大毕业的年轻考古学家，在中国人民大学教书。他和太太想来慰问我们一下，然后顺便考察去上都路上的几个古城。我们当然欢迎，约好晚饭时在白草镇见面。第二条信息是郭润涛发来的。他三天前走延庆至白河堡水库一段时，发现自己缺乏徒步所需要的背包、鞋子和衣服，和我们告别时就说要更新装备后再来。现在他发来四五张照片，都是刚刚在太太陪同下到"三夫户外"买好的高级装备，包括一双登山鞋、一对登山杖、一套上衣和裤子、一个专业户外背包。既然有了这么好的装备，那赶快用一用吧。他回说，好的，再陪你们走一天。看来，今晚的白草镇会非常热闹。

从东万口向北，经过梁山湾之后，黑河越来越偏向河谷的东侧，也就是越来越靠近公路。河边浅草滩上，有白花花的羊群。放羊人头顶大草帽，右手半举羊鞭，左手拿着手机。河谷偶尔会有一丛丛的白杨林，可惜公路两边并没有高大的白杨树帮我们遮挡阳光。天空澄澈，碧蓝如洗。几天来我已习惯了这样的蓝天，不再那么惊奇、那么满怀感激了。想想在北京，但凡有个好天气，微博、微信上都是满屏赞美。只要蓝天上再飘几朵白云，人人都忍不住掏出手机来拍照，似乎是要留下证据，证明我们也曾见过美景，证明生活并不总是雾霾沉沉。

从官路坊蒙古族村路口开始，王抒越走越快。潘隽说王抒两脚都打了水泡，有个水泡在脚底板上，稍一停留就感觉剧痛，连续快走则可使创口麻木。我和潘隽聊她的公司情况，对我来说那是一个极为陌生的世界，但她说起创业的种种艰难，其中政府行政部门的繁琐手续最最无奈，这我倒是常常听说。她还说，以前不了解，到自己办了公司，才知道企业税负真是惊人。"打个比方吧，"她说，"一万元的薪酬，员工实际拿到七千元，企业缴纳'五险一金'要支付一万四千元"。"五险"指养老保险、医疗保险、失业保险、生育保险和工伤保险，"一金"指住房公积金，虽然各地缴费费率有差异，但中国的社保费率在全世界比较都算是高的，甚至高过一些高福利国家。潘隽说："是高额的税率和社保费率，让企业不堪重负。"

前不久读到，深圳的财政收入早已超过台湾，而台湾的人口数量和GDP总额却远远高于深圳。统计显示，2014和2015年，包括非户籍人口在内的深圳常住人口，人均奉献给政府财政的金额竟是台湾的三倍以上。

常常听到"国家富强"这样的话，从税收和财政的角度看，国家的富与强未必是社会富庶的结果，关键是政府如何把社会财富转化成国家财政。战国时代为什么法家普遍受到各国君主的欢迎？因为他们擅长从制度上和法制上增长国家的力量，也就是尽可能地吸收社会财富，不仅把一切物资转化到国家财政体系之内，而且把全体国民都组织进国家的军事系统，建立起空前有效的战争机器。汉代以后，都是"霸、王道杂之"，外儒内法，意识形态上是儒家，政治制度上还是法家，归根结底是国家（state）控制和榨取社会（society）。在这个意义上，历史上的所谓"太平盛世"，所谓"富国强兵"，与普通人民的幸福生活，还真是没有绝对的正相关的关系。

下午三点半，到瓦窑村口。颇有一点疲乏了，既累又饿。村口向东北岔出的斜街路边，两棵白杨树的树荫下，一群村民围坐着打扑克牌。我们在离他们不远的地方坐下，喝几口水，吃了一直带在包里的馒头。微风吹过，汗湿的衣衫凉凉的很舒服。潘隽替王抒检查脚上的水泡。我瞥了几眼，有点不敢看，就挪到打牌的村民中，看他们打牌。

他们打的是升级，单副牌的那种，是我上本科时花了最多时间的一门课程（上研究生时就研究两副牌的拖拉机了）。那时至少在两年间，我们班男生的一小半人都卷进来了，打牌的虽只有四人，旁边山呼海啸的岂止十个。每天从中午到午夜，铁打的营盘流水的兵。有时对宝座的争夺达到白热化，主打者都不敢上厕所，生怕从厕所回来发现牌桌易主了。当然也有人约着敌方一人同去厕所，还得把牌带在身上，防止别人抢夺。那真是奇怪的，但也令人怀念的日子。

我蹲在一个穿红上衣、戴珍珠项链的中年妇女背后，看她起牌、出牌，看得入迷，忘乎所以，竟然支起招来。从我的支招中获利的这一位似乎看出我的牌技更高，或瘾头更大，而且出于礼貌，把牌交给我，说："你来打，你来打。"我猛然意识到我并不是在三十年前的北大32楼，赶紧推辞："你打你打，我马上要走了。"就这样又看了一阵，才背起背包重新上路。

太阳一斜，天就凉下来了。在于家营以南，一座水泥桥北的护栏上，满满地坐着于家营的村民们。看起来全村的人都来了，可是并没有什么重大活动，大家只是在乘凉，在享受太阳落山之前的夏日时光。前几天我们偶尔见到路边的村民几乎没有表情，这些人不同，彼此说话时，表情丰富而生动，令人大感亲切。我们走过时朝他们笑笑，他们也笑着打招呼："去哪儿呀？""白草镇。""那不远了呀。从哪儿来呀？""从北京。""北京……？就这么走着的吗？""是呀，走着的。""哦呀。"

5

下午五点整，我们走到白草镇南G112向东转告别黑河河谷的地方，完成了今天的行程。在镇子西头找到一家餐厅，外面屋角竖着一块红漆大字"泰山石正挡"的三角立石。卸去背包，坐下休息，等待刘未夫妇和郭润涛夫妇的到来。喝水之后各自掏出手机，埋头收发信息、查看照片。我在"微信运动"上看今天的步数，吃惊地发现我们三人的步数差别非常大：王抒走了54326步，潘隽走了47604步，我只走了43032步。手机根据身体动作计算运动情况，像我们这样持续走路的，手机所记步数应该基本可靠。那怎么会有这么大的步数差异呢？大概是步幅不同。我只用一根登山杖，王抒使用双杖。有一种说法是双杖使人步幅变小，但速度加快。加之脚上打了水泡，促使他倾向于让双脚更多更快地接触地面，从而使脚底板神经麻木而减轻痛感，当然这样步幅就会变小，同时速度却加快了。王抒创纪录的步数，见证着他这一天行走的艰难。

刘未夫妇六点前就到了，我们先点了几瓶啤酒。刘未说，之所以晚到，是因为经过龙门所时，下车对明代古城进行了考察。问他，觉得那座古城怎么样？他说，可惜残存的部分实在太少了。我问他是否考察了古城东侧的龙王庙。他说没有。我估计龙门所的龙王庙还是值得调查一番的。我对刘未这几年的工作了解不多，只知道他以前做辽代考古方面很为人称道。王抒告诉我，前年他们两人一起参加了胡戟先生组织的丝绸之路考察，走访了中亚重要的历史名胜。我在刘未的微信号"鸡冠壶"上，读到他对中亚一些古城的考古学分析，很佩服他视野开阔。现在当面听他品评国内考古学界，觉得非常开心。

但刘未很快就把话题扯到欧洲杯上。八强赛今天凌晨刚刚赛完一场，威尔士战胜比利时挺进四强。不幸的是，我们住的那家"温泉宾馆"的电视没有中央五台，超级球迷王抒只好用手机看图文直播。八强赛最重要的一场，德国对阵意大利，今天夜里（明天凌晨）就要上演。刘未说，这个我必须看，一定要找一家有中央五台的饭店。你们住的宾馆居然没有中央五台？这个问题他连问了几遍，似乎无法理解。在他要求下，潘隽赶紧在手机上查塘子庙所有的"温泉饭店"，看哪家有中央五台。可惜查不到明确的信息，只能到了再确认。

七点刚过，郭润涛夫妇的车到了。一见面，郭太太就对我怒道："罗新，你又害我们家花钱！"他们今天去户外店买了超过七千元的徒步装备，堪称豪买。她说，老郭总是这样，花钱买了又不用。她的话是有来历的。我们在北大历史系的这几个好友，每人都有自己的偏好，比如有人喜欢古典音乐，有人喜欢摄影，互相影响，成为小圈子的一时风气。当然这些都不是省钱的嗜好，有时甚至可以说主要是凭设备见高低，某些人还整天炫耀自己的无敌兔和小白。郭润涛加入这种军备竞赛后，不甘落后，音乐方面买了大量原版CD，摄影方面一出手就是"大三元"。当然也不全是瞎花钱，他的相机和镜头在我们历次的野外考察中都派上了用场。现在他为了徒步，不得不重新武装，没想到走个路也有那么多讲究，似乎又是一个拼装备的无底洞。我宽慰郭太太：没关系，只要老郭用这套装备走两周，就很值得了。她说：走一周也行呀。

郭润涛夫妇带来一个大西瓜。餐厅服务员帮我们切开，放到大餐桌上，比我们在东万口吃的那个要甜得多。吃饭时讨论明天的行程，刘未夫妇要开车先去上都，他们对徒步也没有兴趣。郭润涛当然是要和我们一起走了，郭太太呢？大家都鼓励她也参加走一天。王抒说明天要走差不多四十公里，可能是全部行程里最长的一天。郭太太一开始有点犹豫，说她没走过这么长，担心自己走不下来。我说，我也没有走过这么长，走不动了到时候再想办法。其实我知道，郭太太身体很好，一直坚持锻炼，前几年我在海淀一家健身房运动时常常碰到她。可以肯定，如果明天有人走不下来，那一定不会是她。这样就确定下来：明天一早我们坐郭太太的车从塘子庙到白草镇吃早饭，把车停在这家餐厅的后院，五人一齐出发，到达目的地后找车把他们夫妇和潘隽送回白草镇，再开车返回北京。

饭后我们七人分乘两车，返回塘子庙。天已完全黑了，依稀识得白天走过的路。本以为开车一眨眼就到，没想到跑了好一阵子。到达宾馆，老板热情地说，正担心你们呢，咋这么晚了还不回来。刘未非常幸运地找到一家有中央五台的饭店，开车投店去了。郭润涛夫妇住进我们这一家接近客满的"温泉宾馆"。服务员热情地介绍怎么使用温泉水龙头,原来还有许多复杂的机关。不知道他们几个怎么样,我哪里顾得上洗温泉,草草冲了一个澡就上床死睡了。一夜连个梦都没有。

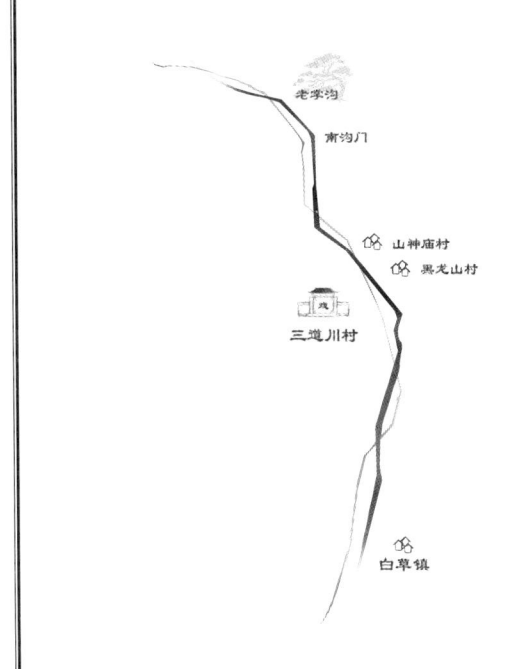

水远沟深山复山
——从白草镇到老掌沟

1

六点起床，昏昏沉沉的天光应和着贪睡的心情。欧洲杯八强赛德国对意大利的比赛刚刚结束，住在旁边一家旅馆的刘未沉入睡乡可能才几分钟。把背包装进汽车后备厢时，我问王抒比赛结果。他说，点球踢到第九轮，德国胜。一场艰难漫长的比赛，意味着王抒一定没有得到足够的休息，而我们今天还得走比前几天更多的路程。郭润涛感叹道：还是年轻啊。装好行李，大家挤进汽车。郭太太把车开上她昨晚已经熟悉的路上，在渐渐明朗的晨光里驶过黑河河谷，六点二十几分就回到白草镇西头那家餐厅，把车停进后院。前一晚已经说定，餐厅给我们准备好了早餐。半小时之内吃完，带上午饭，我们告别G112国道和尚未完全醒来的白草镇，沿黑河东岸的一条县级公路（X404）向北，朝黑龙山森林公园的方向进发。

一行五人，声势自是不同。列队走在公路西侧，五人的衣服色彩各异，郭太太的橙色冲锋衣尤其鲜亮。可是清晨的公路上既无人也无车，没有谁来看我们。郭润涛换上了专业装备，果然精神抖擞，登山杖敲击地面的声响清脆有力。偶尔有晨风拂过，带着山林草木的气息。

高空有弥散的白云，低空有稀薄的雾气，所以看不到昨天那种澄湛深邃的蓝天了。两侧的石山渐渐收拢，河谷不再像下游那么宽阔。和前几天不同，今天这条路两边树很少，连那种最常见的白杨树都只是偶尔一现。我们已走在蒙古高原的南缘，但地理位置并不足以解释行道树的稀少，因为前面不远处就是黑龙山森林公园，这一带在古代还是莽莽苍苍的林地。合理的解释是，大概原来有树但后来被砍了。

在静谧中走了一个小时后，修路工人上班了，公路像是从沉睡中忽然苏醒过来，卡车和推土机怒吼着抢占道路，车尾吐出尘土的长龙。在阳光变得炙热的同时，道路越来越嘈杂多尘，特别当卡车驶过时，我们只能屏住呼吸，或用毛巾紧遮面部。好在施工路段只有三四公里，在达子营以前就结束了。达子当然是从"鞑子"来的，但现在该地名又常写作大志营，可以说是在汉字书写传统下的进一步发展，正如杀胡口之变为杀虎口、平房县之变为平鲁县。在达子营村以北路东土豆田旁边的草地上，大家坐下休息一会。潘隽让王抒脱去鞋袜，检查他脚掌上的水泡。我瞄了一眼，见到那个长条形的水泡晶莹透亮，活像一条虫子，心里直发毛，赶紧到另一边喝水吃东西。

从达子营村向北，河谷明显紧缩，两侧陡峭笔立的石山上，灌木和草丛渐渐稀少，褐色岩石的出露面积越来越大。不知怎的，这种景致竟然让人忽视河谷变得狭窄，树木变得矮小，河流变得枯浅，仍觉得天地宽阔、山河壮丽。河流在谷地左右摆动，有一段移到西侧，紧贴高耸入云的峭壁，经年累月的冲刷向内侵蚀底部岩石，雕刻出一道深槽，使石壁的底部比上面更内缩，形成上大下小的动人景致。在干沟门村附近，两峰巨岩紧紧地夹峙在公路两边，如同一道高大的城阙，十分壮观。岩石上只生有杂草和灌木，没有一棵树。过了这道石门，见一个妇女牵着一匹马。承她同意,我替她牵了一会儿。同伴们赶紧给我拍照,还发到微信上。微信上立刻有人发问了:哇,你们还有马骑呀!

快到三道川乡时,不宜种植的沙石河谷地带出现了大片大片的太阳能板。这是国家能源局和国务院扶贫办"光伏精准扶贫"项目,赤城县三道川乡被列为全国首批试点之一,2015年上马,2016年完工,要建成16兆瓦光伏农业电站。据说实现并网发电后,不仅有助于环境保护,还为本县一千六百户贫困户每年提供三千元的补助。这个光伏扶贫项目主要针对无劳动能力、无收入的农村困难群体,赤城县得以列入首批试点县区,说明该县的贫困人口相当突出。只是不知道这些深蓝色的太阳能板,能不能最终帮到他们。无论如何,在绿色的草木与褐色的山石之间,在白色的土豆花与粉红的玉米穗映衬下,这些和灌木一样高、斜斜地平铺着的蓝色玻璃板,是千万年间行走于这里的人都没有见过的新事物。

上午十点半,我们进入三道川村。很大的村子,却看不到什么人,安安静静。一面砖墙上写了个广告,是"枪支"二字外加一个手机号码。找到村中心广场,看到广场南侧有一座称得上宏大的戏台,水泥墙壁的上端是红褐色繁体字"人民剧场"和一个五角星。繁体字、水泥戏台、"文革"气息的建筑样式以及看起来还相当新的建筑能力,这几个因素混合在一起,让我对这个戏台的修建年代感到困惑。广场东侧有一家小卖部,蔬菜水果都摆在室外。我们在室内买了矿泉水,再到室外买两个西瓜。本想坐在小卖部外吃瓜,但阳光强烈没个遮挡,只好转移到戏台上。

我们在这里休息了一个小时,吃完瓜还服从潘隽的摆布拍了一些合影。有几张合影是我们四人坐在戏台上,她从下面往上拍,还真的挺有意思。照片里我们都显得特别精神,笑得圆满真实,神情安闲愉悦。其实,或至少是在记忆里,我是感觉相当疲乏的,疲乏使我的感知触角蜷缩起来,对外界的了解变得缓慢而隔膜,如同增加了距离一样。路程过半之后,只在每天早晨的两三个小时里,我会感觉到轻松并享受行走的快乐,之后就是一种麻木的疲劳感。汗水向外溢出时,疲乏向内侵蚀。我渐渐失去对周围景物的敏感,对所闻所见的细节也不再有那种记忆能力。但奇怪的是,我对这种状态并不排斥,也不恐惧,甚至还有点享受。我想起比尔·布莱森《林中行纪》对类似情形的描述:

当你以脚步应付世界时,距离感就彻底改变了。一英里变成很长一段路,两英里值得掂量一番,十英里简直就是天文数字,而五十英里绝对是思维的极限。你会意识到,世界的巨大在某种意义上只有你和那些徒步者才真正理解。星球的规模成了你的小秘密。

生活也获得一种纯净的朴素。时间不再有意义。天黑你上床,天亮你起床,两者之间的一切,也只在两者之间而已。相当棒,真的。

你没有事务安排,没有承诺、义务或责任,也没有特殊的雄心和抱负,除了一点最简单最平凡的需求。你存在于宁静的单调中,远离嗔怒,正如早期探险家加植物学家威廉·巴特拉姆(William Bartram)所说,"被远远地驱离于烦恼之席位"。你所需要的仅仅是跋涉的愿望。

完全没有着急赶路的必要，因为你实际上并不会赶到什么地方去。不管你迈步走了多远，你实际上还在同一个地方：在树林里。昨天你就在这里，明天你还是在这里。森林是无边的单一。路上每一个拐弯处所提供的，是彼此全无差别的景观，每一次投向森林的注视，看到是全都一样的林木丛杂。你知道，你的道路将描出一个无意义的圆圈。然而，又有什么关系呢？

有时，你几乎能肯定这个山坡你三天前就攀登过一遍，这道小溪你昨天已经跨越，这根倒伏的大树你昨天就至少翻爬过两次。不过呢，绝大多数时候你是不思考的。没有意义。相反，你沉浸在某种行动中的坐禅状态，你的大脑像是绑在一根绳子上的气球，陪伴着你的身体，但并不是身体的一部分。数小时、数英里的行走，变成自动的、不经意的，如同呼吸。一天结束的时候，你不会想着："嗨，我今儿走了十六英里呀。"也不会这样想："嗨，我今天呼吸了八千下。"你只是那么做而已。

坐在三道川村的大戏台上，看北方远处黑龙山黛青色的山峦，听同伴们快乐的言笑，我似乎也没有想什么。我只是享受里里外外的那种安宁。

2

我们走过的黑河河谷，从巴图营到白草镇以北的三道川，都看得见河道两侧平展肥沃的农田。蒙古高原南缘水热条件较好的地区从放牧的草场转为农殖的良田,也许在很古老的时候就发生过,但那都是零星的、间断的和偶发的,大规模并永久改变了长城地带地貌的农业化,应该是从明代中期开始的。

明代中期长年在宣府、大同、山西和宁夏等边镇为官的萧大亨,对蒙古人农业种植的情况是了解的,所著《夷俗记》云:"今观诸夷耕种,与我塞下不甚相远,其耕具有牛有犁,其种子有麦有谷,有豆有黍。此等传来已久,非始于近日。"长城内汉人因北逃、被俘或其他原因进入蒙古,固然是边外农业得以发展的重要原因,但开垦农田的蒙古牧民也不在少数。《夷俗记》里说,自"隆庆和议"以来,许多过去蒙古没有的蔬菜瓜果(如瓜、瓠、茄、芥、葱、韭)也见于边外,但蒙古人粗犷的耕种习惯不同于南方农民的深耕细作,"藉天不藉人,春种秋敛,广种薄收,不能胼胝作劳以倍其入"。萧大亨甚至认为,长城地带的农业条件,南不如北,北方"腴田沃壤,千里郁苍,厥草惟夭,厥木惟乔",而长城以南多是荒山干河,所谓"山童川涤,邈焉不毛"。

萧大亨说塞内山河"邈焉不毛",塞北却"厥木惟乔",对塞外森林植被条件十分肯定。他进一步记录:"彼中松柏连抱,无所用之,我边氓咸取给焉。"正因为这样,他认为南北互市至少在引入木材这一项上,对明朝是一个重大利好。对明蒙互市的所有研究,都会涉及木材从北方流入明朝的史料。互市虽然多数情况下简称"马市",但不同地区货物交易的重点是不同的,"木市"的广泛及其交易量的巨大,值得特别注意。

对于我们这个时代的研究者来说,明代塞内"邈焉不毛"与塞外"松柏连抱"的强烈反差,是什么意义上的历史地理现象呢?塞内"邈焉不毛"并不是因为那里自然条件不宜植被,而是因为历代官私竞相滥砍滥伐。塞外"松柏连抱"的大森林即使经受住了南北互市的消耗，也会在未来的农业化，以及伴随农业化而来的人口膨胀与定居化的浪潮中，慢慢消失。鸟居龙藏1906年到喀喇沁王府时，注意到"古时候这一带有森林覆盖，松树很多，最近砍伐过度，树林减少了很多，还留下昔日是森林地的痕迹"。如今长城南北地带植被并无明显差异，或者说，很难得出塞北林木更优的结论，比之萧大亨所见已是大大不同了。

有学者认为，明代漠南蒙古农业种植的发展，与蒙古高原政治经济和文化中心自北向南的转移基本同步，两者间必有某种关联。自匈奴时代以来，在同时控制漠北与漠南的游牧帝国里，优越的水草条件使漠北草原明显占有更重要的地位，游牧帝国的政治和经济中心总在漠北。明代开始，漠南（清代称为内蒙古）的地位迅速上升，漠南在东亚大陆与内亚乃至中亚的贸易网络中所占的地理优势，很可能是一个重要原因。也就是说，与明朝的贸易，无论是合法的贡市还是非法的走私，至少是漠南蒙古得以崛起的因素之一。在贸易网络依赖明朝的同时，内地经济生活方式的影响也逐渐展开，农业化就是结果之一。蒙古方面从明蒙互市中热切希望获得的大宗物资之一，就是铁制农业工具以及生活用品，如铁锅，这应该能够反映蒙古农业发展的需求。

明蒙互市，历来是边臣比朝中大员更积极。反对互市的人总是宣称，明朝从中得不到什么好处，蒙古不能提供明朝没有的物资，这当然是不符合事实的。其实，看看互市中哪些蒙古货物受明人欢迎，也是很有趣的。我这里只举一例，就是马尾。《万历武功录》说"我所资于虏，非马牛羊，则皮张马尾"。马尾怎么会成为大宗进口商品呢？这与明朝的流行服饰文化有极大关系。

大概在明代成化年间，来自朝鲜的一种服装样式在北京流行起来，时人称为"马尾裙"或"发裙"。明代王锜的笔记《寓圃杂记》有"发裙"条，说发裙用马尾织成，系于腰间，衬在外衣之内，使腰腹以下的外衣向外鼓胀，看着像撑开来的一把伞——想象中是不是有点像18世纪欧洲上层妇女流行的华都长服（Watteau Gown）？这种衬裙使着装者下身宽大，肥胖者只需要系一件，瘦弱者就需要多穿几件。《寓圃杂记》强调这种服装样式是一种不祥的奇装异服，即古人所说的"服妖"，只在没有文化的有钱人中流行，正经人是看不上的，原话是"然系此者惟粗俗官员、暴富子弟而已，士夫甚鄙之，近服妖也"。

王锜对马尾裙的批评态度使他不愿承认（或不愿写出）真相，真相是这种流行服饰不仅仅波及"粗俗官员、暴富子弟"，影响面之大，几乎是全民性的。明代陈洪谟的笔记《治世馀闻》有一条，讥讽言官不达治体，上疏说一些无关紧要的事，例子之一就是某给事中"建言处置军国事"："京城士夫多好着马尾衬裙，营操官马因此被人偷拔骣尾，落膘，不无有误军国大计，乞要禁革。"陈洪谟说该给事中的这一上疏"一时腾笑于人多矣"，不过对我们来说，上疏中所说的马尾原料供应不足的事实，佐证了"京城士夫多好着马尾衬裙"的判断。明代沈德符的著名笔记《万历野获编》也提到"左侍郎张悦身服马尾衬裙，为市井浮华之饰"，把这种马尾裙看作"市井浮华"（也就是大众）的流行服装。和王锜前后同时的陆容在笔记《菽园杂记》里有这样一段：

马尾裙始于朝鲜国，流入京师，京师人买服之，未有能织者。初服者，惟富商贵公子歌妓而已。以后武臣多服之，京师始有织卖者。于是无贵无贱，服者日盛，至成化末年，朝官多服之者矣。

> 大抵服者下体虚奓，取观美耳。阁老万公安冬夏不脱，宗伯周公洪谟重服二腰。年幼侯伯驸马，至有以弓弦贯其齐者。大臣不服者，惟黎吏侍淳一人而已。此服妖也，弘治初，始有禁例。

根据这段话，马尾裙流行于北京，一开始需求量不太大，本地不能或不必生产，都是从朝鲜国原装进口。等流行渐广，连内阁大学士和六部尚书都赶起这个时髦了，需求量自然大大增加，市场变大了，本地才开始生产。但马匹有限，最重要的原料马尾并不是容易获得的。怪不得有人会想到去军营里拔军马的尾巴，造成军马瘦弱"落膘"。在隆庆和议以前，明朝在辽东蓟北早有小规模的马市，但贸易量有限，马尾必定是供不应求的。当然，供应不足所造成的价格高企，有助于保障马尾裙的奢侈品地位。

马尾裙流行了多久？弘治时期的禁令针对的是哪些人群？我暂时没有看到明确的材料。《万历野获编》有"大臣异服"条，把马尾裙与西晋的雉头裘、唐代的集翠裘相提并论，视为一种"服妖"，并强调这一风尚并没有维持太久，"今中国已绝无之"。说得这么斩钉截铁，还是很可疑的。一种时尚流行不可能仅限于北京，从北京向其他大中城市，甚至向规模不那么大的城镇传播，需要一定的时间，而且一种时尚的终结也不会那么急骤。从隆庆和议以后明蒙贸易中马尾还是大宗商品来看，马尾裙依然在流行中，尽管不一定是在中心城市和上层社会。马尾裙不再时尚，也许不是因为朝廷禁令、腐儒抗议，或审美变迁，而是因为马尾供应量暴增造成马尾裙价格下跌，使它失去了奢侈品的地位。

当然，马尾不仅用来制作马尾裙。江南还流行一种马尾帽，比如小说里说南京有人戴"马尾织的瓦楞帽儿"。南京女性日常的头饰，也有用马尾织的一种帽子。在隆庆和议之前，内地市场对马尾的需求大，而供应渠道狭窄，自然使得价格高企，刺激边民冒险做这项买卖。由此可以理解，长城地带的越境走私贸易中，马尾是主要货品之一。记载蒙汉人事迹的《赵全谳牍》就多次提到边民越境入蒙做马尾生意，他们把从蒙古人那里买来的马尾运到扬州转卖。有意思的是，这些做走私马尾生意的边民，如果受明朝政府打击，其中一些人会逃入他们早已熟悉的蒙古社会，成为帮助蒙古人对付明朝的重要力量。

说来有趣，我先前读到互市中的马尾时，首先会想起小时候看的电影《决裂》。为了嘲弄知识分子，电影里一个农学教授在课堂上讲"马尾巴的功能"这种被认为是无用的题目。其实我们追踪马尾，可以看到明朝内地流行时装业是如何与北边马市联系起来的，甚至可以看到这一需求对边外蒙古社会带来了哪些影响，等等。在这个意义上，马尾是内亚（蒙古高原）与东亚世界（明朝与朝鲜）紧密联系的一个缩影，这不正是早期的全球化吗？

明代的长城地带真是很有意思。本来用以分割明蒙两个政治体、切断农牧两个经济区域的长城，竟演变为把这两个世界连接和捆绑起来的历史走廊。

3

从三道川乡向北，沿 X404 走一个半小时，就到黑龙山村。路边田里主要是玉米和土豆，偶尔也见到小米和黍子。到波浪湾村以前，黑河一直在公路的东侧,浅浅的河水清澈明丽,闪烁着正午直射下来的阳光。我们已走在黑河发源的山区,北方横亘的深色山地每个山沟里都藏着许多个泉眼,它们吐出的点滴泉水汇合成我们眼前的黑河,每一个泉眼都是黑河的源头。

有意思的是,当人们说某一河流的源头时,总是把它确定在某一个点上,而忽略其他数不清的源头。在我们北方不到十公里的黑龙山森林公园,有个地方被确定为黑河的起源点,立有一块刻着"黑河源头"的石碑。就如同说起长江的源头,人们只会想起沱沱河,上游另一些支流就被遗忘或忽视了。历史叙述也是如此。只有回到历史中,才知道任何简化与概括都必定伤害历史的丰富与真实。这样说并不是要拒绝简化与概括,而是要保持对一切历史叙述的怀疑态度。我们不必去砸掉那块"黑河源头"的石碑,只要心里清楚,这山地的每一处自涌泉、每一条水沟,无论水流大小、距离远近,都是黑河的源头。

公路在波浪湾村以北返回到河谷东侧,从桥上看这个村子,紧贴山麓,远离河滩,村子南北都是玉米地,不知怎么会获得"波浪湾"这么个有点浪漫气息的名字。估计波浪二字是后来写定的,本来应该是另一个发音相近的词汇,如同明代"土木堡之变"那个土木堡,在元代本写作"统墓店"(理由是当地人说附近有统军之墓)或"统幕店"(理由是辽代君主在此搭了大帐篷)。从这座水泥桥往北再走一里,X404 左转进入黑龙山村,而笔直向北的宽大水泥路,则前往黑龙山国家森林公园。听去过公园的朋友讲,那里有一片被称为榆林长廊的天然白榆林,十多万棵平均树龄为八十年的白榆树,密密地分布在进山的河谷里。传说 1930 年一场大洪水之后,洪水冲积形成的宽阔河滩上长出许多小榆树,就形成今天的白榆林。公园的山上有非常珍贵的树龄达到一百年、树高达四十米的华北落叶松林，即著名的樟子松，还有成片的白桦林（又称杨桦）。秋天树叶变色时，想必是很美的。从公园这条山谷进山，向东可以去燕山山脉的最高峰东猴顶。东猴顶海拔将近两千三百米，号称"京北第一峰"，峰顶平坦宽广的亚高山草甸，密布萱草等耐高寒草本植物，夏天在草甸上争奇斗艳的花朵中，就有格外引人注目的金莲花。

我们没有往森林公园走，而是随着X404左转进入黑龙山村，在村中一棵大榆树下休息十分钟，喝水吃东西。路北有一道石头堆砌的矮墙，正适合放背包或倚靠歇息。背包一卸下，全身都清爽轻松许多。从白草镇算起，我们已经走了二十公里。可是离目的地老掌沟还有差不多二十公里，看来很难完成了。天上浮动着厚厚的云朵，刚才还炙烤大地的阳光变得断断续续、不那么灼热了。山区有自己的小气候，也许会突然来一场暴雨。这种想法使我们不敢多歇，背上包继续向西北赶路。

我们走在赤城县的边缘，很快就要进入沽源县。也许正是因此，公路越来越缺乏维修，坑坑洼洼，翻浆严重，有的路段似乎被水冲毁后再也未加修补。这种情况大概要维持到沽源县境内。不过有意思的是，两县交界处的交通窘况，却成为一些越野自驾爱好者的良机，使得老掌沟在越野迷中名声很大。我们一路上已见到好几拨越野车队轰轰隆隆地驶过，多来自北京和山西两地。

到山神庙村之前，公路翻上一个小山坡。从这里向西北看去，黑河河谷忽然间开阔平坦，可是只有右岸的一小片田地种着玉米和黍子，剩下的多是青草覆盖的沙石滩地，稀稀落落地立着些榆树，让人想起"稀树草原"这样的地理名词。云朵在我们不注意的时候已经展开、拉平，布满天空，云的颜色也越来越暗，只偶尔露出不太蓝的天空。河谷的上游，正前方的远处，我们一步步走向的地方，火山形状的山峰包裹在云雾里，看不真切。

这一段路我一直和郭润涛走在一起，听他讲最近读书的感想。他对明清地方史料及地方经济与社会的熟悉，一直是我佩服的，我对明清地方司法行政有限的一点知识，几乎都是平时和他聊天所得。他讲到的县级行政中的制度性和非制度性问题，让我时时回想起从前读过的明清小说，常有恍然大悟之感。这种对古代社会的细节了解，在中古史领域是不可想象的。他还说到最近的苦恼之一，就是视力日益下降，工作颇受影响。这也是我的一大苦恼。这几年，我常常有视力暂时性衰退及相关问题，就是突然看什么都模糊不清，休息一两个小时才能恢复。到医院检查多次，才知道是所谓"电脑视觉综合征"（Computer Vision Syndrome，简称CVS），与长时间使用电脑和手机直接相关。医生的建议除了勤用眼药水保持眼睛湿润，最重要的是减少看电脑的时间。令人悲观的是，我们对电脑和手机的依赖度事实上越来越高，意味着我们将终身与CVS为伴了——除非如此刻这般，远离书斋，行走在天地山川之间，让眼睛接受绿野花草的滋润。

经过山神庙村时，隔着一小块玉米地和一堵石墙，看见一座小小的神庙，院落四角各竖一根木杆，前排两根木杆上各挂一面红旗，迎风招展。木杆之间系了几根绳子，悬挂数十面三角形彩幡。不知道村名是不是取自这座小庙？路边墙上的大字标语"普及反邪知识增强反邪意识"，似乎为日后我们看到内容相反的标语做了铺垫。村北不远，公路移到黑河的左岸，再走一个小时，经过盆子坑村。村子安静得像是没有人居住，村口一个似乎已被遗弃的院落，满满地长着高大丰茂的荨麻。王抒脚上的水泡让他疼得走不下去了，大家在村北一片草地上休息片刻。这时我又看见了野生的罂粟花。

下午三点半,我们终于走到老掌沟的南沟门。单一的公路消失了,面前细沙翻涌的河滩地里,到处是车辙印,都是那些越野车撒欢的痕迹。从这里开始,就是赤城县与沽源县交界的老掌沟河谷森林地带。赤城县在东边的黑龙山建了国家级森林公园,沽源县就在老掌沟林场一带建了省级的金莲山森林公园,各自开发旅游资源。进入老掌沟,最强烈的感觉是,如同回到了春天。灌木和乔木似乎刚刚进入花期,白杨树正在吐出一团团的白絮。我猜想,此地物候比北京至少晚了两个月。让大家不约而同发出感叹的,是两侧高耸笔立的山岩。山势之奇丽,崖壁之陡峭,景色之壮美,堪称一路所见之最。紧抱在悬崖峭壁之内的河谷,密布高大的白杨和榆树。被车轮翻开的白沙,和海滩上的沙子一样细软。不远处数十头花色的奶牛,在河流两侧的青草地上或行或立,悠闲自得,完全不在意我们这一小群人的入侵。

从沟口往沟里走了半小时后,我们不得不承认这样走到目的地时,恐怕就快六点了,而郭润涛夫妇和潘隽还得回到白草镇,开车南返北京。于是打电话给原已联系好的、位于北边沟门村的一家度假村老板,请他开车来接我们。他爽快地答应了。于是我们卸下背包,在沙地上歇息。说是歇息,大家似乎根本歇不下来,都忙着用手机拍照,一会儿拍牛,一会儿拍人。

4

元代辇路东道的具体路线,特别是从黑峪十八盘到沙岭这一段,

老掌沟

进入老掌沟,最强烈的感觉是,如同回到了春天。灌木和乔木似乎刚刚进入花期,白杨树正在吐出一团团的白絮。不远处数十头花色的奶牛,在河流两侧的青草地上或行或立,悠闲自得,完全不在意我们这一小群人的入侵。

研究者并没有一致的看法，我们大致上采纳陈高华和史卫民《元上都》一书中的观点。按照这本书的解说，我们从白河堡水库到老掌沟这四天所走的路，就是周伯琦所记："遂历龙门及黑石头，过黄土岭至程子头，又过摩儿岭至颉家营，历白塔儿至沙岭。"

　　这些地名分别是今天的什么地方？由于缺乏材料，研究者只好猜测。多数人解释龙门即龙门所，我不大相信。从白河堡到龙门所，我们走了两天，道路有几次重大转折，周伯琦不该全都忽略。龙门所这个地名是明代才有的，是"龙门守御千户所"的简称，之所以有龙门二字，是因为该守御所自大宁徙来，配置的是龙门卫后所的官兵，他们把龙门这个地名也带了过来。此地原来的名字，应该是"东庄"，或如有些资料所说是"李家庄"（我认为是误会），无论如何与龙门无关。那么龙门是哪里呢？我猜是骆驼山村以北郑家窑至长伸地的峡谷地带，因地形险要，东西两山夹峙，得名龙门。

　　那么黑石头、黄土岭又是哪里呢？我怀疑黑石头即今巡检司村一带，黄土岭则是今之红沙梁。如果这些猜测不误，或大致近实，那么程子头就在今龙门所一带。摩儿岭（又写作穆尔岭或磨儿岭）和颉家营大致就在今东万口至白草镇一带。白塔儿又写作"拜达勒"，是一种音写形式，不一定指一座白塔。蒙古语中有个词baidal，非常接近"拜达勒"的拟音。baidal的意思"情形、形式"，似乎在这里难以解释。《日下旧闻考》的《译语总目》说："拜达勒，蒙古语形像也。"形像，大概是图像、造像之类，与baidal似乎也有一点关联。不管怎样，周伯琦所说的拜达勒（白塔儿）的位置应该在从白草镇到老掌沟的黑河河谷某处。

　　元代王守诚在《题上京纪行诗后》里说，元帝北巡走东道，朝官分曹之后行者走西道，两道"至牛群头乃合，各经五六百里，共山川奇险不相上下，而东道水草茂美，牧畜尤便"。所谓"东道水草茂美"，指的是从黑峪十八盘至沙岭这一段，也就是我们五天来所走的从延庆白河堡水库到沽源县老掌沟这一段。

黑河上源老掌沟一带的风景，今日尚且令我辈讶异叹赏、啧啧不已，古代自然是更加壮美。周伯琦这样写道："自车坊、黑谷至此，凡三百一十里，皆山路崎岖，两岸悬崖峭壁。深林复谷中，则乱石荦确，涧水合流，淙淙终日，深处数丈。"自黑峪十八盘以来的白河、黑河河谷，大致都是这种景观。沿途过河的地方很多，水深处建有各类桥梁，过河较易，水浅处则靠人马自己渡过，反倒困难一些，所以他写道："关有桥，浅处马涉，颇艰。"沿路居民情况呢？"人烟并村坞，辟处二三十家，各成聚落，种艺自养。"从"种艺自养"这句话来看，元代白河、黑河谷地的居民，已经过着农耕生活。当然，这些人很大程度上有维护辇路的责任，可能本来就是政府从别处迁徙过来的。

值得注意的是周伯琦对老掌沟一带风景的描写："山路将尽，两山尤奇，高耸出云表，如洞门。"这就是我们从盆子坑村向北进入老掌沟的南沟门时，所见到的壮丽景象。今日沟内榆树和白杨茂盛成林，那么古代呢？周伯琦说："然林木茂郁，多巨材。"能够称得上巨材的，很可能是高五十米、粗大笔直的樟子松。从今天燕山最靠北的这一支脉的林木状况来看，周伯琦经过时，巨大的樟子松林应该是东西连绵数百公里的。我们走过的这一段黑河谷地在明代有个名字"万松沟"，可见松木之富。怪不得明代萧大亨感慨"彼中松柏连抱，无所用之"。

不过萧大亨说蒙古人对丰富的林木资源"无所用之"，既不符合明代蒙古已开始筑城盖房对木材消耗的需求，也与元代蒙古人大肆砍伐上都附近松林的事实差距甚大。元人白珽有诗云："滦人薪巨松，童山八百里。"自注云："去上都二百里，即古松林，其大十围，居人薪之，将八百里也。"为了维持供应上都巨大的人口（主要是当做燃料），周围较大范围内的林木资源曾遭受严重破坏，数百公里的古松林都被砍成了光秃秃的童山。

也可以想象，那时山林中的虎豹鹿狐等动物资源是何等丰富。王恽《中堂事记》记录忽必烈中统二年八月二十五日（1261年9月21日）这一天，他在从上都南返的路上，正走到今赤城县境内的马鞍山一带，早晨下雨直到中午才放晴，本来就不易通行的山涧山洪汹涌，人和马都要用绳子绑缚悬缒而下，再从对岸拉拽而上，才得通过。恰在此时，"有虎突起涧东，啸而去，人马为之辟易"。老虎显然并不打算攻击这一小队艰难于行旅的人，只是路过而已，但带来的恐惧只怕很久很久都难以消退。那天晚上王恽在滴水崖（他称之为碧落崖）过夜时，睡梦中也许再一次听到了那一声虎啸。

王恽遇见的应该是东北虎（西伯利亚虎）。周伯琦走在巨松参天的老掌沟里时，附近的山林里当然也有东北虎，只是他与数万人的大军在一起，队伍中还有东北虎从没有见过的大象，百兽之王也只好远远地遁入深林了。

5

我们等了半个小时多一点儿，老掌沟"森态旅游区度假村"的张先生开着一辆有山西省车牌的白色切诺基2500来了。因为名片上写着"书记兼经理",我们就喊他张书记。后来知道他是附近沟门村的书记,是我们前往投宿的度假村的经理。我们五人连行李带人挤进车里,越野车怒吼着冲进河滩,蹦蹦跳跳地越过一个又一个水坑,在风景如画的沟谷里飞速行驶。白杨林里有不少开越野车来野营的游客,正在五颜六色的帐篷前架起火炉玩烧烤呢。驶出这一段长约五公里的河谷,有新铺的平整公路沿山麓快速上升,很快到了不再有河流的地方,也就是快到分水岭的山坡上。张书记的度假村就建在公路东侧的一片沙地上。

度假村最显眼的是靠近公路的大餐厅,用一种类似白毡的厚布覆盖了三面,只留出正面的大玻璃墙,玻璃上写着柴鸡蛋、农家菜、八大碗、手扒肉、烤全羊等红色大字。餐厅后面小坡下的沙地上,有一排建在水泥平台上的简易建筑,就是度假村的客房。张书记为我们准备好了两间客房,大家进了客房,在潘隽和郭太太的指导下做拉伸。郭润涛对我说,不似预想得那么疲劳,应该可以再走几天。是啊,我说,不多走几天岂不可惜了这么专业的装备。但他有出差任务,一两天内就得去南方,只好今晚返回北京。

郭润涛夫妇和潘隽三人再坐张书记的吉普车,沿来路返回白草镇,估计需要一个小时。他们从白草镇开车回北京,即使不遇到堵车,路上也需要五个多小时。也就是说,等他们回到各自家里时,差不多就到半夜了。潘隽说下周末会和她的好朋友赵欣一起再来,郭润涛说以后约着一起走别的长路。挥手道别,切诺基如白色蝴蝶般飘飞下山。我站在餐厅前沙地上目送汽车消失在沟下,感念朋友们的热诚情谊。这时黑云翻腾,风吹沙起,天色转眼间就暗了下来。旁边有人议论,是要下大雨吧。我和王抒刚回到各自房间,就有雨滴击打在门前的沙地上，很快发展为狂风大雨，气势汹汹。我不禁替吉普车上的他们担起心来。

其实是我们自己遇到了麻烦。虽然大雨只下了半个小时，但大风吹倒了电线杆，度假村的用电被切断了。我洗澡刚洗到一半，冷热水都停了，胡乱擦干了事。度假村有备用发电机，但只供餐厅使用。一个显然上了年纪的服务员送来蜡烛和开水，见我盯着桌子上的电蚊香看，解释道，别担心蚊子，这地界凉快，没蚊子。我问，没蚊子为什么要准备电蚊香呢？他笑道，有些客人担心呢。我问，这么大年纪了还工作呀？他回说，我们老两口跟着儿子住这儿，儿子是经理。哦，我说，您是张书记的父亲呀。他摇头说不是，他儿子是吴经理。原来他儿子才是这个度假村的投资人和日常管理者，张书记是他的合伙人。

因为没有电，室内光线太暗，做不了什么事，我就跟着这位姓吴的老人出来走走。他家不是本地人，因为儿子投资盖这个度假村，全家都搬过来。他带我进了一个大棚，说这里气温太低，只好在塑料大棚里种菜。大棚里有好几畦地，种了各种各样的蔬菜，有的认识，有的我不认识。老人一一指给我看，告诉我是什么菜。我恭维他几句，他很不安地说，唉，农民嘛，只会种个地。我看到棚外花坛有几株罂粟，就提起沿路所见野生罂粟的事。他说，前两年种的人多，现在没了，政府打得严呢，用卫星打呢。

老人的儿子吴经理陪我们吃了晚饭。略微有些胖，但总体来说还相当精干的吴经理，竟极为健谈。也许因为我来自北京，他一开始的话题主要是北京。原来他十五岁就到北京打工，从电工小学徒做起，逐渐成为熟练电焊工。后来他在打工者集中的地方开了一家小商店，不久开了第二家。奥运会那一年，他撤出北京，回到沽源县，在家乡的镇上开了一家提供汽车贷款担保的公司（虽然他解释了很久，我还是不明白这种公司是怎么挣钱的）。去年开始，他来到老掌沟，办这个度假村。我问他张书记在度假村的角色。他说，张书记是本地领导，没有村上的支持，哪里办得了度假村？

在黑暗中摸索着回到房间，靠着昏昏摇晃的烛光收拾背包里的杂物，然后吹灭蜡烛，上床睡觉。果然是十分凉快，甚至有点冷，在被子里体会温暖的意义。当郭润涛夫妇和潘隽在星光下翻越大海坨山时，我和王抒已深深陷入梦乡，在雨后冰凉的夜里。

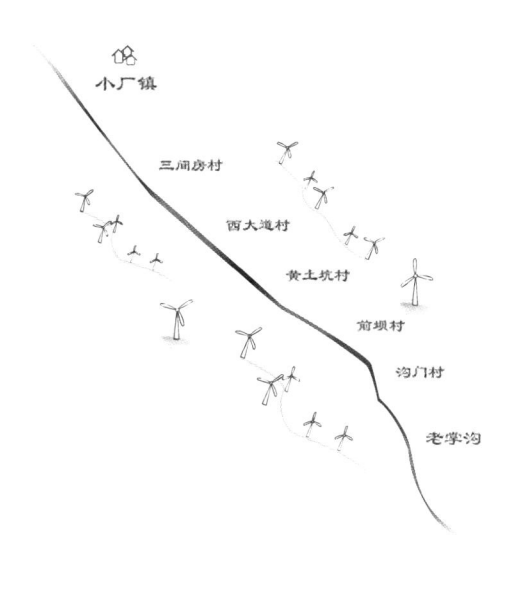

北出沙岭见平川
——从老掌沟到小厂镇

1

六月间制定计划时，考虑在中途休整一天。原来设想的地方就是老掌沟，因为这里山清水秀，比较凉爽，而往北进入传统的草原地带，再无大片的山林。昨晚住下来后，才知道这里的食宿条件并不适合休整，只有继续往前，当然首先要补上昨天没有走完的一段。早晨电路还没有修通，餐厅那边人进人出，显得有点乱。我们把一部分行李留在房间里，背上大大减轻了的背包，去找张书记。昨晚约好，请张书记一早送我们返回昨天接我们的地方。

天已放晴，但仍有灰色的云东一片西一片地飘在头顶。虽不像昨夜那样冷了，人们还是都穿着外套。在餐厅见到吴经理和张书记，跟他们打招呼，他们好像早就起床了。不知是不是我多心，我觉得吴经理在张书记面前似乎不大愿意和我多说话，略有些冷，全不似昨夜那样健谈且风趣。这两个合伙人中，张书记似乎强势得多。他们正骂骂咧咧地说着山下林场的风景区管理人员，昨天竟然在沟口设了关卡，向往来车辆收费。张书记怒道："再他妈设卡子，咱派人去砸死他！"怒气未平，又补了几句脏话。

我问张书记:"可以走了吗?"张书记搓着两手苦笑:"哎呀哎呀,车没电了。"原来他昨晚从白草镇返回后,忘了把车钥匙取出来,电瓶里的电耗光了。他叫人开一辆比亚迪小车过来,两辆车头对头,打开车盖,用比亚迪给他的切诺基充电。一番折腾,原定的七点出发就拖到快八点了。在车上,我问张书记设关卡是怎么回事。他连骂带讲好一阵子,我才明白了那么一点点。

原来老掌沟连同附近的山林,都属于林场的地盘,近年来林场利用这些资源发展越野自驾游,来自北京、山西的游客越来越多。沽源县丰源店乡的邻近各村,希望利益均沾,参与到这一新兴经济中,矛盾由此而生。张书记代表了最靠近老掌沟的沟门村,他与吴经理联合经营这家度假饭店,就是要从老掌沟旅游中分一杯羹。可是林场方面已把旅游业务承包给一个北京人,北京人投资在山里建了宾馆和相关设施。为了把游客留在沟内,防止游客向北住进沟门一带的度假村,他们在出沟的地方设了卡子收钱。昨天下午,就在我们到达之前不久,张书记派了些人去,逼他们撤了卡子,怒气至今未息。怪不得昨天经过那个地方时,张书记还下车转了一圈。国营林场与邻近村民之间因利益冲突引发种种对抗,生长于林场的我,是一点也不陌生的。通常我会很自然地站在林场的立场上,以批评的眼光看村民,不过这一次我却是从村民一方获得信息,一时竟不知该如何判断。

老掌沟里多条河流因昨夜的暴雨而水量大增,河水浑浊发黑,满载着山林的腐殖质。到了林木最密的一段,张书记突然停下车,从后备厢取出一支长枪,有金属外框而中空的枪托,大概是一种自制的猎枪。他两手端枪,弯腰弓背,向河边的一片林子张望。我问:"您这是干吗?"他说:"那边有山鸡呢,昨天就想打。"我赶紧劝他:"山鸡好好的，打它干吗？别打了别打了。"真佩服他的视力，我就什么都没看见。"好吃着呢。"他说。"吃了多可惜，留在这沟里，游客看了也喜欢呀，"我说，"别打，千万别打。"也许是我的劝解起了作用，他收了手，把枪放回后备厢，回到车里时还嘟囔道："山里多着呢。"

在南沟口附近下车时，已经过了八点。张书记和他挂着山西号牌的白色切诺基在沟里起伏蹿动，像梅花鹿一样跳跃而去，消失在榆树林深处。我们开始补走这一段到处都是牛群的风景区，首先是必须寻找适合行走、不必趟水过河的路径。多条小河在沟谷中东西摇摆，无论怎么走都得反复过河。有的地方河道较窄，可以一步跨过去；有的地方河水较浅，垫几个石头就能走过去。但还是有既深且宽的河道，为了避免脱鞋趟水，我们宁可绕行山麓的石崖。沟内看上去林木浓密，如同森林地带，其实满谷都是细沙，被越野车纵横碾压之后，车辙深陷，每一步都在上下攀爬中。就这样，本来只有五公里长的沟谷，我们实际走了差不多十公里。两个小时后，才走到有明显道路的地方。

在两条河交汇的地方，经过了一栋红瓦砖房，路上架着一个可上下移动的栏杆，旁边有"护林防火禁种铲毒检查站"标牌，一看就是林场立的。"植树造林绿化祖国""封山育林护林防火"一类标语，我小时候在林场见得多了。不过"禁种铲毒"对我来说还是新颖的，这类反映了毒品种植社会现实的标语，是我这次行走中，从延庆开始才频频见到的。

从这个检查站往北四公里，就到了前往林场所建旅游宾馆的岔道口。一个蓝布尖顶的四方亭子下，围坐着一群打扑克牌的小伙子，大概是风景区的管理人员。宾馆方向林木苍翠，看起来有点诱人。再走一会儿，就是昨天发生过纠纷的那个关卡了。大概这里是林场辖境与沟门村的分界线，过此向北，右手山坡上再见不到一棵树，只有稀疏的灌木和茂盛的青草。不知为什么，在那个时刻，这种童童的青山竟让我精神一振，似乎看到了别致的风景。没有了林木的遮蔽，山坡敞开它优美的曲线，你会觉得自己看得格外远，甚至觉得远方的山，山上的草，不是变得远了，而是更近了。我忽然意识到，这就是草原开始的地方，地理意义上的长城地带，或者说农牧交替带，到此结束了，真正的草原地带开始了。恰在这时，我们看见远处山梁上一匹低头啃草的黑马，那么安静，为苍凉的北国增添了一抹温柔。

回到住处已经接近中午了。吴经理陪我们吃饭，大概因为张书记不在，他的谈兴恢复到昨晚的水平，为我们介绍了他为度假村设计的未来，比如门口的两排杏树，建一个沙滩排球场——反正到处都是沙子。没说多大一会儿，张书记回来了，吴经理立即起身去忙他的账务，张书记坐下来陪我们说话。我感谢他帮了这么多忙，要给他钱。他说，不是为了钱，就是想交个朋友。他还真是只收了很少的钱。我们回房间收拾收拾，把电脑、衣物、书和杂物塞进背包，一背上身，就觉得非常沉。出来与张书记和吴经理告别，再返回X404，向北，向小厂镇走去。

2

从沟门往北走十多分钟，就到了燕山山脉北支的分水岭，向南可见沟谷急剧下沉，谷中林木葱茏，黑河的上源就由其中的多条溪水构成。向北是微微倾斜的绿色田野，莜麦和土豆地如此开阔，连日来局促在山谷间的视线骤然间获得解放。难以相信,蒙古高原就这样静静地平铺在我们的眼前。

从沟门分水岭到小厂镇这一段,今日是连绵不断的农田,而在一百多年前的漫长时期里,应该是河谷地带。从燕山北麓流出的溪水一路向北,沿途水量渐大,到沽源县城附近汇入滦河。这条河就是发源于冰山梁北麓,东行来到沙岭北坡,向北最终汇入滦河的葫芦河。沙岭至小厂镇地势下降明显,葫芦河河道应该深而且窄。过小厂镇之后地势平缓,葫芦河盘旋迂曲,形成巨大的沼泽和河谷草原,然后北流汇入囫囵诺尔,即元代的察罕脑儿。如今小厂镇以南的整个河谷上游早就开发为农田,从前的葫芦河河道被压缩成一条若有若无的沟渠。这条沟渠自南而北,串联起许多个村庄和乡镇,依稀保存着过去交通和水道网络的格局。从沟门向北,已无法想象当年溪流清澈、青草茂盛、骏马奔腾的美景。

有关元代辇路的各种资料都显示,沙岭捺钵(或写作纳钵)具有地理分界线的意义。周伯琦说:"近沙岭则土山连亘,堆阜连络,惟青草而已。"所谓"土山""堆阜",指不生树木的山坡,没有树,只有青草,与此前长城地带的茂密森林形成极大反差。他又说:"地皆白沙,深没马足,故岭以是名。"沙岭得名于地表明显的细沙堆积,截然不同于此前的黄土堆积。沙取代了黄土,正是黄土高原过渡于蒙古高原的地貌特征之一。元代吴当写沙岭的诗句有:"沙岭风清宿雨多,白云如雪夜陂陀。涧泉十里九曲折,北向天边作御河。"作者注意到,发源于沙岭一带燕山北麓的"涧泉",宛转北流,最终汇入"御河"(滦河)。

沙岭以北的草原风光,给所有初次从大都北行的江南文士以极深印象。周伯琦写道:"过此(沙岭)则朔漠,平川如掌,风物大不同矣。"王沂有诗云："沙岭千层出，毡车一字齐。马衔青苜蓿，人唱白铜鞮。野旷青烟直，天遥落日低。"根据周伯琦的记录，他扈从元顺帝北巡的那一次，上都留守官员南下迎接皇帝的地方，就是沙岭捺钵。今中华书局标点本《金史》附录有《金史公文》，是元顺帝至正五年（1345）关于刻印新修《宋史》《辽史》和《金史》的圣旨，提到诏书发出的地点是"沙岭捺钵斡脱"（斡脱就是斡耳朵、斡鲁朵，Ordu，意思是"宫帐"），时间是至正五年四月十三日（1345 年 5 月 15 日）。元帝两京巡幸，沿途不废公务，但只在重要的捺钵停留较久，处理的事务也较多。沙岭就是重要的捺钵之一。周伯琦在此写了两首诗，一首是写初抵沙岭时所见没有森林的高山和沙质的地表，有这样的句子："高岭横天出，炎天气候凉。白沙深没马，碧草浅连冈。"另一首则写从沙岭捺钵北行，所见的草原景色："晴川平似掌，地势与天宽。烟草青无际，云冈影四团。"

沙岭在哪里呢？陈高华和史卫民在《元上都》里说："应当在今沽源县丰源店乡附近。"这个判断没有错，只是还不够具体明确。以我们实地观察的印象，结合文献的描述，可以肯定，沙岭就在今丰源店乡沟门村、前坝村至后坝村之间。

有意思的是，波斯史家拉施特（Rashīd al-Dīn）《史集》记大都与上都之间的交通时，也提到这条辇路。余大钧、周建奇的中文译本（第二部，商务印书馆，1985 年，第 324 页）是这样写的："还有一条沿着一处名为……的高地的道路，当走过了这个高地之后，一直到开平府城，就都是草原、草地和夏营地了。"这个没有被译出的地名，在 Wheeler M. Thackston 的英译本（哈佛大学近东系，1999 年，第 442 页）中，被定为 Singling。Singling 应该就是沙岭。中译本说它是一个高地，英译本则说是一座低山，但意思其实差不多——从沟谷往北看，沙岭是一个高地；从北边向南看，比起同一山脉东西两侧的高峰来，沙岭只是一座低山。

我和王抒从沟门村那家度假饭店北行，X404 的路东先后是前坝村和后坝村，这两三公里之间，就是元代沙岭捺钵所在。沟门与前坝之间的一小片樟子松，是如今这条路上最后的森林，大概在古代也是。从前坝村开始，正如周伯琦所说，"晴川平似掌""碧草浅连冈"。只不过，我们看见的不是周伯琦眼中的"碧草"，而是纵横如划、齐齐整整的农田，以及农田里绿油油的土豆、玉米等那个时代还不可能出现的庄稼。

3

刚过后坝村，天上就不再有蓝色的空隙，阴云沉沉，要下雨的样子。这条路出奇地安静，几乎没有汽车通行，走了半小时只见到路边停着一辆拖拉机。也见不到行人，只在经过村庄时远远地看到几个人走动。对于徒步者来说，这真是最理想的路段。甚至连太阳都躲在云层的后面，可以摘下墨镜和帽子，敞开衣领，让凉风尽可能地吹拂脖颈。如果不是阴天，路两边稀稀拉拉的白杨实在不足以遮挡阳光。西边远处低缓的山梁上，一溜高大的风力发电机慢慢转动着叶片，不慌不忙，好像比我们还有耐心。

我们，或者说只是我，走得比前几天更慢了。也许是因为背包的重量，也许是因为脚后跟的水泡，也许仅仅因为体力已经消耗太多。

王抒的情况显然比我好，脚底板的水泡已经消失，轻轻松松就走到我前面很远，不得不常常停下来等我。到黄土坑村时，向东一条宽阔的岔路直通丰源店乡，整齐而茂密的行道树显示那是一个较大的镇子，但远远地，我们只看得到一片隐隐约约的红瓦砖房。这时开始下雨了。不是很急骤的雨，没有风，雨滴也不密，但听得见水珠砸在衣服上的啪啪声。把雨伞撑开时，意识到我们一路上可真是幸运，在这个一年里降水最大最密的月份，却几乎没有淋到雨，两次暴风雨都发生在我们抵达目的地之后。雨滴击打雨伞，以某种不可思议的节奏。恍惚之间，我竟然想起十年前，在蒙古国西部的阿尔泰山间深夜，我，还有我那些无法入睡的同伴们，躺在各自小小的野营帐篷里，惊恐地感受狂风骤雨的撕扯。

走到西大道村时雨就停了。迎面一个老乡骑着黑驴过来，驴的额头上那块红布条虽然褪色了，依然非常显眼。这个骑驴的老乡戴着米黄色耐克棒球帽，一副大大的墨镜遮住了半张脸，只看得清黑黑的颧骨和鼻子，以及紧绷的嘴唇和下巴。我对那一副铁镫很感兴趣，因为过去很少看见骑驴的有这么齐全的装备。他当作鞍鞯兼褡裢坐在屁股下面的，是一个印着美国星条旗的大化纤袋子。我拿出手机拍照，看不出他的表情，不过他一定也在盯着我看。不只是他，他胯下那头黑驴，也打量着我，从我面前嘚嘚嘚走过时，还向我偏过头，好像要打招呼一样。

我们在西大道村与三间房村之间休息了一会儿。路边找不到适合坐的地方，就下到路西农田与路基之间的草地，顾不得草上的雨水，卸下背包，坐下歇歇。田里几寸高的莜麦，如一张巨大的绿色地毯，从眼前一直铺向远方。我第一次吃莜面食物，是二十五年前在五台山，

骑驴人

走到西大道村时雨就停了。迎面一个老乡骑着黑驴过来，驴的额头上那块红布条虽然褪色了，依然非常显眼。我对那一副铁镫很感兴趣，因为过去很少看见骑驴的有这么齐全的装备。

一年后在内蒙武川县,见到田里结粒的莜麦。莜麦是禾本科燕麦属裸燕麦的一种,因为野生莜麦在华北北部较为多见,一些研究者认为莜麦是华北原生,并在华北驯化的作物。即使这个说法是可靠的,蒙古高原南缘大规模种植莜麦的时间,恐怕也不会太早,不会如一些人所说早至古代游牧人群如匈奴鲜卑等。也许荞麦反倒早于莜麦。游牧社会的多经济形态当然是无可怀疑的,但各个时代的种植业主要种植哪些作物,到现在还缺乏可靠的文献和考古学证据,也怪不得那么多人喜欢猜测。无论如何,看着眼前无边无际的莜麦地,沿途树干上和房屋墙壁上那些"自磨莜面"的广告牌就生动起来。

第一次,我在途中休息时竟然有了闭上眼睛一觉的冲动。靠着背包,盘腿而坐,我尝试小睐一下。有那么一小会儿,也许只是一瞬,不知是不是睡着了,我的心思飘飘忽忽,离开了莜麦地,离开了辇路,离开了现在。去了哪里呢?大概回到了三十多年前,回到1982年7月那个清晨的密云火车站。我们七个刚读了一年大学的年轻人,走了一个星期,从昌平经顺义走到密云,在密云水库游泳玩闹一天之后,终于决定放弃走去承德的计划,改为坐火车,于是来到火车站。几天来,好几个同学都病了,不是感冒就是拉肚子,狼狈不堪。最严重的是老大,他夜里连着跑了四五趟厕所,这会儿躺在候车室的绿漆长椅上,一副奄奄一息的样子。离火车开来还有好几个小时,我们以各自的方式打发这段时间,有的同学在睡觉,有的在写笔记。我在站外花坛旁发呆,努力整理一周来时间地点和路线的记忆。就在那时候,我注意到爬出花坛木栏杆的牵牛花藤蔓,以及藤蔓上粉色和蓝色的牵牛花。无法解释,我那时竟被这些牵牛花深深感动。坐在丰源店乡X404路边草地上半睡不睡的那一瞬间,我再次看到了当年的那些牵牛花,那么真切，连花瓣上的露珠都晶莹透亮。

下午三点，我们回到X404，继续北行。也许是因为接近小厂镇，路上行人、车辆多了起来，还有一辆长途巴士呼呼开过。几分钟后，快到一家加油站时，路东一畦地里，金灿灿的油菜花格外醒目。七月里油菜花盛开，我此前只在青海湖一带见到过，可见这里的物候与青海高原接近，比华北平原晚了差不多两个月。

再往前走，路边出现了大片的黄花苜蓿。苜蓿比油菜花和莜麦更引起我的兴趣。劳费尔（Berthold Laufer, 1874－1934）出版于1919年的《中国伊朗编》（Sino-Iranica）第一部分就写苜蓿，是一篇学识充沛的文字。他特别指出，汉文"苜蓿"应该是对费尔干纳语言而不是古波斯语言中该植物名称的音译。前面引元代王沂写沙岭的诗，有"马衔青苜蓿"之句，说明那时从沙岭向北的辇路上种植苜蓿。不知道元代蒙古草原南缘人工种植苜蓿的规模究竟有多大，但无论大小，毕竟是一种农业行为。某种意义上，种植苜蓿对游牧人来说也是急需的，因为粮食布帛可以从南方运输，苜蓿却是当下和普遍的需求品。

下午四点一刻，我们走到X404与S245交叉的地方，终于到小厂镇了。住进旅馆，洗澡洗衣服之后，立即瘫倒在床上。今天只走了七个小时多，距离不超过二十八公里，但非常非常疲劳。连天花板什么样子都还没有看清，我就睡着了。

4

主要仕宦于明代万历时期的王士性据亲历见闻所写《广志绎》，有一条特别有意思，是记他任确山县令时，见到牧羊人在山西老家与洞庭湖之间游牧。如此大范围的游牧，即使在欧亚草原上也是极为罕见的。原文如下：

> 晋俗勤俭，善殖利于外，即牧畜亦藉之外省。余令朗时，见羊群过者，群动以千计，止二三人执筆随之。或二三群一时相值，皆各认其群而不相乱。夜则以一木架，令跳而数之。妓妇与肩酒肴者日随行，剪毛以酬。问之，则皆山以西人。冬月草枯，则麾羊而南，随地就牧，直至楚中洞庭诸湖左右泽薮度岁，春深而回。每百羊息羔若干，剪毛若干，余则牧者自得之。

晋商逐利，足迹遍于天下。马可·波罗就注意到，"从太原到平阳这一带的商人遍及全国各地，获得巨额利润"。明代"京师大贾数晋人"，山西人善于利用他乡资源，固已人所熟知，但连羊也要去外省吃草，实在令人感到新鲜。王士性所记事例，是他做确山县令（朗陵即确山）时亲眼所见。他说，经过确山县的羊群，每群常逾千只。这么大的羊群，牧羊人却只有两三个，手执羊鞭跟随羊群。有时候好几个这样的羊群，也就是一共好几千只羊，碰到一起了，也不会发生混乱，每只羊都知道自己属于哪个群体，不会乱窜。晚上羊群被关进木头搭建的围栏内，让它们跳进去，好进行计数。

根据王士性的观察，那些山西牧羊人都还过得不错。他们一路走，一路享受当地的服务业。他们当然没有时间上馆子、进妓院，但会雇人挑着饭菜酒肴一路跟随，还把妓女带在身边，和羊群在一起，绝不耽误放羊。有趣的是，牧羊人不用付现金，只需要剪点羊毛抵销费用。按照这一描述，至少是在今人的想象里，牧羊人的生活还挺浪漫的。不过，王士性没有交代他们是不是还配有大车。照理他们应该是赶着大车的，以装载搭建围栏用的木头、剪下来的羊毛、牧羊人过夜所需的帐篷，以及其他生活用品。草原游牧人最艰难的就是季节转换时的转场，这些山西牧羊人似乎常常处在转场的状态，其困苦艰难可想而知。

这种游牧的最大优势，是穿越了南北气候带，用王士性的话，就是"冬月草枯，则麾羊而南，随地就牧"。当秋霜凋残了华北平原上的草木，他们继续南下，越过大别山、淮河一线，进入长江流域，那里即使到了深冬，仍会有浅浅的青草供应羊群。他们过年的地方，也就是所到最南的地方，在"楚中洞庭诸湖"。大概每年行程不定，或过江到洞庭湖区，或留在江北的洪湖、三冈湖、太白湖等湖区。这些湖区秋冬水量下降，露出大片滩地和沼泽，为青草所覆盖。羊群和牧羊人就这样在"诸湖左右泽薮"过年，迎接春天，等天气变热时，再往北走，即所谓"春深而回"。这样慢慢向北，夏天才回到山西老家。

实施如此远距离游牧的牧羊人，是不是羊群的主人呢？不是的，他们只是受雇于羊群的主人，一年四季颠沛辗转于南北数千里之间。那么，他们的工钱怎么计算呢？王士性实在是个有心人，他和牧羊人谈到了这个话题。原来他们采取的是一种责任承包制——羊主人把若干只羊交给他们，一年后，还给主人的时候，按原来的数目，每一百只羊必须增加若干只羊，以及缴纳羊毛若干，额定数目之外，剩下的羊只和羊毛，都归牧羊人所有。这个办法好比投资放贷，羊主人是投资一方，牧羊人是接受投资的一方。羊群在一年周期的长距离游牧之后，理应有所增殖，增殖部分先由主人抽取其投资收益，剩下的，无论多少都归牧羊人。可以想象，如果年景不佳，羊群增殖有限或干脆发生减耗，牧羊人一年的辛苦不仅毫无报偿，甚至还会背负债务。

这么大规模、长距离的游牧，不大可能直接学习自草原牧民，尽管有研究者试图从草原文化的影响来寻求解释。不过，如果说辽金元以降，与北方汉语、北方汉文化的阿尔泰化相匹配，华北和西北地区在经济生产和生活的方式上，或多或少地接受了草原游牧社会的影响，那也不是什么惊人之论。明人张瀚《松窗梦语》有这样一段话："西北之利，莫大于绒褐毡裘，而关中为最。有张姓者，世以畜牧为业，以万羊称，其畜牧为西北饶，富甲于秦。"这位姓张的富人因专门经营畜牧，累世为业，羊只上万，成为关中首富。不知道王士性提到的那些山西羊群的主人，是不是也专职经营畜牧，还是兼营其他？

我年轻时游历高原牧区，常听牧民说些瞧不起农民的话，认为种地最苦，收入最低，远不如放牧自由幸福。首先是这些野外的见闻经历，而不是书本上的理论学习，使我明白农牧之间的转换绝非易事。历史或现实中的这种转变，通常只有外力逼迫或生存维艰才能促成。只是历史的时间尺度实在过于不确定，边疆历史的能见度、清晰度又格外低，要了解这种转变的具体机制，其难度可以说并不比转变本身更小。

5

六点多才醒，夕照挤过窗帘的缝隙，在房间里画出一道白线。扯开窗帘，看到西边是六排共十二个统一格式的南北向红瓦砖房宅院。再往西，就是平敞无垠的农田，看不清的远方大概是低缓的山丘。这个位置，应该可以看到王沂所说的"野旷青烟直，天遥落日低"的景象。收拾行李时发现，一个多小时前洗的衣服基本上干了。正觉得肚子咕咕叫，王抒来敲门，原来他也睡了一会儿。下楼去街上吃饭，路上我问他累不累，他说比昨天好，和我的感受正相反。我读过的那些写徒步的书，有纪实的，也有虚构的，都提到长程徒步的某个转折点，有的人忽然变得强壮起来，有的人忽然泄了气无法继续。我是不是到了泄气的边缘呢？

小厂镇是南北一条主街，外加东西一条横街，我们沿着主街向北，过了一座水泥桥，就是店铺密集的闹市区了。停在路边的一辆卡车上有三匹枣红马，路边的木桩上拴着高大的黑骡。街上飘浮着一股轻烟般的兴奋。下午到宾馆时，服务员问我们是不是来赶会的。原来从明天开始是小厂镇的大集会，有货物交换，也有唱大戏，周围老乡都要来赶会。没想到这种古老的乡里传统能持续到今天。

我们进了一家玻璃窗上写满了饭菜品种的餐馆，各点了一碗刀削面，外加一碟油炸花生米，一盘土豆丝，一盆家常豆腐。真是饿了，我们把面吃得一滴汤都不剩，菜也差点儿吃完。聊起许多话题，过去的，现在的，多半都是我们共同熟悉的人或事。不知怎么聊到很多年前那个夏天我们一起去陇南，在西汉水北岸的高山上寻访古仇池国。那次一起去的除了我和王抒，还有我的同事、北大历史系的李新峰教授，以及已经不在人世的刘聪。我还记得在火车上他们三个合起来愤怒地批判我，因为我反对把那年世界杯上韩国队的奇迹般胜利与作弊及国民性联系起来。

我知道王抒和刘聪的父母一直有联系，就问起他们怎么样。王抒叹口气，说了一些情况，都不是让人高兴的。自从刘聪去世，我很少和人谈起她，不愿触及这个令人伤痛的话题。现在，在远离北京、远离熟人的地方，忽然想起她，竟然一下子沉浸到往事之中。饭后在街上走了一会儿，还去看了正在布置戏台的大戏场，再沿着街边种有樟子松的人行道回到宾馆，回到房间，已经错过了"天遥落日低"的高原美景。脑子里一直有刘聪的样子。

刘聪生于1979年2月，山东莱阳人，1996年保送进北大文科实验班，2000年本科毕业后师从陈苏镇教授，2003年获得硕士学位，随即赴芝加哥大学跟巫鸿教授读艺术史。刘聪读本科时参加了我们的吴简讨论班，本科毕业论文也是写吴简，还在《历史研究》上发表了一篇研究吴简的论文。我就是在这个过程中和她熟悉起来的。她到美国读书后，我路过芝加哥还去看过她两次。2007年夏天我在宁夏，忽然接到王抒的电话，说刘聪被诊断患有脑瘤。2008年3月我到美国开会，在芝加哥见到她，她显得还挺好，跟着我去了印第安纳大学。没想到7月间病情恶化，不得不放弃治疗，回到北京。我们把她安排到亦庄一家带有临终关怀性质的医院，她在那里度过了最后的两个月。巫鸿教授在刘聪去世后立即发来一篇挽词，所描述的，正是我们大家所熟悉的那个刘聪：

> 刘聪是个好学生、好同学、好朋友——一个踏踏实实而又热情洋溢的年轻人。她在芝加哥的短短几年里为我们的中国美术史教学和研究做出了很大的贡献。在课堂上她冷静而严肃，孜孜不倦地探讨学术上的问题，什么事都要刨根问底，搜寻最原始的资料——在我看来这是一名学者最珍贵的素质。在课堂之外她积极地参加各种学术会议和讨论会，如饥似渴地吸取着各种知识。她

的性格爽朗开放，乐于帮助别人——不管是访问学者、同系学生还是她辅导下的大学生。她的研究工作不断地深入，在近年内已经开始对中国美术史中的若干重要问题，包括佛、道信仰和丧葬礼仪的复杂关系，道教中的"代人"概念和实践，做出了独具见解的研究，写出了一些文章的初稿。正当这样一位优秀的年轻学者在即将出现于国内外学术舞台之时，她却不幸地夭折了！

第二年春天芝加哥大学东亚艺术研究中心在楼下小院里，就是在刘聪经常走动、经常注视的地方，为刘聪立了一个别致的纪念碑。巫鸿教授精心挑选了一块中国乡村的磨盘石，立起来当作纪念碑，还撰写了中英文碑文（当然没有刻在石头上）。碑文这样写：

> 我们选择了这个石刻来纪念刘聪：和刘聪一样，它也来自中国。它的质地是坚硬的花岗岩，但是它的磨损和残缺记录了时间的历程和多年的劳作。它不是为哪个英雄定制的纪念碑，而只是一块农民使用的无名的磨盘。它不记载史诗般的历史，而是吸收了世代人们的普通生活经历。它的形状是一个圆环——天空与和谐的象征。它的性格是混融的整体，就和刘聪一样。它既严谨又尊严，也和刘聪一样。它将伴随着我们，以及我们以后的人。当人们不再记得我们和刘聪，这块石刻仍将纪念着一位中国来的学生，对她来说知识超越了国家和文化的边界。它不是我们送给刘聪的礼物：它是刘聪留给我们的礼物。

那年冬天蒋人和教授带我去看过那个纪念碑。那是一个飘着雪花的傍晚，我独自在那个圆磨盘前站了一会儿，脑子里空空如也。对刘聪的任何好评都不足以表达我们之间的联系，那是满含着岁月、理解与情谊的生命之交。刘聪去世后的那个冬天，不知道是不是与她的去世有关，我大病一场，成为我个人生命史的一个里程碑。而且从刘聪去世开始，或者说我总觉得是从她开始的，我接连遭遇这类创巨痛深的丧失，到现在也没有停下来的迹象。我没有为刘聪写过纪念性文字，只在她回到北京，刚刚住进亦庄那家医院，并且经多方求诊确信已无希望时，我给刘聪的同学、熟人和朋友群发了一封邮件，介绍情况。那天深夜我写这封邮件时，思绪混乱，心痛如割，不由得在邮件之末又写了几段：

2007年8月21日晚间，在银川与宁夏文物局的朋友吃饭时，接到电话，得知刘聪被诊断患有脑瘤。不久与刘聪在电话里聊过，她并没有告诉我是恶性。9月中旬她的同学李雨航回国，谈起刘聪的病情，尽管明确表示了不乐观，但也没有告诉我是恶性。

去年底刘聪寄来几张患病后的照片，显然是要让我相信治疗效果非常好。从其他人那里得到的消息，也让我确信治疗取得了最佳进展。不过，同时我也从李雨航那里听到了谨慎的不同意见。

今年3月我到印第安纳大学开会之前，把行程计划发给刘聪，她表示很遗憾，因为我没有安排在美国旅行，特别是没有安排去波士顿，而她早就跟波士顿的朋友说过会和我一起去。我因限于上课，不能在美停留超过一周，听说她病后未曾出门，就邀请她和我一起去Bloomington。她那时正忙于申办慈善基金（由于她的医疗保险不太好，当时她已经欠医院七万多美元），匆匆地办这些事。我嘱咐她不要到机场接我,她说只要身体许可一定会来。在机场我开头没有看见她(还有另一个学生林鹄),还想着她的病情出现了什么问题。后来看见她,和前年在北京见到的几乎没有不同,只是因为化疗而戴上了帽子。

刘聪只是在本科阶段跟着我读过一阵吴简,后来以此为题写了本科毕业论文。她后来的硕士导师不是我,而且她的兴趣迅速转向艺术史,更是我完全不懂的领域。但我们的接触并不少,在一段时间里(特别是在我到哈佛燕京访问的那一年里),她是和我联系最多的人。我们之间固然是师生关系,但也是亲密的朋友关系。因此,从知道她生病,我就极为难过。这种难过更因为同时也了解到另外两个算得上亲密朋友的学生患有抑郁症,而严重地影响了相当长时间内我的心情。在O'Hare机场见到的刘聪是那样正常,那样笑容可掬,我的悲痛和压抑一下子消散了,如同被芝加哥的风吹走了。人是多么容易被表面的正常所欺骗啊。

第二天她陪我去艺术博物馆,我们大部分时间在印象派那些展厅,听她讲艺术史,不得不惊奇这些年她的进步。中午在博物馆对面街上的那家俄罗斯餐厅吃饭,听她讲各类八卦,比如国内各主要博物馆的馆长们来芝加哥访问期间的可笑故事。饭间她的一个朋友,在博物馆工作的某姑娘,也加入进来以亲身经历加强类似八卦的真实性,让我大开眼界。

第二天我们开车去Bloomington,在离开芝加哥上90号公路之前,刘聪暴露了她完全没有空间感的缺陷,她甚至无法指引我离开Hyde Park这个在我看来属于她的地盘。从此我不再让她指路,也不让她看地图,更不和她商量路线问题。她在多次质疑之后，开始安于我的武断，或者说开始迷信我的空间感。

在Bloomington的会议之前，我们有一天时间去附近玩。刘聪研究了网上资料和饭店提供的各类广告，提出去梦露湖。我开车实在太快，到了另一个县才知道走过了，不得不绕回来找这个湖。附近美丽的农村景象是我从来没有见过的，湖本身也很漂亮。我说，既然如此，我愿意明年来这里访问半年。刘聪说，那好，我也可以经常到农村来了。

刘聪说，她最怀念的，是当年和我一起到处玩（"考察"）的那些经历。其实在和我接触较多的学生中，刘聪是跟我出去最少的。我记得带她出去，只有两次，一次是2002年7月去陇南古仇池地区，一次是2003年8月去山西，两次都为时短暂，匆匆忙忙，谈不上好玩。本来计划中有一次较长时间的旅行，是1999年7月，刘聪那一届学生实习到敦煌，我恰好要从西藏到新疆，然后经河西返回北京，计划中我会在敦煌接上她和另一个学生，一起开车回北京。但因为我在新疆出车祸，计划泡汤了。

小小的Bloomington有三家藏餐馆，刘聪很想去那家据说是达赖哥哥开的Snow Lion，但我们饭店的人建议中国人近期不要去，只好远远照张相了事。镇上还有一家韩国人开的日餐馆，下雪的那天中午我们去了这家日餐馆，刘聪非常吃惊价格如此低廉，就提议晚上还来。没有想到晚餐的价格比午餐高得多，让她很不好意思。就是在这家日餐馆，刘聪问我，99年我住院养伤的时候，有没有绝望过。然后她开始讲去年秋天，很长时间她是绝望的，无法接受人生就此终结，不能入睡和呼吸。我看见她的泪水在眼眶里滚动，就转过脸去看窗外的雪。

无论如何，我觉得她的病情已经稳定，今后该是越来越好了。从 Bloomington 返回芝加哥，晚上在 Hyde Park 吃饭，我注意到我讲的比她多得多，几天来的旅行已经让她很疲劳了。她也没有坚持第二天送我，而且我在机场给她打电话她也没有接，我不由得担心起来。

好在回北京就收到她的信，说一切还好，她正打算把父母遣送回国，等等。不久她父母就回来了，这是一个好迹象，说明医生也认为她的治疗是乐观的、顺利的。

然而上周六（7月12日）的一个电话有如晴天霹雳。早上我还在睡懒觉时，手机响个不停，看号码知道是来自国外，还以为是我哪个中学同学，没有理睬。后来北京的朋友来电话，说刘聪妈妈给我电话，我没有接，又说刘聪病情恶化，要回来。我这才知道她父母又去了美国，那么病情之严重可想而知。我立即打电话过去，她妈妈第一句话就是：罗老师，天塌下来了。

天的确塌下来了。那之后的几天，我们胡乱地找人、胡乱地寻思、胡乱地打电话。7月17日下午，在机场3号航站楼见到刘聪的妈妈推着轮椅出来，看见轮椅上的刘聪已经不再是那个笑容常在的姑娘，看见眼泪成一条线流在她的脸上，我好像听见了自己身体里面有破碎的声音。

往事就是这样。生命就是这样。不期然地，在这个凉爽的高原之夜，疲惫之下，恍惚之间，又一次想起故人。

七月杨花满路飞

——从小厂镇到五花草甸

五花草甸

牛群头

石头城村
元牛群头遗址

石头城水库

石柱村

小南滩村

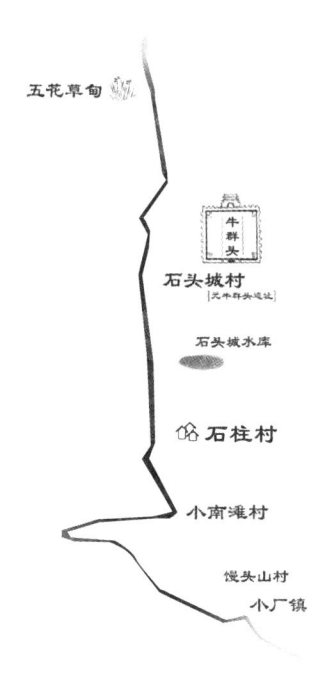

馒头山村
小厂镇

1

六点半起床，天上一层迷蒙的白云。七点离开宾馆，向北走到镇里，找了一家小餐馆吃早饭。红米粥配咸菜，外加几个菜包子，很惬意的早餐。饭后在隔壁小卖部买了四瓶矿泉水，到即将热闹起来的小镇上走了一会儿，绕到北街那个大戏场，看戏台上方挂起了两条横幅，一个是"2016年小厂镇物质交流大会"（物质疑是物资之误），一个是"山西省古红青年晋剧院"。可惜不能留下看晋剧。想起来我只看过一次晋剧演出，还是十六年前在山西河曲县。在那之前，我甚至不知道晋剧（中路梆子）和我在大同听过的北路梆子是有很大区别的。正是那次在"走西口"的门槛上看晋剧的经历，帮助我理解了包括各种山西梆子在内的山西文化何以在内蒙有那么广泛的影响。

八点差十分，我们告别小厂镇。我们要拜访的元代捺钵牛群头，并不位于241省道上，所以我们没有沿着这条主要公路北行，而是继续沿着昨天走的X404，到了镇子西侧。路南地里金黄色的油菜花正在盛开，路两边的白杨树挂满了棉花一样的白絮。走了二十多分钟，王抒发觉有一包东西，主要是药品，丢在宾馆房间了。打电话过去，宾馆服务员说找到了。王抒卸下背包，转身回去，我也卸下背包就地等候。杨絮如流沙般在路上轻轻移动，路肩外的草地上更是厚厚地堆积起来，没有适合坐下去的地方，我只好站着。想起庾信《春赋》里的名句："新年鸟声千种啭，二月杨花满路飞。"江南春早，阳历二三月间就有柳絮杨花飘舞不休。北京的杨絮要到四五月才开始肆虐，哪怕住在高楼之上，一开门还是有一团团白絮从楼道冲进家里。这里的物候真比北京晚了差不多两个月，油菜花、杨絮，都是显著的例证。

越来越多骑摩托车或赶马车的村民往小厂镇来，大概都是赶会的，马车上的人都会仔细打量我一番，但没有人跟我说话。九点左右王抒返回，我们背上包继续走。按计划我们本该在馒头山之前就离开X404，沿葫芦河西岸北行，因为这才是元代辇路的走法。可是现代农田完全覆盖了从前的河谷，葫芦河河道只剩下一条不显眼的小水渠，我们一不留神就穿过了馒头山。到了地势稍高的地方，大地宽敞，心情舒畅，越走越高兴，竟忘记了核对地图。山坡上野花耀眼，青草随风起伏，回看小厂镇只剩一线红瓦的颜色。这样走了一个多小时，王抒看看手机，忽然说，走错了。我们赶紧离开公路，在开着紫花和黄花的苜蓿地中间找到一条土路，向东北方向直插过去。

这样的田间土路，其实比公路更适合行走，全无车辆和行人，如此安静，几乎听得见蜜蜂从眼前飞过时振动翅膀的声音。看见地里种的先是苜蓿，接着是土豆。正在花期的土豆植株长得粗壮肥硕，可以想象埋在土里的块茎也一定胖大。从2015年开始，中国政府宣布土豆成为小麦、稻谷和玉米之后的第四大主粮，开启了具有历史意义的土豆主粮化。虽然早在明朝就已传入，土豆在中国的饮食文化里一直被视为菜而不是粮，土豆主粮化意味着饮食结构的重大改变。其实中国十多年前就已成为世界上最大的土豆生产国，产量和种植面积都已超过全球的1/4，只是生产的科技水平和加工的产业化还比较落后。国家从战略上确定土豆主粮化，其背景应该是中国的粮食危机，日益恶化的农村水土环境，以及令人提心吊胆的粮食安全战略。土豆和红薯一样只有经过加工才适合储存，主粮化意味着今后我们会越来越多地吃到土豆粉做的馒头和面条。

太阳越来越烤人了，能感觉到脚下的黄土经阳光烘焙而发生了某种色彩和硬度上的变化。在土豆地里走了快一个小时，只遇到一个人，一个戴着蓝色棒球帽的村民，开着一辆不带拖斗的拖拉机。有意思的是，他把一匹马的缰绳拴在拖拉机上，那匹马就紧跟在拖拉机旁边走，后边五六米处还跟着一只伸着长舌头的大狗。我向那村民挥手示意，他腼腆地笑笑。那马和狗却自顾自地往前走，根本没注意到我们。我们到一棵白杨树下休息，喝水之后想吃点东西，才意识到今早离开小厂镇时忘了买几个馒头带上。

走到小南滩村再往北，才算走回到正道上。两排高大的白杨树，显示这条路过去的地位比现在高。在小南滩、北石柱两个村，我们试图找小卖部，显然都没有。不仅没有小卖部，连个人影都看不见，所有人家都院门紧闭，只有不知哪里传来的鸡鸣说明这里并没有被废弃。走出北石柱村，路边一个村民正在收拾摩托车，我问他哪里可以买到吃的。他说，咱这村没有。问他家里是不是有馒头什么的，答说还真是没有。不过，他告诉我们前边不远是石柱村，那里有商店。走到石柱村时是十二点半，我已经饿得有点晕眩了。石柱村显然是这一带的中心，街上竟有两家商店，我们走进路北门口蹲着一条小黑狗的那一家。

店主人是一个看起来很文静的中年妇女，穿着红色上衣，围着围裙，见我们这般装束，忙叫我们坐下。知道我们饿得不行，就说，我给你们泡碗方便面吧。从冰箱里拿出两瓶啤酒，让我们先喝着，转身去烧水泡面。我看她谈吐不似一般村民，问她是不是当过老师，她笑笑没有回答。面泡好后，我们把堆在一边的"草原白酒"搬了两箱，摞起来当作餐桌，开始享用起泡面来。她拿来两包榨菜，还拿一盒蛋糕给我们，说，吃吧吃吧，不要钱。外面正是暴热之时，室内却相当凉爽。小黑狗在我们脚边转了一圈，又到门口蹲下，注视着外面寂静无人的街道。和店主人聊了一阵，她对我们走去正蓝旗的计划将信将疑，一再说，这么热的天，不行啊。肯定是出于对我们的担心，她收拾了几样东西送给我们，再一次说不要钱。我没接受她的好意，说背包已经太重，再装不了别的了。她一听就理解了，说，是呀是呀，千里不捎书嘛。我还是第一次听到"千里不捎书"这个说法，非常近似我家乡的"千里不带针"，但显然更有味道。

我们坐到两点才起身告辞，刚好有别的顾客进店，店主人跟我们说了再见，就忙自己的事去了。

2

明蒙两大势力隔着长城互相对抗的时期，既有大批蒙古人以属夷或俘虏等身份进入长城以南，也有大量明人出边叛降或被入边的蒙人掳掠进入蒙古。进入明朝的蒙古人固然有些再回北方，也有相当一部分就此慢慢沉淀进入汉人社会。同样地，进入蒙古的汉人很多也变成了蒙古人。关于边民自愿投降蒙古并为蒙古所用，明代王琼所记的一段对话很有参考价值。王琼（1459–1532）于嘉靖七年至十年担任陕西三边总督，所著《北虏事迹》记明蒙诸事甚详。根据他的记录，嘉靖八年（1529）七月某一天的早晨，五个蒙古骑兵来到兴武营（今宁夏盐池境内）所管的长城暗门墩下，与守墩的明军说话，自我介绍是蒙古首领小十王等派来哨探军情的。于是发生了以下对话：

"你墙里车牛昼夜不断做甚么？"（墙里，指长城内）
"总制调齐千万人马，攒运粮草勾用，要搜套打你帐房。"（搜套，指进攻河套）
"套内多多达子有里，打不的，打不得。"（达子，指蒙古人）
……
"我原是韦州人，与你换弓一张回去为信。"（韦州，在今宁夏同心境内）
"你是韦州人，何不投降？"
"韦州难过，草地自在好过，我不投降。"

这个韦州人想与墩上明军换一张弓，拿回去证明自己确实到了墩下，大概明军也答应了。没想到他"举弓送墙上"，墩上的明军接了弓，却"不换与弓"，甚至可能要对这几个蒙古哨探动手，他们只好"放马北奔"。

王琼自己说过的一句话，可以给"韦州难过"做注解。他说："琼世家太原，幼闻父祖言胡元入主中国事，不胜惊讶。及壮，见秦晋之民困于防边，父子离散，深痛惜之。"如此"难过"的边民，当然会有北投蒙古、另觅生活的。比较之下，"草地自在好过"也许并不是搪塞之语。进入蒙古的汉人除了参与军事行动，过着一种什么样的生活呢？明代最有名的降蒙汉人大概是赵全，他作为"隆庆和议"蒙方的代价之一，与另外八名降蒙汉人一起，在1570年12月30日被俺答送还给明朝，草草审讯一番，十八天后被杀。今天还能看到的审讯报告与判决记录，题为《赵全谳牍》，对这九名人犯都有描述，大体上可以反映一部分降蒙汉人的人生历程。

赵全是山西左卫四峰山村的村民，于嘉靖三十四年正月十九日（1555年2月10日）率兄弟妻子儿女及同乡村民二十多人，由宁虏堡师家口（今山西左云境内）逃出长城，投奔到俺答之子铁背台吉部下。蒙古酋长给他们中一些人取了蒙古语名字，比如李自馨改名"把汉笔写契"，但是赵全和他的弟弟赵龙仍用旧名。赵全这年已经过了四十岁，为什么还要如此孤注一掷呢？是因为他多年来秘密信奉白莲教，现在被人扬言要举报禀官，只好与大概同样信教的家人教友一起仓皇外逃。

把赵全引入白莲教的，是山西静乐县的吕明镇。吕明镇的一个徒弟到四峰山村，对赵全和同村的丘富说，他老师手上有个宝贝，能够看出人的命运贵贱来。这大概是吕明镇发展教众的手段之一。赵全和丘富都去拜师，吕明镇对二人说，他们都有"领管万兵福分"。于是赵全和丘富帮着在沿边民众中推广白莲教，"扇惑人心，以致沿边愚民响应"。官府察觉之后，抓捕并杀害了吕明镇，吕明镇的幼子吕西川只有六七岁，得人救助，逃避他乡。吕明镇被杀，可能发生在嘉靖二十八年（1549）或稍早，因为丘富就在这一年听说吕明镇事发，立即逃出长城，投归俺答部下。丘富在入蒙之后，似乎还在发挥他所学得的白莲教功夫，所以审讯记录有"以妖言诱惑本夷，用为头目"之语。赵全等人未被查出，仍在村里居住，也许还继续传习白莲教，直到六年后同村某人声言要去告官。

赵全投入蒙古，与丘富故人相会，从此共同为俺答服务。俺答让他们驻扎在"古丰州川"，即今呼和浩特一带，"各起盖房屋，立名板升，种田住牧"。板升就是蒙古语 baising，意思是建筑物、房屋。这些汉人不住蒙古包，而是和在南边时一样筑墙盖房子，蒙古人遂以板升称他们所住的地方。他们为俺答做事，主要是刺探情报和走私货物，"分遣奸细入边探听虚实，交通近边城堡奸逆，具贩货物贿送俺答"。赵全还颇有政治和军事头脑，他用明朝那一套帝王体制来劝诱俺答，说俺答"有天分，尊礼为帝"，要"与南朝平分天下"。为了帮助蒙古军队入边抢掠时能够攻取城堡，赵全教导蒙古人制作专门用来攻城的钩杆等器具。俺答很喜欢赵全和李自馨，把他俩"加为酋长"，大概是给了一个那颜的名号。

接下来的十五年时间里，赵全、李自馨等人协助俺答多次入边侵扰掳掠，杀害兵民甚多，破坏极大，最为明朝边将所痛恨。李自馨曾随蒙军入边，回到自己原来住的村堡外，大声叫道："我已在板升干下大事业，你们跟我去受用！"堡内人听了，立即大开堡门，三百多村民装载衣物，跟随李自馨"到于板升住种"。赵全后来被封为把都儿哈（Baatar Qan？），"管领叛逆并召集被掳汉人一万余名"。他和李自馨等给俺答奉上皇帝称号，为俺答建立皇宫，只是举行皇宫上大梁的仪式时，忽然起了大风，大梁跌落，砸死七八个汉人和蒙古人，俺答吓得不敢进去住了。赵全自己在板升所盖大宅的二门上，写了"威震华夷"的字眼。嘉靖四十四年（1565）八月，吕明镇那个逃亡潜藏的幼子吕西川已二十出头，终于找到机会逃出长城来投奔赵全。赵全既念故人情谊，又喜吕西川"年力精壮"，让他"管领达兵"，也就是蒙古兵。这可以证明赵全手下并不都是汉人，也有蒙古人。

在赵全之前和之后投奔蒙古的沿边汉人，各有各的原因，各有各的命运。以《赵全谳牍》所记的几个为例：

湖广黄冈人周元，因犯罪"问发大同威远卫充军，拨付本边守墩"，于嘉靖二十四年（1545）"叛投虏地"。他在老家犯的什么罪呢？"因在本县书写，积年害民"，这是非常含混的说法。我估计并不是指他替人书写状子、从中渔利之类，而可能是书写"反动言论"，犯了政治罪。周元入蒙后，"改夷名大笔写气，向在俺答营教诱侵扰中国"。隆庆四年（1570）冬，俺答为与明朝达成和议，按照明人给的名单抓捕在蒙汉人，其中就有周元。周元闻讯，立即服毒自杀。

张彦文本来是山西行都司大同后卫后所的低级军官（试百户），嘉靖四十年（1561）冬跟随大同总兵刘汉与蒙古兵对阵时，见蒙军势盛，"丢弃弓矢出边，投入俺答部下"。这一年张彦文已经五十五岁了，算得上是一个老资历的军官，为什么还要叛逃呢？他年轻时被蒙古人掳去，可能在蒙古时间不短，得以学会蒙古语，后来逃了回来，因"通晓夷语"到大同正兵营当"通事"，积累功劳而升为百户。他在边外蒙人中的经历对他影响极大，很显然对蒙古人是有感情的。自嘉靖三十二年（1553）起，他曾多次在明蒙两军对峙时，向他熟识的蒙军酋长传递情报，造成明军重大损失。这种情况，明人称为"卖阵媚虏"。他在边内可能并无家累，才会临阵投敌。他入蒙后，也起了个蒙古语名字"羊忽厂"。隆庆和议时明朝要俺答交人的名单上，也有张彦文，他与赵全同日伏刑。

同在那份名单上的，还有刘天麒。刘天麒又名刘四郎，陕西延安府府谷县人，投在老营堡游击李应禄手下做家丁。李应禄克扣军饷，剥削军粮，对手下动不动就"捆打"，激起怨愤。嘉靖四十一年五月十三日（1562年6月14日），刘天麒与同营多人协谋造反，砍伤李应禄，各骑官马，带领家属一百三十多人，从老营堡的丫角山出边，投奔俺答。俺答给刘天麒改名刘参将，"送发板升住种"。

与王崇古一起主持隆庆和议的方逢时对赵全在板升的势力有这样的描述："赵全有众三万，马五万，牛三万，谷二万余斛。"又说："李自馨有众六千，周元有众三千，马牛羊称是。"此外汉人小头目还很多，"余各千人，蜂屯虎视"。他们过着什么样的生活呢？"春夏耕牧，秋冬围猎。"赵全在板升的大宅子"僭拟王侯，丹青金碧，照耀龙庭"。方逢时所言或不免夸张，不过大体上可以参考。

草原上的汉人如此之多，绝大多数就长留草地了，一方面成为草原垦殖耕种的主力，另一方面也慢慢融入蒙古社会，成为了蒙古人，也就是今天蒙古族的一部分。所谓民族，无论是现代民族国家框架下的民族，还是前近代的族群，其本质都是政治体，其边界从来都是流动和开放的。正是在这个意义上，有些研究者至今还以为各民族是某种生物学上可以彼此区别开来的人群，真是离题万里。

3

从石柱村向北是蒙古营村，蒙古营村以东宽阔的草滩，则是石头城水库的上游。这座水库是截流葫芦河形成的，始建于1976年，三年后拦洪，后来又多次续修，成为中型水库。走到蒙古营村以北，可以见到水库蓄水不多，只在靠近大坝处有点水，水量大概与未名湖差不多。因枯水而露出来的水库底部，已成百花烂漫的草滩。水库东岸是野马营村，村边是车水马龙的S241，全不似水库西侧的寂静落寞。东边远远的是一线青山，几乎每一个山头上都立着一个风力发电机，它们的白色身影倒映在水面上，像是一根根漂浮的火柴棍。

石头城水库是以库北两公里的石头城村命名的，而石头城村又得名于村南的古城石头城遗址。我们之所以从小厂镇走葫芦河西岸向北，而不是走河东的S241大路，就是为了拜访这个古城遗址。研究者相信，元代辇路和驿路上著名的牛群头，便在这一带。元代辇路北出沙岭，紧傍葫芦河西岸，直到牛群头，与西南来的驿路相合。牛群头既有皇帝的捺钵，也有驿路的驿站，另外还设有维持治安的巡检司，人口规模相当大。那时候沽源镇一带还没有形成大型聚落，方圆百十里内最大的市镇就是牛群头。

我们从石柱村到石头城水库走了半小时，再走半小时，即下午三点十分，到达石头城遗址。古城只剩下四面早已倾颓、仅有一两米高的城墙，公路穿城而过，城内都是农田。这么小的古城，当然不会是当年市镇的全部，而只是牛群头许多个城堡式建筑中的一个而已。我们在城墙上向东走走，走不通时就下到城内玉米地里，继续向东，再爬上东城墙。东城墙的外侧，是葫芦河河谷在地势平缓的低洼地带形成的巨大沼泽地，满眼长草，棕黄色的骆驼和花白的牛羊散布其间。沼泽彼岸，看起来很远很远的地方，是那条忙碌的S241，来来往往的汽车如彩色虫子一般移动着。这么平坦敞亮的风景突然出现在眼前，如大风吹沙一般吹走了遍布全身的疲劳感。我们在城墙上卸下背包，

在石头城残剩的石墙上

古城只剩下四面早已倾颓、仅有一两米高的城墙,公路穿城而过,城内都是农田。

坐下休息。

王抒在城墙上捡到几个瓷片，认出是元代的磁州窑。前两天下过大雨，松过的田地里冲刷出好些瓷片。我们到城内的地里寻找瓷片，竟然找到青瓷、白瓷、青花瓷等多种瓷片，有些看起来非常像钧瓷。找宝的工作很容易上瘾，我们竟然来来回回寻寻觅觅了半个多小时，找到越来越多、越来越重的瓷片。虽然地表建筑早已荡然，残碎的瓷片却多多少少存储了一些往昔时光。手里拿着一个砖头大小的釉陶残片，猜测它原属一个水缸呢，还是一个大酒坛？一片连着一小块底座的折腰白瓷，让人想象那完整的器形会是什么样，什么人曾使用它，它平时摆放在哪里？一个陶片上的墨笔痕迹，让人疑惑那是绘画呢，还是文字？

周伯琦记他扈从北巡，从沙岭北行的辇路"历黑嘴儿，至失八儿秃。其地多泥淖，以国语名。又名牛群头"。清人收周伯琦诗文入《四库全书》，修改了他的多处音译专名，这里的黑嘴儿被改成哈扎尔，失八儿秃改成什巴尔台。如果清人的理解是正确的，黑嘴儿与哈扎尔对应的是同一个蒙古语词，那么大概就是 gazar（土地，平地），指的是从沙岭到小厂镇以后的平地，也就是地理上从燕山北麓下到葫芦河河谷的平敞地带，位置应该在小厂镇与石头城水库之间。失八儿秃（什巴尔台）是蒙古语 shabartai（沼泽，泥淖），指的就是石头城遗址东边这一大片沼泽地。

周伯琦记牛群头用了较多笔墨："其地有驿，有邮亭，有巡检司，阛阓甚盛，居者三千余家。驿路至此相合，而北皆刍牧之地。无树木，遍生地椒、野茴香、葱、韭，芳气袭人。草多异花五色，有名金莲者，绝似荷花而黄，尤异。"野生金莲花进入周伯琦的视野，是从牛群头开始的。今天若非种植，在这一带是看不到金莲花的。他描述牛群头的诗句"万灶闾阎聚，千辕骠骑营"，也是强调此地人口众多，商贩发达，所谓"市楼风策策""阛阓甚盛"。可惜今日石头城村并不大，而且和我们沿路所见村庄一样，安安静静，见不到什么人。

元人胡助的一首《宿牛群头》很有意思：

荞麦花开草木枯，沙头雨过茁蘑菇。
牧童拾得满筐子，卖与行人供晚厨。

写的是初秋景象。中原夏日"荞麦花开白雪香"，而这里荞麦开花的时节，真的已开始降雪，田野间草木枯萎，准备迎接冬天了。草地硕大的蘑菇会在雨后蓬勃而出，牧童放牧时随手采拾，装满一筐带回，卖给市镇上的驿馆客栈，就是晚餐上一道让行人感到温暖、暂忘羁旅之苦的佳肴。很多年前，我在青海和新疆的草原上，都见过当地人临到做饭时才跑出去采蘑菇，不一会儿就拿回来几个大草菇，一个不止半斤重。对旅行中的人来说，那的确是难忘的美味。

北宋使节路振出使契丹辽国归来所写的《乘轺录》，提到辽帝避暑之地，也就是滦河上游这一带的气候，"地寒凉，虽盛夏必重袭"。又说："宿草之下，挖掘尺余，有层冰，莹洁如玉，至秋分则消释。"所说草下的冰冻层，其他材料中记为"黑色者数尺"，其实是一种季节性冻土层。今日石头城村旁边的沼泽地下，仍旧有冻土层，盛夏也能见到。正是因此，契丹人选择这里作为夏捺钵，而金人继承了这种做法，并把这一带改名为"金莲川"。元代牛群头的富盛繁华，一定程度上跟辽金的传统有关。

下午四点一刻，我们离开古城遗址，沿着沼泽的边缘北行。两头在水草间的骆驼见我们走近，抬起头，伸长脖子，其中一头向着我们迈了几步。我估计它不是要吓阻我们，而是为了看清楚是怎么回事。我向它们挥手致意，翻过一个大石堆，走到岸上。回头看，真是"草色浮天涯"，沼泽地同时也是大草原，青葱壮丽，点缀着成群的牛羊。

4

据说马可·波罗之后第一个到访其地并且辨认出这里就是元上都的欧洲人，是英国人卜士礼（Stephen Wootton Bushell, 1844－1908）。卜士礼1868年（同治七年）作为医生加入驻北京的英国公使团，此后在中国生活长达三十二年，是一个自学成才的东方学家。他在中国陶瓷和钱币的收藏与研究方面，算得上西方人中的先行者。在西夏学、蒙古学、契丹大小字和女真文研究等领域，他至今仍是学术史回顾常常要提到的人之一。他的传奇性成就之一，是第一个指出居庸关云台六体铭文中长期被当作女真文的那种文字，其实是西夏文。此外，他还第一个认出了西夏钱币上的西夏文"大安宝钱"。

1872年（同治十一年）秋，卜士礼与使馆秘书Thomas G. Grosvenor（1842－1886）一起，到长城以北旅行，9月16日到达上都。1874年2月9日，卜士礼向英国皇家地理学会报告了这次旅行的收获。同年6月22日，他又专门就对上都的考察与研究在大不列颠与爱尔兰皇家亚洲学会做报告，报告全文以《蒙古旧都上都札记》为题，发表在下一年出版的该学会杂志上。我把这篇文章的后半部分翻译如下（原文不分段，我擅自为译文分了段）：

我和 Grosvenor 先生于 1872 年 9 月 16 日访问了上都遗址，该遗址位于多伦西北八十里，蒙语地名为"兆奈曼苏默"（一百单八庙之城）。

道路先经过一列列低矮的沙丘，再翻过一个由陡峭的火山丘陵组成的山脉，往下到达一个宽阔的平原，平原上满是长长的青草和香气袭人的灌木丛，其间腾跃着数不清的羚羊。草原缓缓倾斜，终于抵至一片河谷沼泽，宽达二十英尺的河流贯穿其中。当年运粮食的平底船从大海爬高行驶至此，从南方各省送来供给城市与宫廷的稻米。如今此地唯一的建筑物是一座小小的喇嘛庙，住有六七个可怜兮兮的僧侣，河谷两岸散布着几个属于察哈尔部的帐房。

古城被遗弃已有好多个世纪了，遗址满是疯长的杂草，成了狐狸和猫头鹰的巢穴，它们捕食的对象是数量众多的土拨鼠和松鸡。古城略高于河床，河流从城墙外东南方向四五里的地方流过。远方是高大的兴安岭山脉，由西南向东北延伸，在更远的北方高耸起许多山峰。

城墙是土筑的，外层砌上砖头或未经切割的石块，虽依旧挺立，却多多少少近于荒颓。由这样的城墙构成双层城郭，外城四方周长约十六里，六座城门，内城周长约八里，只有东、西、南三座城门。内城的南门保存如昔，二十英尺高、十二英尺宽，顶着一个完美的圆拱。北城墙与南门对应的地方没有门，而是一个很大的、外贴砖头的方形土堡，上面是那种常见的插满枝条的敖包，枝条上绑缚着破破烂烂的丝棉彩旗，象征着当今蒙古人对此地的迷信与敬仰，正如现在那个地名所宣示的——"一百单八庙之城"。

两道城墙之内，到处是原属大型寺庙与宫殿的大理石或其他遗物，有些建筑的台基轮廓还隐约可见，破碎的狮子、龙，以及其他石雕的残骸，横七竖八地倒伏于地，半掩在绵密的草丛中。几乎没有一块石头能保持叠压在另一块石头之上，难以想象还有比这里更荒残的废墟，然而一切都表明过去这里有过一个人口众多且繁荣富庶的城市。

城郭之外，还有第三道墙，比那两层城墙要小些，却是从外城的南墙和东墙延伸出去的。古城的西北，现在看是一个覆盖着青草的台地，包括一片约五平方英里的区域。这一定是马可·波罗描述过的那个宫苑。

在外城东北角一块隆起的、明显是一个大寺的台基上，有一方断碑夹杂在许多古物间。露出地面的碑身上半截有元朝的篆书汉字铭文，周围是一圈深浮雕的龙。铭文为"皇元敕赐大司徒筠轩长老寿公之碑"。这是碑首。下半截的巨大大理石碑身无疑深埋在青草之下，但我们没有合适的工具把它挖出来。碑身文字应该讲述碑首提到的那位佛教僧侣的人生、官职和成就——他的僧侣身份是由"长老"这个称呼所证实的。

很多年以后，1986年10月间一个暴风骤雨的下午，一辆军绿色吉普车从只有十几栋房屋的正蓝旗驶来，一直开进上都的内城。恰好风停雨住，车上下来一男一女两个西方青年。这两个剑桥大学的本科生，追随马可·波罗的足迹，从地中海的塞浦路斯出发，经以色列、叙利亚、土耳其、伊朗和巴基斯坦，进入中国新疆，从新疆经河西走廊、兰州、西安到北京，再从北京经承德、多伦，终于到达他们的目的地上都。他们相信自己是卜士礼之后第一批访问上都的欧洲人，他们手里关于上都的旅行指南只有卜士礼那篇文章。两人中的那个小伙子，是后来成为著名旅行作家的威廉·达尔瑞坡（William Dalrymple），他的第一部书《在上都——一次追寻》叙述了那段漫长、艰难又妙趣横生的旅行生活。从年初在剑桥的校园里制定计划开始，他们就想着把这次探险的终点设在上都。然而，因为没有办理好足够多的旅行文件，他们一到正蓝旗就被警方控制，按理要立即遣送回北京。但那个穿着蓝色中山装的蒙古族党干部似乎感动于他们对忽必烈汗的痴情，决定在遣送他们时绕道去一趟上都，让他们有机会在上都古城遗址逗留一小会儿，这才成全了他们的万里奔波。

> 暴雨过去，我们都下了车。那几个蒙古人靠在吉普车上，点着了香烟，开始聊天。路易莎和我则要恭敬得多。我们旅行了12000英里，才终于抵达这里。我们站在通向宫殿台地的斜坡下面。同样是在这里，711年以前，马可·波罗也站在他世界旅程的终点。

这次追寻马可·波罗足迹的探险因为一个仪式而具有了特殊的意义。八月间从耶路撒冷出发时，威廉·达尔瑞坡到圣墓教堂（Church of the Holy Sepulchre），从据说是长明不熄的油灯里，取了一点灯油，就像1271年初秋马可·波罗所做的那样。不过，达尔瑞坡所取的灯油并不是中世纪所用的橄榄油（人们都相信那是用圣地橄榄山上的橄榄制成的），而是市场上买来的葵花籽油；他也没有用马可·波罗那种山羊皮制作的袋子来盛圣油，而是用了一个小小的塑料瓶。但他的确和马可·波罗一样，万里迢迢，穿过整个亚洲大陆，把这点儿圣油带到了上都。

我从背心口袋里掏出那瓶圣油，路易莎在我后面两步远，我们慢慢爬上那个斜坡。到了顶上，我跪倒在当年忽必烈宝座所在的宫殿前，拧开瓶盖，把圣油淋到地上。那油开始还流动了一下，很快渗入土中，只留下几个闪烁的斑点。毛毛雨之中，在离剑桥大学半个世界那么远的地方，路易莎和我同声吟诵柯勒律治的诗篇《忽必烈汗》，这首诗使忽必烈的宫苑得以不朽，而此刻我们就站在它的废墟上。

5

疲乏不是一种感觉。疲乏是突然跳进头脑的一个意念，比塞进背包的一块大石头更清晰、更实在。从石头城村往北，我们走的土路穿过一片白杨林，如雪的绒絮在空中飘飞，落在地面的浮动不歇，填充了草丛间的一切空隙。这时候我感到腿脚沉重，有点儿走不动了。脚上水泡引发的疼痛传染到肢体的其他部位，全身每一块肌肉都开始离心离德。一旦意识到疲乏，疲乏便浸透了你的意识。

一辆装满化纤袋子的电动小三轮车从后面开过来，超过我们时，头上包着蓝花布的女司机瞟了我们一眼。要是能搭一程就好了，我想。

不知从哪里开始，背包变得越来越重，我不停地用手向上托起背包，让肩膀和后背稍稍放松。一步一步地数着走路时，周围的景物渐渐失去了生气，本来就在云层间若隐若现的太阳，似乎消失了。路东草滩上那些黄白黑褐杂色花毛的奶牛，不再吸引我的目光。下午五点十分，我们走在横跨河谷的小路上。我对王抒说："咱们明天在沽源休息一天，不往前赶了。"王抒说："我也这么想，您要不说，我还不敢提。"我们原计划今晚走到沽源，明天从沽源前往塞北管理区。从这里到沽源还有十多公里，照前些天的体力我们能在天黑前赶到。既然决定休整一天，那么今天就不必走到沽源了。我说："过一会儿我们到五花草甸附近找辆车去沽源，明天再回来补走这一段。"

新思路一明确，好像忽然多了些力气。走过河谷草滩，到了热闹的 S241 上，正在张承高速出入口附近。沿路往北走几百米，到义合成村南，离五花草甸已经不远了。我们在路边伸手拦车，很快就有一辆 SUV 停下，车上三个小伙子，在轰轰响的音乐中吸烟。听说要去沽源，就告诉我们，他们只是路过沽源，可以把我们丢在路口。六十块，行不行？行。背包堆进后备厢，人挤到后座上。十几分钟后，我们已经站在沽源县城南边路口的花坛边了。再拦一辆出租车，司机听我们说了要去的宾馆，摇摇头道，没多远呀，走走就到了。意思是不必打车。我们坚持用他的车，果然掉个头一拐弯就到了。到达宾馆的时间是六点十五分。

一进房间，放下背包就洗澡。越是疲劳，对洗澡的需求越高，似乎随水而去的不只是汗渍和灰尘，还有日益沉重的呼吸和日益显著的虚弱。洗完澡，检查脚上的水泡，处理时不小心把皮撕掉一块，这下子走起路来更疼了。没有像往常那样先洗衣服和收拾背包，直接躺下小眯一会儿。虽然累得窗帘都顾不上拉，躺下却一直没有睡着，脑子里呼呼呼地过起了电影。奇怪的是，出现在眼前的与这些天的行走并不相干，而是，真的很奇怪，是一些非常遥远，我都不知道自己还记得的那些人和事。比如小时候在深山林场，那些松涛阵阵的冬夜，围在烧着树根的火盆旁，我听那几位林场老工人谈天。他们一会儿说《三侠五义》，一会儿说长毛贼，我都听得津津有味，舍不得回家睡觉，直到父亲在外面叫我。我还记得那位我喊柳大伯的老人说，这孩儿有意思，喜欢听这个。哦，不对，他们不是老人，除了那个在国民党军队当过班长、小时候练过武艺、老家在山东茌平的池爷爷，火盆俱乐部的其他成员都还没有退休，大概也就是我现在这个年纪。以如今的标准，他们都还算是中年。

王抒七点半来叫我，我们下楼去找餐馆。我告诉他："刚才出门，我不由自主拿起了手杖，想起是吃饭，不是出发上路，才放下了。"他哈哈一笑："我没告诉您呢，昨儿夜里我起来上厕所，第一件事就是伸手摸手杖。"想起我读过的一本记长程徒步的书，提到两个多月每天使用登山杖，回家后非常不习惯空手上下楼梯，"也许没有人会相信，登山杖已成为我身体的一部分"。

沽源是近年来热火起来的坝上旅游的重要一站，宾馆餐厅很多，县城也干干净净，宽阔的人行道铺着彩色的瓷砖，到处是特产商店。晚风清凉，街上漾着宁静与透彻。我们进了宾馆对面的一家餐馆，点了丰盛的晚餐，特别是吃了莜面。邻桌是一家北京人，大概是小两口带父母出来玩。他们一直在回顾两天来坝上旅游的经验与教训，一致谴责中午在某处吃的烤全羊，说根本不值那个价钱。

"空气真好。"像是父亲的那一位说。

"啥都巨贵。"像是母亲的那一位说。

"明天回去，直接上张承高速，比丰宁快多了。"像是女婿的那一位说。

我们饭后在街上走了一会儿，脚上仍然疼痛，身体却轻松许多。我想，明天休整一天，就没事了吧。

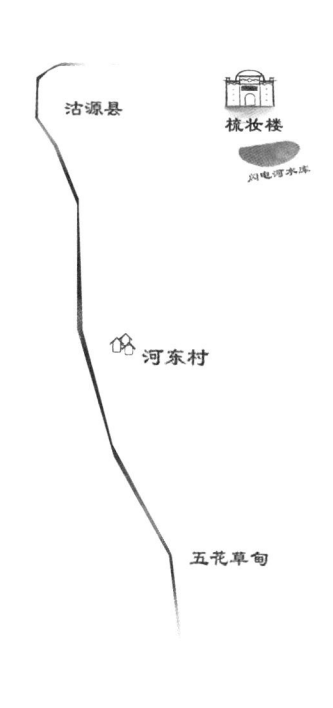

梳妆楼下金莲肥
——从五花草甸到沽源

1

也许是天花板上的一片白光唤醒了我,看了看才明白,这亮光来自对面楼房瓷砖墙面的反射。东边刚刚升起的太阳借助这种反射,一大早就把夏天的气氛均匀地涂抹到县城的各个角落。时间还早,而且不用收拾散在另一张床上的衣服、电脑和书,今天要继续住在沽源,背包里一大半东西可以留在房间里。拿出笔记本,追记前两天的行程。想起不知在哪本书里读到的一句话,写下来:"在后工业时代,当时间和空间被压缩得几乎不值得测量时,徒步是对主流的抵抗。"七点半下楼,靠过道兼大堂的南墙有两张桌子,算是早餐时的餐厅。我们坐下后,服务员摆上早餐:菜包子、小米粥、茶叶蛋和咸菜。

我对王抒说:徒步是对主流的抵抗,可我们吃的还是各地的主流早餐。他笑笑,大概不明白我这句没头没脑的话。早晨的阳光穿过大门和玻璃窗,刺眼地闪耀在人造大理石地板上。大堂接待兼早餐服务员是两个年轻的本地女性,一个冷冰冰的,另一个笑容可掬很爱说话。爱说话的姑娘给我们倒了茶水,返回柜台后面,靠柜台站着,看我们吃饭。

"你们自己没有车,那是坐啥车来沽源的?"

"走来的。"

"开玩笑呢吧?那得走多久呀。"

"不久,十天。"

"不信,骗人呢。"

王抒说已经和梳妆楼管理处联系好,他们八点多在管理处大门口等我们。我们不敢耽搁,八点在宾馆前拦了一辆出租车,和司机说好先把我们送去梳妆楼,在那里等着,再送我们去五花草甸。梳妆楼在县城以东七公里外的南沟村,闪电河河谷的西岸。我们八点二十分到达梳妆楼大门外,管理处的主任等几人很快也到了。他们很热情地带我们进门,到管理处办公室小坐,简单介绍了情况,然后我们自己去参观。

梳妆楼是一座全砖横券无梁结构的建筑,形似一个方块,上端一个穹隆顶,与宋元时期中原传统建筑风格明显有别。在清代志书中,这个建筑被称为"萧后梳妆楼",传为辽圣宗之母萧太后住夏梳妆之处。很早就有学者指出楼上的穹隆顶应该是元代的"圆顶殿",判断是元朝宫殿一类建筑。这种地表高规格建筑的存在,在相当长时间内让一部分学者怀疑这里就是元代著名的察罕脑儿行宫。1999年秋,河北省考古所对砖楼周围进行清理,没有发现围墙一类建筑,却发现了十多座墓葬。冬天气温转低后,考古人员专注于楼内探测,意外地发掘出地表大石板下的墓葬,发现了三具木棺,其中两具是见于元明文献的树棺。

叶子奇《草木子》、陶宗仪《南村辍耕录》和《元史·祭祀志》都提到作为蒙古人传统葬俗的树棺葬。就是把一截整木一剖为二,在其中掏出人体大小的空间以放置死者，再合起来外加金属套圈，成为一具棺材。这是蒙古旧俗，成吉思汗等蒙元大汗应该都是按这种方式下葬的，只不过与普通蒙古人比起来，他们要用珍贵的香楠木，而且用黄金套箍固定木棺。前面说到的三种文献提到树棺葬，主要是着眼于皇家葬俗。比如《草木子》提到把遗体安置到树棺里，两半树木扣合起来，加黄金圈固定锁紧，送到漠北"园寝之地"予以深埋，土坑回填之后让马群踩踏，所谓"万马蹴平"，春季青草复生，"漫同平坡"，再无埋葬痕迹。相较于中原传统大事陵寝而易代之后不免毁发的历史教训，蒙古人这种神秘的深埋潜葬似乎自有优长，至少，"岂复有发掘暴露之患哉？"

蒙古人消除埋葬踪迹的习俗似乎并不是孤立的。近千年前，就是十六国北魏时期，同样属于蒙古语族（Mongolic）的鲜卑和柔然，表现出和蒙古人一样的葬俗传统。北魏孝文帝激烈变革之前，拓跋鲜卑的历任皇帝（可汗）及宗室贵臣，都葬在一个神秘的、被称为"金陵"的地方。考古学家费尽心力，也没有找到金陵的所在。与此相应，二十多年来国际上那么多人，花了那么多钱和时间，致力于寻找成吉思汗陵，至今毫无成果可言。这种"找不到"也许比"找到了"更有一种学术思考的意义：为什么我们总是有一种先入之见，即倾向于相信游牧首领们一定会把他们掠夺的财宝带到另一个世界去呢？

1999年冬梳妆楼内元代墓葬发掘的第一个成果，就是明确了所谓梳妆楼的性质，原来这是一座墓上的享堂（祖堂，安置祖之像牌以祭享之，曰享堂）。因为知道了元墓的树棺葬形式，一些人开始这样解释"梳妆楼"一名的来历：本来叫树棺葬，后来音讹成了梳妆楼。其实国内有梳妆楼之类名称的地方还不少，比如河北的邯郸、北京的延庆，难道它们都是从树棺葬讹变过来的吗？

由于墓葬很早就被盗掘破坏，只找到一件已多处腐烂的丝织长袍和一个二龙戏珠鎏金银带钩。尽管据此可以推定墓主人是一位身居高位的元代蒙古贵族，但再没有其他物证足以揭示其具体身份。2000年春清理墓地周围区域时，发现了多处类似的墓葬。在梳妆楼前原已发掘过的碎石杂物中，找到一块破碎的碑石，石上残留三行铭文，分别是"襄阔里吉思""敕撰翰""臣为"。从文字和格式判断，这块残石应该是梳妆楼元墓神道碑的一部分。尽管神道碑其他有文字的残片再未出现，不过几乎可以据这一小片判断，墓主人的名字就是阔里吉思。

阔里吉思是元代蒙古人常见的名字，其语源是基督教圣徒圣乔治的名字，希腊文形式是 Geōrgios，拉丁文形式是 Georgius（英语的 George 由此而来），阔里吉思是其汉文音译形式，有时又写作阔儿吉思。元代信仰景教（基督教聂斯脱里派）的蒙古人，常以阔里吉思为名。当然，当一个名字被使用得足够普遍时，没有基督教背景的人也可能以它为名。

阔里吉思神道碑何以残破如此，竟然难以在墓地左近再找到有铭文的残片？周良霄先生在讨论墓主人身份时，对神道碑的消失提供了一个非常有意思的解释。

周先生引《明史·王英传》的一段记载，指出这一地区的元代碑铭可能是遭到了明朝永乐皇帝有计划的、系统的破坏。据《王英传》，永乐二十年（1422）王英随永乐帝北征，回来时经过李陵城（即我们两天后要去拜访的李陵台）。永乐帝听说城内有石碑，命王英去调查。王英在城内北门找到一块已大半埋在土中的石碑，费劲挖出，才看清楚是元朝李陵台驿站的驿令谢某人的德政碑,碑阴刻着立碑人姓名,其中有达鲁花赤等蒙古名字。听了王英的报告,永乐帝说,碑上有蒙古名,将来蒙古人会据此来争,说这是蒙古人的地盘,会成为地盘纠纷的由头。于是命令王英"再往,击碎之,沉诸河"。不仅要把碑石打碎,还要把打碎的石块沉进滦河,是彻底销毁。按照永乐帝的意思,为了不给蒙古人将来谈判时留下佐证,必须销毁这一地区写有蒙古人名字的所有碑刻。

在那样一个唯力是视的强权外交时代,历史仍然是领土主张的主要理由,对历史的争夺和双方军队在战场的厮杀同样重要。与战场取胜只靠实力不同,争夺历史最重要的一个环节是制造自己想要的历史,同时排除(即遗忘)自己不想要的历史。历史是建立在史料之上的一种复杂构造。制造也好,排除也好,都要把功夫花在史料上,即制造于己有利的史料(以形成新的历史),同时销毁于己不利的史料(以遗忘旧的历史)。永乐帝毁坏有蒙古名字的碑刻,可谓深得其中三昧。北边的李陵台尚且如此,南边的梳妆楼更不能免;碑阴有达鲁花赤之名尚且不容,碑阳正文的阔里吉思当然是愈发地必须灭迹。

我们在楼内参观墓葬之后,出来看楼西空地上摆放的文物。有些是本地出土或征集的,有些是从远处搬来的。比如罩在玻璃箱下的两根已生锈的大铁柱,两端阔大,看不出是什么器物,据说是从察罕脑儿元代行宫遗址搬来的。地上还堆了两件石刻,看得出是从某个近代基督教徒墓园搬来的,都刻有文字。竖排的铭文是"去罪免地狱",横排的铭文是"息止安所"。"所"字已损坏,但不难猜出,因为"息止安所"是西方基督徒墓碑上常见的拉丁文短语 Requiescat in pace(缩写为 R.I.P.)的汉译。一个周身有两排小孔的石碓引起我的兴趣，想象中，一群人拉扯着穿过这些小孔的绳子，在歌声和吆喝声中齐齐整整地用力，把这个石碓高高扬起，沉沉落下，砸在修建中的土墙上。

周围墓地早已回填，种上了苜蓿等植物。苜蓿的紫花和黄花在阳光下有炫目的光彩，嗡嗡响的蜜蜂正在花间忙碌。沿着搭好的木板人行道，走到楼北的高地，向东看，巨大的闪电河湿地草甸平铺眼前。闪电河，其实是从"上都河"音讹而来。上都河是滦河在正蓝旗境内一段的别称，沽源境内的上游讹成了闪电河。闪电河湿地公园总面积超过四千公顷，以河道两侧平展无垠的退化湿地草滩为主，是候鸟迁徙的重要中转站和繁殖地。可惜现在看不到什么鸟，大概都在遥远的西伯利亚过夏呢。

管理处与梳妆楼之间是一个很大的花园，靠西南的一片金黄色的花格外抢眼。不需要走得太近，就知道是金莲花。这还是我们此行第一次见到金莲。仔细看，每一朵盛开的金莲花都有一种奋力托举的气势，环绕花蕊的十几根针状花瓣笔直上扬，好像在齐声歌唱。

2

那么，梳妆楼元墓的主人是谁呢？尽管神道碑残石上保留了他的名字"阔里吉思"，但元代史料里有很多阔里吉思或阔儿吉思，哪一个才是正主呢？

发掘者在2000年初清理出神道碑残石之后，立即把墓主人确认为《元史》卷一一八有传的汪古部第四代首领，也就是忽必烈之女月烈公主的儿子、先后追封高唐忠献王和赵王的阔里吉思。恰好他先后娶真金之女忽答的迷失公主和爱牙失里公主为妻，与墓中一夫二妻的棺木格局相合。借助媒体渲染，墓主人身份的这种勘定在一段时间内几乎成了定论。于是，《元史》所记阔里吉思的英雄事迹，比如他在平定宗王也不干叛乱时身中三箭仍英勇作战，以及后来远征时作战被俘、不屈而死，也被媒体和各类文章反复引述，以证明墓主人是一个多么值得重视的历史人物。阔里吉思身死他乡，多年后他儿子派一支十九人组成的迎丧小队前往迎护棺柩，史称开启棺木，发现"尸体如生"。如今，这种神话般的文字也被频频引用。更进一步，既然梳妆楼这一片墓地是汪古部首领的家族墓地，那么除了阔里吉思以外，他的曾祖以下乃至子侄诸人，不是也应该葬在周围那些墓地里吗？于是，各种对号入座的工作也开始了。

然而，汪古部的这位阔里吉思，究竟是不是梳妆楼元墓的主人呢？

很快就有人提出质疑，并有了替代方案。林梅村根据文献中描述独木棺葬主要涉及皇家，认为这种葬俗只适用于皇族，梳妆楼的墓主人必定是皇室成员。他又说，作为享堂的地面建筑具有浓烈的伊斯兰拱北建筑风格，而蒙元皇族中只有阿难答信奉伊斯兰教。此外他还提出一个佐证，史书记阿难答的父亲安西王忙哥剌在察罕脑儿有封地，而察罕脑儿就在梳妆楼以北十来公里的地方。依靠这些理由，林梅村得出梳妆楼元墓主人就是阿难答的结论。阿难答是忽必烈之孙，有资格问鼎可汗大位，后来也死于与武宗海山争位，在元代中前期历史上算得上是一个风云人物。因自幼信奉伊斯兰教，他还被称为中国历史上唯一一个差一点儿当上皇帝的穆斯林。如果梳妆楼下埋葬的是阿难答，那可比汪古部的阔里吉思光彩得多。

然而林梅村不仅没有解释阔里吉思这个名字，而且他所说的宋元明时代的穆斯林拱北（Qubbah），如扬州的普哈丁墓、广州万噶斯的响坟、泉州的先贤墓等，与梳妆楼的差异还是明显的。在那个时代，仅凭墓地建筑式样还不能断定墓主人的宗教信仰。他说树棺葬只有皇室使用，这个也不对。北京东城区（原崇文区）吕家窑村发掘的元代铁可墓，墓内东室木棺下有三道等宽的铁箍，明显是捆扎固定独木棺的葬式。铁可来自今巴基斯坦地区，并非蒙古皇室，但也沿用独木棺葬俗。林梅村所举几乎唯一有文献意义的证据是忙哥剌的察罕脑儿封地问题，可是察罕脑儿（Tsagaan Nuur，意为"白色的湖"）是蒙古高原上常见的湖泊名。伯希和早就考证过，忙哥剌封地的察罕脑儿在榆林以西、怀远（今横山）以北，与今沽源境内的察罕脑儿完全不相干。于是，林梅村提供的这个假想就没有参考意义了。

赵琦（2003年）和周良霄（2011年）先后发表文章，论证梳妆楼元墓的墓主人阔里吉思，并不是汪古部那个被追封为高唐忠献王和赵王的阔里吉思，而是在《元史》里写为阔儿吉思、被元顺帝追封为晋宁王、谥号忠襄的那个大臣。

周良霄先生的考证尤有说服力，比如他说汪古部首领的家族葬地不应在滦水流域，残碑铭文阔里吉思之名前面的"襄"字应是谥号，与"忠献"不符，等等。按照周先生这一考证，墓主人阔里（儿）吉思是元武宗海山的亲信怯薛（护卫），武宗死后，拥武宗之子明宗西走金山，文宗时迎立明宗，阔里吉思随之东归。元人文集里有歌颂他的话，如"事明皇于雷雨盈满之际，盘桓屯难，草行露宿"，就是说他追随明宗外逃过程中的艰难契阔，由此可以理解明宗即位后会倚他为臂膀。虽然明宗死后阔里吉思经历过一小段被剥夺实权的时期，但不久大宝复归明宗之子元顺帝,阔里吉思以旧臣的身份被重用,大红大紫了一阵。如果我们接受周先生的意见,就应该为梳妆楼元墓的主人讲述一套非常不同,却照样跌宕起伏的人生故事。

不过关于墓主人到底是谁,近年又有新说出现。黄可佳在2013年的《草原文物》上发表文章,提出这个阔里吉思很可能是元代著名学者爱薛之子。爱薛(1227－1308)是拂林(拜占庭)人,也是景教教徒,通晓西域许多语言,精于星历、医药之学。黄可佳对周良霄先生的批评最值得重视,因为周的论证是迄今最有说服力的。黄可佳指出,残碑铭文"襄阔里吉思"的"襄"字并不是谥号(而这正是周良霄先生的出发点),因为如果是谥号,那么应该在襄字后还有个"王"字,作"晋宁忠襄王阔里吉思"。这么说似乎也有道理。但是黄可佳把这个阔里吉思与爱薛之子联系到一起,还缺乏有说服力的证据。何况,以爱薛在这个家族的中心地位,其子阔里吉思并不那么显要,其家族墓地怎么会形成以梳妆楼(阔里吉思)为中心的墓葬格局呢?

总之,这个问题看起来还远没有到定论的时候。

罗生门的故事是历史研究的常规模型:尽管我们相信真相只有一个,用来还原真相的证据(证言)却指向多个彼此难以重叠的过去。通常我们相信,未来是开放的、流动的、不确定的,因而也是无法准确预估的。没有人敢说自己能看到未来。同时我们也相信,过去是已经发生的,因而是确定的、唯一的、不可更改的。然而当我们试图重建过去的真相时,所有的经验都告诉我们,真相的确定性和唯一性几乎是无法实现的。也许这就是历史与历史学之间的巨大鸿沟。

大概历史学的基础并不是对真相的信念与热情,相反,却是承认真相的不确定性、流动性和开放性。在这个基础上,历史学建立和积累学科内普遍遵守的规范，发明、改进和提升从业者都接受的技术与语言，以此探讨历史。我们站在罗生门的门楼下，向过去看，向未来看，看到的都是多种可能。

3

上午九点五十分，出租车把我们送到五花草甸。五花草甸是口道营村和义合成村之间公路西侧的葫芦河河谷草滩，因地势平展，河道迂曲回旋，滋润出一片总面积达四千亩的天然草甸，满是拥挤、蓬勃、平均高度近一米的青草。这些以毛茛科为主的草类植物，很多都在夏秋季节开花，花期五颜六色，草甸变成花海。不同的花期色调也会不同。一个多月前来过的朋友说，他们恰好碰到粉红色的小花草玉梅盛开，整个草甸像是漂浮在梦一般的粉色云霞之中。据说每年七八月的主色调是黄色，因为正是金莲花和黄花的花期。可惜我们来得早了一些，金莲花还没有开。

历史上整个葫芦河中下游河谷应该都是连成一片的草滩，现在因水量锐减，上游修了石头城水库，而且大面积草滩被开垦成农田，连续分布的草滩已大大缩小。近年沽源因保护湿地和发展旅游的需要，特地把口道营村这一带的草滩开发为旅游点，起名五花草甸。旅游点入口设在路东的园区内，买门票后可经一座人行天桥到路西，天桥延伸进入草甸，游人在天桥上欣赏草甸景观。我们听说门票是每人八十元，就没有进草甸观景，只在路东园区内的商店里小坐一会儿，喝了本地的"雪原"牌酸奶（堪称美味，中午和晚上在沽源镇上却再也找

头戴花冠的女人

我们只在路东园区内的商店里小坐一会儿。开店的老妇人头戴一顶自编的花冠,紫白相间的小花密密麻麻地向外伸展,呈现一股混合着野性与浪漫的热情。

不到了），买了几瓶矿泉水。开店的老妇人头戴一顶自编的花冠，紫白相间的小花密密麻麻地向外伸展，呈现一股混合着野性与浪漫的热情。

坐出租车来时一路上尘土飞扬，原来S241的这一段正在修路，往来车辆奔行在裸露的黄土路面上，卷起比云雾还壮观的灰土。不敢想象我们要在这样的路上走两个小时，于是看地图，发现与公路平行的东侧农田有田间小路，遂东行穿过一片拴了十几匹马的白杨林，进入田间土路。说是田间土路，其实特别适合行走，宽敞得足以通行拖拉机，偶尔还有高高的白杨树，树荫恰好遮挡了针刺般蜇人的阳光。数百米之外S241上喧嚣的汽车和龙卷风一般的尘土像是另一个世界，这里如此安静，风吹树叶的声音都清清楚楚。我们就在这样的土路上往北走，每逢土路中断，就向东或向西略略绕一下，找到南北向的土路，继续北行。

元代辇路与驿路在牛群头（石头城）会合之后，是如我们所走的这样跨过河谷草滩，沿葫芦河东岸向北呢，还是继续在葫芦河西岸往北走，直到察罕脑儿？今沽源镇以北有多个湖泽，较大的有囫囵诺尔、北淖、公鸡诺尔和水泉淖尔等。这些湖泽在古代应该是连成一体的，或至少是有河道相通的（察罕脑儿可能是它们的共名），而不是如今日这般各自隔绝。在这几个湖泽以西，还有多个现已干涸成为碱滩的湖泊，如九连城淖尔、巴彦查干淖尔等，在古代都互相连通。这些湖泽是接纳来自南方、西南、西方和西北高地的河流形成的，在近代农业化过度发展之前，应该都有足够的水量最终汇入滦河。按照这一地貌特征，从牛群头到察罕脑儿行宫所在的小宏城子，最便捷的走法还是跨过葫芦河，沿河谷东岸北行。

虽然背包大大减轻，但走一阵之后，昨天下午那种疲劳感渐渐回到身上。脚上的疼痛似乎传染到小腿，走起来有一种明显的不适，偶尔感到要抽筋，只好停下来揉一揉。这使我的速度明显变慢，远处王抒的背影成了一道常见的风景。走了一个小时，王抒停下来等我，我们在一棵白杨树下休息，喝点水，擦擦汗。草丛间灰黑色的蚂蚱跳跃来去，在低空短暂飞行时翅膀击打出清脆的节拍。是大晴天，可是高空似乎有一层薄薄的水汽，使得天不那么蓝，阳光却更加刺眼。进沽源之后，再没有了在赤城境内每日所见洁净如洗的天蓝云白。

靠着背包，伸展腿脚，听自己的呼吸，忽然想起两年前读过的一段话。澳大利亚作家萝宾·戴维森（Robyn Davidson）在二十七岁时（1977年）完成了一次惊人的旅行：她独自一人，牵着四头骆驼，带着小狗，用九个月时间穿越西澳大利亚的内陆沙漠，行程共计2700公里。她记录该行程的书《足迹》（*Tracks*）1980年出版后大受好评，据说最受女读者欢迎，因为女性在这一不可思议的野外冒险中，展现出罕见的独立、勇敢、坚韧和完整。根据这个故事改编的同名电影（中文或译作《沙漠驼影》）2013年上映，我是看了电影才知道这本书，也才找来一读。我对书中这一段话印象极深：

> 然而当你日复一日、月复一月地每天跋涉二十英里（三十二公里）时，真会有一些奇异的事发生，一些只在过后才看得清楚的事。我居然能记起一件往事，记起细微生动的细节，以及相关的所有事、所有人。我记起我很小时候参与或听到的一些言谈，记起其中的每一句话，这使我得以在回顾过去的事情时情感超然，好像都发生在其他人身上。我重新发现和熟悉了一些人，他们久

已故去或被遗忘。我打捞上来一些我根本不知其存在的东西。人、面孔、名字、地方、感觉、点滴知识，一一列队等候我去检阅。这是对积攒在我脑子里的垃圾和渣滓的一个浩大清理，是一次温存的净化。或许正是因此，现在我能更加明晰地观察如今我与他人，以及与我自己的关系。我很高兴，没有别的词可以形容这种感觉。

中午十二点半，在沽源镇南的河东村以北，我们走出田间土路，回到崭新的公路上。S241 在这里弯出一道美丽的弧线，跨过葫芦河，绕行沽源镇南，在镇西折向西北而去。我们在镇南离开公路，往北进入县城，在宾馆对面的餐厅草草吃了点东西，就回宾馆休息了。

4

醒来已近下午五点。靠着枕头，拿起笔记本，记上午看梳妆楼的印象。小腿还有点隐痛，希望能够再撑几天。再撑四天。还有四天，整个行程就要完成了，上都正在一百多公里外的太阳下静静等候。越是接近终点，越担心身体出现意外。我记得那种精疲力竭、无力迈步的感觉，那时你会觉得身体背叛了你。

二十年前，我和巫新华翻越东天山的十二条达坂，在一个美丽深邃的峡谷里走了一整天，傍晚开始翻山，没想到在山口上遭遇暴风雪，从天黑开始挣扎到第二天早晨，才走出黑松林，到了哈萨克人的牧场上。那一夜我多次感觉体力达到极限，似乎迈出每一步都要用尽全身力气，如同梦魇一样。在风雪扑面的山顶上，我有一点儿缺氧，特别想睡觉。远方落日如血。我说，这么美，就在雪地里睡一会儿吧。新华提着我的脚，把我往山下拖了一百多米，我才清醒过来。深夜在黑松林里走，因全身湿透，停下来会有冻死的危险，不得不坚持前行，听着西边不远处河水的咆哮，判断下山的方向，跟跟跄跄，走了一整夜，直到早上八点，走出林子，迎接初升的、温暖的太阳。我立即躺倒在湿漉漉的草地上，感受阳光的抚慰。一个年老的哈萨克牧民骑一匹白马过来，用哈萨克语和新华说了几句，立即打马而去。过了一会儿，他带着一壶奶茶和两只碗返回我们身边，那是我喝过的最香甜、最难忘记的奶茶。

那时我还年轻，年轻的好处是疲劳难以在身体内留存，总是睡一觉就消失。现在每一分一毫的疲劳都会存储下来，积少成多，生息滚利。我读过的有关徒步的书中，比尔·布莱森《林中行纪》对行走中的疲劳感描写最为生动，不过他那时只有四十来岁，其实还算是好年华。根据这本书改编的同名电影里，雷德福（Robert Redford）饰演布莱森，把年纪提高了二十多岁，那样似乎才与书中的疲劳有点儿匹配。

六点半下楼，王抒已经等在大门外。坝上天气，天还没黑就十分凉爽，那股凉气穿过衣服，直透入你的身体，告诉你白天的日晒和燥热其实并不可怕。我们沿街向北走了十几分钟，找到一家比较大的餐厅，点了羊排和贴饼子煮鱼。王抒问我什么时候开始不吃肉的。我说是2014年夏天的中亚之行，从到达吉尔吉斯斯坦那天开始。那天吃饭时看到餐桌上堆了太多牛羊肉，忽然产生不想吃的感觉，就决定不再吃肉。当然这个解释不大有说服力，但的确是这样开始的。那以后我再没有吃肉，但仍然吃鱼、吃鸡蛋，并以此证明不是出于宗教信仰的原因。

其实我以前试过不吃肉。某年在纽约一家书店买了一本书，因为觉得书名有点奇怪——《为什么我们爱狗、吃猪、穿牛：肉食癖导论》(*Why We Love Dogs, Eat Pigs, and Wear Cows: An Introduction to Carnism*)。本以为是食物人类学方面的书，第二天回北京，在飞机上一直读，没想到是宣扬素食的。作者对肉食者进行伦理上的拷问，由浅入深，由轻变重，最后逼得你承认自己的肉食习惯背后有很大的道德悖论。这使得我那天对飞机上供应的牛肉饭都吃不下去了。那以后我尝试不吃肉，大概坚持了半个月。在吉尔吉斯的奥什，当我说不吃肉时，我想的是暂时不吃。我本以为会和上次一样，回北京不久便恢复吃肉，但回来再见到肉时，竟然一点儿也不想，而且再也没有动过念头。

菜上来以后，王抒吃羊排，我专心吃贴玉米饼煮鱼。很久没有这样轻松愉快地享受食物了，也许下午的睡眠发挥了威力，使我们的味觉变得正常了，或更灵敏了。我们聊到家里的人和事。我感觉很抱歉，因为王抒在去德国那么久之后，刚刚回家，只停了一天，又离家随我北行，实在对不住他的夫人和孩子。王抒说，他是这样对夫人说的——我一辈子就没做成过什么事，这次一定得做成了。我知道这话有玩笑的成分，但还是大受触动。类似的念头其实偶尔也会在我心底闪烁，特别是当某种失败感浮起的时候。

饭后回到宾馆房间，我还在想着王抒说的话。拿起笔记本，却不知道该写什么。猛然想起美国诗人罗伯特·弗罗斯特（Robert Frost, 1874–1963）的诗句，觉得再没有什么比这两句诗更能代表此时的心情。弗罗斯特 1922 年冬天写了一首《雪夜林边驻足》("Stopping by

Woods on a Snowy Evening"），诗的最后两句，无论哪一种中文翻译我都不满意，我自己也试过多次，怎么也译不出那种意境和情感。所以我还是直接抄下原文吧——

> But I have promises to keep,
> And miles to go before I sleep.

察罕脑儿草萋萋
—— 从沽源到塞北管理区

塞北管理区

马神庙村
[元朝察罕淖城]

水泉淖尔　转佛庙村

小宏城村

囫囵淖尔

沽源县城

1

六点起来收拾行装，再对着地图核查今天的路线。今天我们会与马可·波罗西来的路线会合，在沽源县城以北不足五公里的察罕脑儿。察罕脑儿真是令人向往的地方，按我的说法，元代察罕脑儿之于上都，正如清代圆明园之于紫禁城。六点半到楼下吃饭，那个喜欢说话的姑娘穿着红艳艳的裙子，大概出于同情，给我们多上了两个鸡蛋。她似乎已经不怀疑我们在徒步，但对我们要走去正蓝旗还是不大有信心，连连说，太热了，太热了，蓝旗那边可热了。

告别酒店时是七点十五分。舒爽的风从街上流过，摇动着新栽的、竹竿一样的白杨树，至少部分地抵消了白灿灿的阳光对一天暴晒的暗示。我们沿着酒店门前的大街向北走，到桥西路右转向东，走上青年湖大桥。青年湖是葫芦河在县城这一段筑坝截流而成的小湖，湖水有限，湖区却很大，形成一大片湿地。从桥上向北看，围绕湖水的芦苇丛十分茂盛，景色不错，但看不到什么水鸟。过了青年湖大桥，到葫芦河东岸，就是县城的郊区了，破旧的房子和脏乱的街道，甚至比不上我们沿途所见的普通村子，完全没有了桥西县城的繁华气象。我们沿西十字北街向北，一直走到街道尽头的玉米地。玉米和土豆地间，一条小路略略东偏，指向芦万贵营子。在这条小路上走了不到半小时，我注意到路西一小块地里种着一种开蓝花的植物，从未见过，激起我的求知欲。两百米外聚了一群人，似是在掘土架桥。我过去求教，他们都摇头说，不认识。原来都不是本地人，是被雇来修路的。

从芦万贵营子向北，穿过一片开着黄花的苜蓿地，一条土路直指囫囵淖尔的南大堤。上午八点四十五分，也就是从沽源出发后一个半小时，我们来到囫囵淖尔的大堤上，可以清楚地看到堤内的草滩和远处的湖水。据说囫囵淖尔现在的湖面有十几平方公里，比起从前，虽然缩小了不知多少倍，但仍然是坝上最大的湖泊。这个高原湖的主要水源是几天来与我们一路相伴的葫芦河。由于葫芦河水量锐减，加上多处筑坝截流，只剩点点滴滴流入囫囵淖尔，造成湖面收缩，原为水体的地方成了大片草滩。靠近大堤的草滩已开垦成了农田，种着土豆和苜蓿。在堤上向湖内看，蓝色的湖水还在遥远的北方，充斥眼帘的主要是极为开阔的草滩。东一群西一群的牛羊散布在草滩上，犹如巨大的绿色地毯上织出的几点白黑图案。

我们在堤内斜坡上的一棵榆树下休息了一刻钟，继续向东北方向走，先是下到草滩，然后沿着拖拉机车轮轧出的一条路往北。王抒说墨镜忘在刚才休息的地方了，返身去寻找。过了一会儿回来，说没有找到，只好作罢。但他很高兴地说，在找眼镜时，遇见一只土拨鼠从地洞里爬出来，和他对视了一会儿才潜回洞去。"猛然见到它的脑袋冒出来，就在我面前，眼睛亮闪闪的，我也吓了一跳。"这可以算是丢失墨镜的补偿吗？其实再走十几分钟，真正的补偿才会到来：一只毛色银灰的小动物站在我们面前，似乎对我们的出现猝不及防，愣神一样看着我们。我刚刚反应过来是狐狸,它就快速向西跃入一丛灌木之中了。

囫囵淖尔又有天鹅湖之名,大概因为天鹅迁徙要在这里停留。本地人则称此湖为"白海子"。"白海子"应该是囫囵淖尔从前名字的汉译,因为囫囵淖尔其实就是元代的察罕脑儿。察罕脑儿是元人对蒙古语 Tsaghan Nuur 的汉译,按照清人的习惯,应译作查干淖尔。Tsaghan Nuur 的意思就是"白色的湖泊"。元代察罕脑儿的水量比今日囫囵淖尔当然大得多了,据周伯琦描述是"汪洋而深不可测,下有灵物,气皆白雾,故名"。

那时察罕脑儿的湖水还向北流入今日已基本成为碱滩的北淖,并且西北与公鸡淖尔,东北与水泉淖尔相通,最后向东汇入滦河。值得注意的是,从前公鸡淖尔的水源主要是西来的河水,这条河连通察罕脑儿以西的多个湖泊,其中最大的在元代被称为"怀秃脑儿"。周伯琦有一首《怀秃脑儿作》,题下自注云:"汉言后海也。"怀秃脑儿(清人译作辉图诺尔),就是蒙古语 Xoitu Nuur,意思是"后面的湖泊",所以周伯琦解释为"后海"。后,是相对于察罕脑儿而言,察罕脑儿在东,紧傍滦河,怀秃脑儿在西,一前一后。该诗第一句"侵晨离白海",白海即察罕脑儿。一大早离开察罕脑儿向西走,当天晚上的宿顿之地在怀秃脑儿,推以行程距离,很可能就是今天的九连城淖尔。

这么多湖泊如连串的珍珠,把滦河西岸方圆五六十公里的区域点化成草原水乡,"水禽集育其中","饶水草,有禽、鱼、山兽"。禽鸟中有些是本地的,有些则是候鸟,如鸿雁和天鹅。禽鱼集中的湖区,自然也是渔猎的佳胜之地,所以忽必烈以下的元朝皇帝都喜欢来此。把各湖间隔开来的丘陵岗阜,成为居住的好地方。周伯琦说:"居人可二百余家。"这些居民，主要是负责保卫行宫的蒙古卫士、在宫廷服役的各类人员，以及为往来行旅服务的商户，其中汉人必定不少。大概人口数量不小，都依赖南边转运而来的粮食，所以经常发生断粮、缺粮的问题，史书常见察罕脑儿"大饥"，就是指这种情况。

脑儿、诺尔或淖尔，都是蒙古语 nuur（湖泊）一词的汉文音译。这种音译词既然出现在汉语对话和汉文书写的环境里，就可以视为一个汉语词汇，尽管是外来词。任何一个外来词只要使用足够普及、足够长久，其外来色彩会最终消失，被视为借入语言的固有词汇，如敦煌、居庸、芭蕾、吉普、克隆、冰激凌等等。元代已经有人把脑儿当作普通词汇使用了，如王祎就有这样的诗句："秋高口子草如云，风劲脑儿沙似水。"如果蒙元的统治再长久一些，说不定脑儿这个词会更深更稳定地进入汉语，甚至喧宾夺主（就如借自蒙古语的"站"渐渐顶替了古老的"驿"），成为表达湖泊概念的主要词汇。如果是那样，北大的未名湖就可以叫未名脑儿了。

忽必烈所建的察罕脑儿行宫具体在哪里呢？根据考古发掘，研究者大致上确认在囫囵淖尔东北、滦河西岸，今天的小宏城子村。我们今天的第一站就是小宏城子察罕脑儿行宫遗址，所以没有在囫囵淖尔的草滩上停留，而是一直向北，走到王老大营子以南，向东离开湖区，穿过一家正在修建的农家乐度假村，来到南北向的024县级公路上。沿路北行，虽偶尔有汽车开过，总的来说十分安静。路两边的白杨林遮住了远处的景物，更衬托出我们正走在另一个世界里。太阳不知什么时候已移到我们头顶，高原的暴晒和暑热开始发威。中午十一点十分，抵达小宏城子村。

2

还在圆囵淖尔湖底草滩的时候,王抒接到潘隽的电话,她和好友赵欣利用周末开车赶来,要陪我们走完最后几天的行程,已经快到沽源了。王抒说,我们可以在小宏城子村等她们。进村后,见到一堵墙上写着"院内供销社,副食杂品农水配件日用百货经济小吃"。院内安静异常,似乎只有角落瓜架子上传来的蝉声。我们走进开着大门的西房,这里就是供销社了。一个妇女正埋头看手机,见我们进来,无精打采地问,要点儿啥?我们买了几瓶水,几样吃的,还要了两瓶冰啤酒。这里没有冰箱,但她说用不着冰冻,搁水里就凉了,于是拿了两瓶啤酒塞进门背后的一个水桶里。也是,太阳底下那么热,进房间立刻一派清凉。

喝点水,吃点东西,精神有所恢复。上午只走了三个小时,疲惫感却和几天前走一整天差不多。坐在塑料小椅子上,腰背不能向后靠,只有把两腿尽量平伸。室内四壁都是货架,不开窗户,大门是唯一的光源。对比之下,室内有些晦暗,门外的白光却是爆炸般耀眼。十几天走下来,我越来越畏惧阳光,这是非常出乎意料的,大概因为很久没有成天暴露在太阳下面。恐惧太阳和暑热的时候,我就会想象冰天雪地的景象。五六年前,我第一次去土耳其东部的 Erzurum 时,读过 19 世纪英国人 Robert Curzon(1810–1873)的《亚美尼亚》(*Armenia*)一书,记他自己 1842–1843 年在 Erzurum 代表英国参与划定奥斯曼与波斯边界时的经历。书中对 Erzurum 寒冬的描写,令我印象极深,正可以用来抵抗夏日蒙古高原的太阳:

附近人很少，每年这个时候本地人都深藏在那怪异的洞穴里冬眠。在我看来，东方服饰的鲜艳色彩与寒冷而肮脏的雪地完全不搭，猩红的长袍，绣金的短褂，亮闪闪的绿色和白色衣服，在我心里本来是与灼热的太阳、干燥的气候及美好的天气相联系的。天空明丽，太阳照耀，只是那阳光不带一丁点儿热度，好像只是为了让你的眼睛随着它去注视白雪。……

另一个不便会有荒诞的效果：身在户外，呼吸会凝结在胡须上，迅速制造出冰碴儿，使你没法儿张开嘴巴。我的胡须每天都变成两根尖锐的冰柱，碰上任何东西都疼得钻心。那些有长胡须的人常常被迫像哑剧表演那样做出土耳其人的礼仪，一开始只用面部表情来表情达意，直到胡须上的冰碴融化后才能开口说话。

好在我去 Erzurum 的那个冬天，还没有冷得那么夸张，我的土耳其朋友成吉思（是的，就是成吉思汗那个成吉思）说，安拉不想你被冻坏，把严寒推迟了。

我们在那家供销社只等了四十分钟，赵欣和潘隽开的宝马越野车就到了小宏城子村口。她们进店来坐了一会儿，我们一起吃了她们带的瓜果。赵欣问我们身体情况，我告诉她，觉得左小腿好像使不上劲，只好用大腿拉动小腿迈步。她伸手在我左膝上下掐了一会儿，说，髂胫束有问题。我从没听过这个词，不知她说的是什么。她解释了几遍，写下来给我看，我才知道是这几个字。髂胫束。严重吗？我问。她说，没什么，疲劳造成的，过一会儿做个拉伸。说到做拉伸，我们这十几天一开始还挺认真的，每天出发和到达时都做几套拉伸动作，后来就有点儿敷衍了。髂胫束的问题，也许是敷衍的后果之一？

十二点半，我们离开供销社，到村外白杨林里一块草地上做拉伸，草地上滚动着杨絮。赵欣让我们先做几个简易动作，慢慢上了难度，做起来痛苦不堪。她特别对我左膝外侧的髂胫束进行针对性掐捏，疼得我冷汗横流。看不出她瘦瘦小小，柔声柔气，手指头却有钢铁般的力量。听潘隽说过，赵欣是戈壁挑战赛的 A 队队员，跑过马拉松，是资深的户外运动专家。要成为户外运动专家，必备的条件就是懂一些医疗知识。看她不动声色就把我和王抒折腾得大呼小叫，我意识到她们是长生天派来护佑我们走到上都的。

经过这一番拉伸和治疗，我觉得左小腿能够使上劲儿了，非常高兴。我们到村北看小宏城子遗址，也就是被研究者认定为察罕脑儿行宫遗址的地方。古城四垣大致保存，因夯土外的包壁石块被拆走，土墙已有较大坍落损毁。城内过去被辟成农田，现已还为草地。城中有一个高阜，应该就是研究者所说的宫殿建筑基址，站在这个台地上，向东可以看到宽阔的滦河河谷。我们在四壁和城中走了走，低矮的艾蒿地里还能见到一些元代瓷片和陶片。研究者过去发现过黄绿色琉璃瓦、元代白瓷和青瓷，村民家里也有一些取自遗址的建筑材料，如石刻等。

察罕脑儿行宫在元代又被称为西凉亭，与多伦境内的东凉亭东西相望，是上都的两个凉亭。凉亭制度继承自金朝，金朝在这里建有凉陉，凉陉有皇帝的景明宫，具体位置就在察罕脑儿行宫遗址以西、北淖与囫囵淖尔之间的大宏城子。金代把这里定为避暑之地，也是继承了辽代的做法。元之凉亭，金之凉陉，大概源自同一个词。金人蔡松年描写凉陉的诗句有"山回晚宿一川花，翦金裁碧明烟沙"，"陂潮不尽水如天，清波白鸥自在眠"。金代凉陉在察罕脑儿连通北淖的水边，夏日水盛，可能会威胁到城基。所以元人建西凉亭时，向东迁到滦河岸边，从而废弃了金人的凉陉城和景明宫。被废弃的古城很快破败，到元末已损毁殆尽。元人陈孚的诗《金莲川》，就提到金人的凉陉：

  茫茫金莲川，日映山色赭。
  天如碧油幢，万里罩平野。
  野中何所有，深草卧羊马。
  昔人建离宫，今但存古瓦。
  秋风吹白波，犹如哀泪洒。
  村女采金莲，芳香红满把。

陈孚说的"昔人建离宫，今但存古瓦"，就是指今大宏城子遗址的金代凉陉。元人看金之废墟，只剩断垣残瓦，再看察罕脑儿行宫之壮丽瑰玮，油然而生自豪之情。描写察罕脑儿行宫的文字实在太多，传播最广的可能要算马可·波罗这一段（借用冯承钧译文）：

  三日后，至一城，名曰察罕脑儿。中有大官一所，属于大汗。周围有湖川甚多，内有天鹅，故大汗极愿居此。其地亦有种种禽鸟不少，周围平原颇有白鹤、鹧鸪、野鸡等禽，所以君主极愿居此以求畋猎之乐，在此驯养鹰隼、海青，是即其乐为之艺也。

元末明军北进，包括上都、察罕脑儿行宫在内的元朝重地都被焚毁，不久察罕脑儿行宫也就面临当年金朝凉陉一样的命运了。永乐八年（1410）金幼孜随明成祖朱棣北征，从开平南返途中，于七月七日

（8月7日）经过元代的察罕脑儿行宫。他在《前北征录》里记下了所见所感："七月初七日发宁安驿，经元西凉亭故址，四面石墙未废，殿基树木已成抱，殿前柏两行仍在，但萧条寂寞，不能无感也。观望良久，怅然而出。"

金幼孜与陈孚，真可谓"古今同慨"。

清代舆地文献称此古城遗址为"五兰城"，五兰即乌兰（ulaan），意思是红色，大概是指夯土墙的土色。所以后来又称红城子，讹作宏城子。由此，元代察罕脑儿行宫遗址被称为小宏城子，金代凉陉遗址被称为大宏城子。

3

商量了一下，我、王抒和潘隽继续走，赵欣先把车开去我们今天的目的地塞北管理区，再打车回来加入我们。我把背包放进汽车后备厢，有种甩包袱的心情。不久我就意识到这个决定是错误的，因为连日行走，背包已成为身体的一部分，没有了背包，走起来不是轻松了，而是不大自在，似乎身体失去了平衡，找不回正确的节奏了。

024县级公路贴着小宏城子遗址的西墙向北，过了遗址区稍稍折向东北，一公里之后笔直向北，经过五塘坊村的西口，再往前就是水泉淖尔了。水泉淖尔是一个很大的草原湖，西濒水泉村，东倚一座隆起显著的丘陵。我们从湖区西南角走到湖边，沿南岸东行。很显然湖面正在收缩中，湖水退出的地方，留下一圈垃圾。湖中满是绿色的藻类，几乎遮盖了全部的水面。令我非常意外的是，没有看到一只水鸟，马可·波罗所说的那些珍禽都已成为传说。在湖边遇到一个牧民,聊了几句,问怎么不见金莲花。他答,从前到处都是,现在不容易看到了。

从水泉淖尔向东,一路上山,到转佛庙村南口所建的旅游点。从这里俯瞰滦河河谷,可以清楚地看到滦河在宽阔平坦的河谷间急剧摇摆、左盘右旋,画出不可思议的图案。我们在这里买了几瓶水,坐下休息,等赵欣打车从塞北管理区返回。看看手机,微信上一个朋友发给我一些截图,都是对前几天《上海书评》上我那篇《走向金莲川》的反响。文章是我六月下旬出发前所写,算是此行的一个缘起,走到老掌沟那天发出来的。评论中有我熟悉的加州大学洛杉矶分校年轻的考古学家李旻的一句:"跟着罗老师去旅行,山川都带字幕。"明知这是恭维的话,看着还是非常高兴,让我想起多年前曾和他一起从兰州坐大巴沿长城一线直到东北。当然也有一些恭维话并不那么令人得意,比如一个朋友赞道:"从大都徒步到上都的第一人!"什么什么第一人的话,我们这几十年听得不少了,绝大多数令人哑然失笑。

说到争第一,我想起年轻时报纸上表彰过的万里长城徒步考察第一人刘宇田。刘宇田是乌鲁木齐铁路局的工人,1984年在报纸上读到某法国人的文章,宣称要在有生之年徒步走完长城。不久他又读到一篇文章,说某位美国退役将军给中国政府先后写了两百多封信,要求准许徒步走完长城。报道说,刘宇田当时很激动,蓦地一拍大腿:"长城是中国人的,考察长城乃是炎黄子孙的神圣职责,怎能让外国人走在前面,我得先走!"于是他不顾家人阻拦,辞去铁路局的铁饭碗,毅然决然踏上行走长城的征程。他出发的时间是1984年5月13日,从嘉峪关到山海关,1986年4月5日顺利完成。这期间可以想象他经历了多少艰难困苦。报道中提到深夜被狼群围攻，沙漠里迷路，遭遇沙漠风暴，等等，绝大多数是可信的。完成长城徒步以后，刘宇田自然成为官方和民间共同认可的英雄。正是从1986年开始，中国政府开始允许外国人沿着长城作长距离徒步，而且常常把刘宇田拉去参与接待这类申请者的仪式，以强调徒步长城中国人已经在先了。

我见过刘宇田，那时我还在读博士，某一年清明节，陪友人去采访他。在农科院的一栋宿舍楼，见到颇有艺术家做派的刘宇田，衣装随便，长发飘飘。他给我的印象是有点儿神神道道，纵论天下大事之际，忽然对某电视剧的一个情节厉声谴责一番。我们告辞时，他坚持要送下楼。到了楼门口，我瞥见他似乎并没有特别看，只是随手从门边草丛抓一把草塞进嘴里，嚼一嚼吞了。这让我有点吃惊，问是怎么回事。刘宇田说："今天是4月5号，是我走完长城的纪念日，每年这天早晨，我要吃下我遇见的第一棵草。"他进一步解释，一路上经常吃能找到的野草野果，正是这些植物多次救了他的性命，所以用这种方式来纪念，并且感恩。

刘宇田对自己"长城徒步第一人"的身份是很看重的。采访中他一再提到这一点，强调说，有个英国小伙子，在我之后的第二年也徒步走完了长城，好悬啊，差一点儿就让外国人抢去了第一。他说的这个英国小伙子是威廉·林赛（William Lindsay），我也恰好见过，大概是在一次宣传保护长城的会议上。我听到的版本之一，威廉·林赛不是徒步，而是跑完全程的。和刘宇田一样，他也是从嘉峪关到山海关，用时一百六十天，1987年当年就完成了。值得注意的是，这个威廉·林赛此后竟迷上了长城，从此献身于保护长城的事业。他娶了中国姑娘为妻，定居北京，长年组织志愿者到长城上捡拾垃圾，还在香港成立了国际长城之友协会，主持"长城今昔对比研究"，被誉为"长城守护者"。

2011年6月，林赛主持的"万里长城百年回望"长城今昔影像资料对比展在山海关长城博物馆开展。他在开幕式上说，第一次登临长城是在1986年的8月，正是在山海关的老龙头。"当我再次来到老龙头的时候，我感到，这里不是长城的终点，也不是我旅行的终点……我继续留在中国，研究长城，同时试图保护她。我认为，保护长城的方法之一是展示长城的变化，从而警示人们对她珍惜，最终能给予这个伟大遗产一个美好的未来。"

不过，威廉·林赛并没有机会成为长城徒步第一人，即使刘宇田未能在前一年完成这一壮举。事实也许会让刘宇田伤心：现在所知真正第一个全程走完长城的，偏偏不是中国人，而是美国人威廉·盖洛（William Edgar Geil，1865 – 1925），以及他带领的考察队。盖洛1903年（光绪二十九年）第一次到中国并游历长江之后，开始了长达二十年探寻中国的历程。1908年（光绪三十四年），盖洛率领一个团队，用五个月的时间，从山海关走到嘉峪关，全面考察了长城，最难得的是拍摄了许多照片。他次年出版的《中国长城》（The Great Wall of China），是世界上系统介绍长城的第一部专书，书中插图所用大量照片尤为珍贵。此书已由沈弘和恽文捷译成中文，于2006年由山东画报出版社出版。

4

担心外国人早于中国人走长城的，不仅有刘宇田这样的普通国民，还有中国政府官员。刘宇田以"徒步长城第一人"的身份参与接待的外国申请者中,有两个非常特殊的艺术家,他们向中国政府提出走长城的请求,始于 1981 年,直到 1986 年才获准进入实质性谈判。据说,中国驻荷兰使馆的官员最早获知他们的计划后,直接评论道,中国的长城,应该是中国人先走完才好啊。没有人知道这是不是他们的申请始终无法获得批准的原因,但的确是在刘宇田完成壮举之后,中国使馆通知两位艺术家的代理人,绿灯打开了。当他们到北京落实细节时,中国对外友协安排他们与刘宇田见面。不是普通的见面,而是具有象征意义的仪式:他们与刘宇田携手在长城上行走。我见过一张照片,刘宇田与乌雷(Ulay,两位艺术家中的那位男性)携手攀登陡峭的长城砖砌台阶,两人都兴高采烈。刘宇田穿着点缀有白色五星图案的暗黄色短袖 T 恤衫,仰面而笑,长发后飘,好像在唱歌一样。

这两位艺术家,特别是那位女性,可是惊天动地的人物。

玛丽娜·阿布拉莫维奇(Marina Abramović),当代最著名的行为艺术家之一,人称"行为艺术的老祖母"。她的行为艺术表演,以自己的身体为媒介,以看似癫狂的行为,不断挑战身体与精神的极限,在极端的紧张与痛苦中,在毁灭的边缘,获得最大的解放与自由。这位生长在南斯拉夫的艺术家自 1976 年移居阿姆斯特丹以后,就与来自西德的乌雷相爱并成为艺术伙伴,创造出一组又一组令人瞠目结舌、难以置信的行为艺术作品。他们合作的作品多半具有性别意义,探索时空观念和两性关系的多重属性。比如他们扮成连体双胞胎,以探索人与人相互信任的深度与意义。他们的作品有一个题为"死亡的自我",彼此把嘴巴对在一起,互相吸入对方呼出的空气,直到两人肺里充满二氧化碳,都昏迷在地板上,以此探寻人在吸取他人生命时所蕴含的毁灭力。在另一场惊心动魄的表演中，乌雷右手拉着弓弦，弦上搭着直指阿布拉莫维奇心口的长箭，她则右手抓握弓身，两人都向后斜靠，由此拉满弓弦，一丁点儿闪失都会闹出人命。贴在阿布拉莫维奇胸前的麦克风把她急速的心跳传播出去，观看者体会到自己也在濒死的冒险中。据说这是对爱情的一种诠释，当纯真消失，依赖与冒险同时存在，爱人变成潜在的杀手。

设计以长城为舞台的表演时，他们还在热恋之中。按照设想，他们两人分别从长城的两端走向对方，走到中间相会后，立即举行婚礼，因此这个作品题为"情人"（The Lovers）。向中国政府申请许可的过程极端复杂，加上他们还有别的工作计划，一直拖到1988年才开始这场表演。然而在这八年间，他们探寻人际关系极限的多次表演，不是把他们拉近了，恰恰相反，每一次冒险都是以相互摧残为主要形式，两人在爱之外积攒起仇恨和厌恶，相距越来越遥远，终于耗尽了温情与爱意，彼此背叛，不再相爱。1988年，他们仍按计划进行长城表演，但把相遇结婚的情节改为分手，也许这是在一个更深刻的层面诠释"爱人"主题。

真是一个空前巨大的舞台，乌雷从嘉峪关向东走，阿布拉莫维奇从山海关向西走。中国政府提供的帮助也是惊人的，全程都有军人和翻译护送，每天有车把他们从长城接送到附近的投宿地。他们两人最初合作时，有过两个类似的、具体而微的作品：一个是两人在室内反复地相向奔跑，每一次都会互相碰撞，每一次都更加快速，碰撞越来越激烈，直到撞得人仰马翻、精疲力竭；另一个是两人隔着一堵墙反复地相向奔跑，每一次都撞在墙上，每一次都加大力度，直到晕厥在墙边。现在他们从相距四千多公里的两端相向而行，目标也是彼此撞击,然而这一次撞击不是当初期待的那样彼此发现,而是永久的告别,这才是人生的真实面向。

阿布拉莫维奇给自己的回忆录拟题为《穿墙而行》(*Walk Through Walls*),寓意或许在此。她说:"我很高兴我们没有取消这个表演,因为我们需要某种形式的终结。是的,我们要走得如此之远,相遇时却一点也不会感到幸福。不过总算是一个终结,某种意义上还挺符合人性的。这比仅仅一个浪漫的情人故事更有戏剧性,因为无论你怎么做、做什么,说到底你真的是孤独的。"走了大约一半,有人送来乌雷的一张字条,写道:"在长城上行走是世界上最容易的事情。"这是富有深意的话:行走容易,其他则很难。

阿布拉莫维奇对沿途的艰难说得不多,只有一些在她看来十分新奇怪诞的事情,比如在农村,上那种蹲在两条石板上的厕所,会有妇女从两边拉住她,以防她跌落粪坑。她不能容忍军人们走在她前面,总是拼命走在第一,直到她的翻译讲了"笨鸟先飞"的故事。她吃惊地看到了中国农村的贫穷,即使是某些城市宾馆,也让她回想起南斯拉夫那些死气沉沉的建筑。她花了些笔墨描述她的翻译韩大海,这个因为喜欢霹雳舞而受到组织上惩处的年轻人,一开始跟她相处得很不好,慢慢地两人却成了好朋友,甚至受她摆布还临时表演起行为艺术来。我看到一张照片,韩大海赤裸上身和双脚,只在腰腿上缠了一块蓝黑布巾,站在长城上,背靠一座坍塌将尽的烽火台。这大概是一次即兴表演。

经过三个月的跋涉,1988年6月27日,阿布拉莫维奇走到陕西省神木县的二郎山,在山上的二郎庙前,见到穿着中国红军灰布军服的乌雷正在等他。这不是她期待中的、行走中的相遇,因为乌雷三天前就已到达这里，他觉得这里风景不错，适合拍照，所以停下来等她。庙门前扯起一条红布横幅，写着庆祝他们顺利完成徒步考察长城云云，也不是她期待中的仪式。乌雷抓握弓弦和弓箭的手松开了。

> 他拥抱我时，我流下了眼泪。是同志式的，而不是情人的拥抱：他身上的热度已流淌一尽。我很快就会知道，（在行走长城途中）他让他的翻译怀了身孕，他们十月间会在北京成婚。我的心碎了。可是，我的眼泪不仅仅为我们关系的终结而流。我们分头进行，各自完成了一件了不起的作品。我觉得自己在其中的角色有史诗的意味，长久的折磨终于结束了。我感觉到的如释重负和悲伤几乎相当。我当即飞回北京，在唯一的一家西方饭店住了一晚，然后飞回阿姆斯特丹，独自一人。

长城见证了他们的告别。下一次他们出现在同一场表演里，要到二十二年之后。2010年阿布拉莫维奇在纽约现代艺术博物馆（MoMA）进行了一场总结性表演，题目是"艺术家在场"（*The Artist Is Present*）。在这场长达716小时的表演中，她身着大红长裙端坐如山，与共计1500个观众隔一张小方桌依次对视。上前与她对视的观众事实上成为表演的一部分，他们想尽一切办法，哭泣、做鬼脸、求婚等等，希望引起她除了注视之外的表情反应，然而她岿然不动，只是深深注视。这种注视据说使许多参与者感到极大的震撼，情不自禁地哭起来。第一天的表演快结束时，奇迹发生了：

> 在令人精疲力竭的第一天结束时，在五十多个人轮流坐在我

对面、把他们的痛苦带给我之后,又来了一位——乌雷。

在我要求下,MoMA请他和他的新女友——他正打算再婚——飞来纽约观看表演,这是出于尊重,因为不管怎么说,他是我那十二年间所有舞台表演作品的另一半。我知道他到场了,他是我的荣誉嘉宾。可是我绝对没想到他会坐到我对面来。

这一刻我心头大震。十二年的人生一瞬间在我心里闪过。对我来说,他远远不是另一个访客而已。于是乎,仅此一次,我破了规矩。我把双手放到他的双手上,我们互相注视,在我意识到之前,我们两人都已热泪奔涌。

5

我们在转佛庙等了不到半小时,赵欣乘一辆破破烂烂的出租车赶回来了。从这里到塞北管理区有十多公里,大概还得走三小时,于是我们起身赶路。沿着024县道东北行,一路下山,半小时后走到紧傍滦河的马神庙村。研究者认定元代明安驿就在这里。"明安"是蒙古语mingan或minga的音译,意思是"千",大概是指千户机构所在。这个千户也就是元代史料所说保卫察罕脑儿行宫的那个千户。驿站与千户城都应该在今马神庙村一带,村中现存元代城址一座,为民户所挤占,考古工作者无法深度考察。村口路南有新建的厂房,路边电线杆上悬着一幅广告,潘隽大声读上面的字,把"神马"读成了"种马",被大家取笑一番。

马神庙元代土城外角壕沟的废墟里,1963年曾出土一方铜印,印的正面和背面分别有三行八思巴字和三行汉字印文。汉字印文是："昔保失八剌哈孙站印，至元十七年六月，中书礼部造。"八思巴字可读为："昔保失八剌哈孙站之印。""昔保失"在元代文献中多写作"昔保赤"，对应蒙古语 sibauchi（sibau 是蒙古语的"鸟"，chi 是表示某职业"从业者"的突厥语后缀，合在一起是指养鹰人、猎鸟人）。八剌哈孙对应蒙古语 balghasun，意思是"城"。站，对应蒙古语 jam，即驿站。"昔保失八剌哈孙"就是"鹰人之城（鹰房）"，驿站设在该城之内或旁边，故又称鹰房站。

可见如今破败萧条的马神庙村，在元代既是千户驻扎之地，也是皇室鹰房所在，同时还是一处驿站。村东进入平坦无垠的滦河河谷草滩，从那里可以向西南眺望察罕脑儿行宫。因为转佛庙所在的丘陵向河谷伸出一段石壁，河道在这里转了一道弯，如同一处山嘴，在元代得名"滦河嘴"。从滦河嘴看行宫，直线距离不足两公里，在宫城内外云雾般的大树簇拥下，宫殿建筑只露出琉璃瓦的脊角，这是那些没资格进宫的人所能见到的风景。揭傒斯的诗《还宿滦河嘴望行宫》有句云："下马河边市，遥瞻海上宫。水天涵野白，禁树拥云红。"

从马神庙村向北的公路，是县级公路 X402 从前的老路，新路在滦河东岸。我们沿着老路向北走，经过大河湾村和安家营子村，开始上山，逐渐远离河谷。不久老路与新路会合，时而可见大型卡车驶过，都是运送鲜奶的，路西有好些蓝色屋顶的厂房。我们已经进入塞北管理区的现代牧场了。塞北管理区是张家口市下辖的县级管理区，过去名为国营沽源牧场，地处张家口最北境，与内蒙交界。我们走到一个巨大的火炬形红色雕塑旁，下到路边坐下休息。雕塑上有"国家现代农业示范区"的字样，东边山下的河谷平原，看得见大片农田正在进行微水喷灌。近年来，微水喷灌技术正在改变这些地区的地貌：以喷灌器械的支撑点为中心，以喷灌长臂的射程为半径，形成圆形的农田。一个又一个的圆形农田分布在大地上，用卫星图片看，会觉得十分怪异，仿佛外星人的设施。

晚七点一刻，我们终于走到赵欣已订好房间的方元酒店，一座宏伟的建筑，猛一看很像如今各地各级政府新建的豪华欧式大楼，楼前有空旷气派的水泥广场，到酒店大门要走漫长的水泥台阶。赵欣的宝马越野车就停在台阶下。从车上取出背包，费劲地走上台阶，进入酒店办理入住手续。第一次感觉到走这几十级台阶也不那么轻松，两脚的脚跟和外侧都打了水泡。赵欣解释说，连续走路，人的脚会变大，所以户外运动者在第一周之后应该改穿大一码的鞋子，或薄一些的袜子。我想起看过的徒步书上也有类似的说法。不过我想，我们还有三天就可以走到上都，熬一熬就好了。

天色已黑，我们先去酒店北边不远的一家餐厅吃饭，旁边好几桌正呼啸着拼酒。没想到外面黑魆魆看起来没人的地方，里面是如此生气勃勃。我们受这种气氛的鼓励，大吃大喝一顿。饭后回到似乎只有我们入住的酒店，先到赵欣的房间，在她指导下做拉伸，汗流浃背，痛苦不堪。

又一天结束了。想到明天就会进入内蒙，进入上都所在的正蓝旗，心里微微有一点不平静。

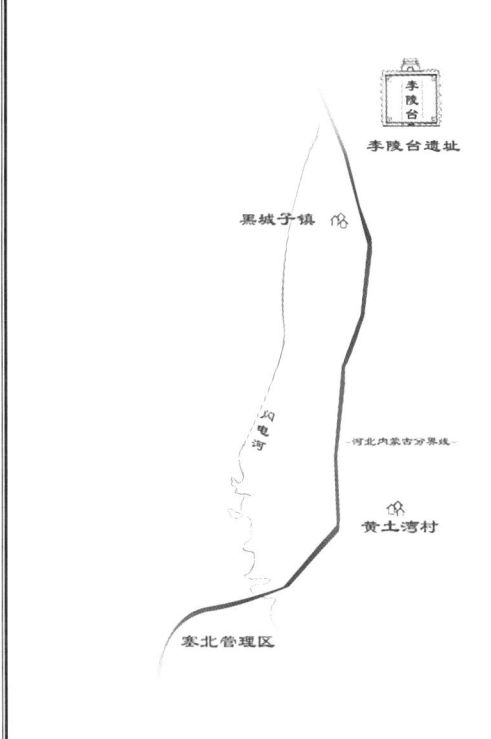

李陵台上野云低
——从塞北管理区到黑城子

李陵台
李陵台遗址
黑城子镇
闪电河
河北内蒙古分界线
黄土湾村
塞北管理区

1

早饭后把电脑衣物等留在车里，背包里只放了四瓶矿泉水、两本书、一本地图和笔记本，谈不上重量。先在赵欣指导下做了一套拉伸，还没开始走路就出了一身汗，如果前些天也能这样认真，身体情况应该会好一些。八点出发，留下赵欣那辆车停在太阳下，它会和我们一样全天顶着日头，算是和主人同甘共苦了。走过寂无一人的塞北医院大门口时，王抒说他前几天发现右大腿外侧肿胀疼痛，后来才明白是裤兜里装着手机充电器，长时间的摩擦和轻微撞击所致。我也听说过类似的运动损伤，像是跑马拉松的男性因着装较为宽松，衣服磨破乳头，"血流成河"。长时间单一姿势的身体运动会发生一些出人意料的损伤，比如内裤边缘磨破大腿皮肤，背心边缘磨破腋下皮肤，等等，更不用说脚掌和脚趾磨出水泡和血泡了。

我们沿着县道 402 往北，在阳光变得火热之前，尽量享受清晨若有若无的凉风。从昨天下午离开察罕脑儿行宫遗址开始，我们就走在没有行道树的路上。不仅道路两边没有树，举目四望，远远近近也看不到一棵树。我知道今后几天都会是这种情形了。天气预报说这一带的气温会升高到36℃–38℃，我不禁怀念起前些天的白杨树来。连日暴露在高温烈日下，加剧疲劳还在其次，最明显的影响是我开始畏惧阳光，甚至从上都回来后很久，到我写这些文字的时候，不要说走在骄阳下了，连想着大晴天出门，都不免心悸。

公路宽阔，却少有汽车往来，大概因为前面不远就是内蒙地界。快到三牛点村时，公路折向东北，跨过闪电河（滦河）河谷。站在闪电河一号桥上，看南北两侧的河谷湿地，因河道曲折蛇行而形成的串珠状水泽，滋润出绿油油的草滩。奇怪的是，水草间几乎没有鸟，完全看不到马可·波罗以来那么多人描绘过的美好景象。他们当然没有说谎、没有夸张，只是环境变了。农业化在草原深深扎根，年复一年比雨水还多的农药浸透大地，鸟类和昆虫的世界早已变成黑暗的炼狱。读蕾切尔·卡森（Rachel Carson）《寂静的春天》（*Silent Spring*），就知道农药如何把百鸟的歌唱变成了寂静的长夜。DDT虽成历史，其他农药仍然飘荡在我们周围。不仅各类药物，还有直接捕杀鸟类的粘网。我在燕山南麓的昌平境内，见过多处意在保护果园的粘网，一面网上至少有数十只小鸟，有的还在最后的挣扎中。现在看着闪电河青翠的草滩和一汪汪的水泽，无法想象这一派宁静背后是怎样的环境悲剧。

河谷东岸的第一个村子是黄土湾村，村南有一片简易房，像是建设中的度假村，我们到屋檐下小坐喝点水，歇一会儿。由此往北再走三公里，十一点三十分，我们到达河北与内蒙的分界点，就此进入内蒙的正蓝旗，这条路进入内蒙后改名X502。省际分界点也是县级公路两不管的地方，几百米长的路面沙石暴露，坑坑洼洼，不过对我们这些不开车的人来说并无不同。公路西侧几百米，就是宽阔的滦河河谷，但我们几乎一点也看不到，因为四野一望平川，远近无别。只有在卫星图上可以看到，滦河河道在河谷间画出奇怪的盘旋曲折，以无比缓慢的速度向北流去。再走一两公里，路西出现一大片精致又有气势的建筑，寂无一人，显然尚未投入使用。虽然大门紧闭，但门侧的木楼外廊可以提供难得的荫凉。我们到外廊坐下，取出花卷、罐头、榨菜和矿泉水，享受起来。

潘隽是摄影爱好者，这次带来了单反机身和好几个镜头，一坐下就开始倒腾一路拍的照片，再用 AirDrop 发到我们的手机上。她真有摄影的天分，同样的景观叫她一拍就有了别样的意味。在她的照片里，我们在太阳下的行走显得那么坚定和平静，隐藏了疲惫和对酷热的畏惧，只有天上胡乱流动的白云暗示着与步伐不一致的心情。我自己也曾在拍照上花很多时间金钱和精力，器材升级不落人后，技艺却迄无长进。这两年随着体力下降，出门都不愿带那么沉重的机身和镜头了。现在看了她这些照片，拍得那么好，我都不好意思再举着手机到处瞎拍了。我特别请她给我的手背拍一张：衬衣长袖保护下，手背后半截与暴露在外的前半截形成强烈的黑白对比，不是普通的黑，而是那种炙烤之后流出黑油的焦灼感，看起来有点吓人。

我们在外廊吃吃喝喝，没注意到大门旁边的小门打开了，看门人推着自行车出来，一张脸比我那半截手背还要油黑，问我们是干啥的。我们解释是路过，吃完饭就继续赶路，不会破坏他们的房子。他看看我们在吃什么，问，没热的呀？说完就骑车走了，不是回院内，而是往马路对面远处的一片建筑去。大概一刻钟之后，又是在我们全无留意的时候，他回到外廊旁，从自行车前筐取出两只搪瓷碗、一个不锈钢饭盒，里面盛着热烫的馒头和青菜。他解释说，那边是他的食堂，他去打午饭，顺便给我们带一点热的。"吃凉的不好。"他说。不只是出于感激，我们分食了他带来的午饭，当然多得吃不完。

我问他这个建筑群是干吗的。他咧嘴笑，说不知道。我又问，能不能让我进去看看？他说，不许呢，有规定。问他家在哪里，说太仆寺旗。那这房子的主人也是太仆寺旗的？"不是，不知道，"他始终咧着嘴，笑笑的样子，那种笑更像是出于礼貌而不是出于快乐，"我就是看个门，别的啥也不知。"问他多大岁数，他伸出四根手指。我大吃一惊，他看起来至少有五十了，却原来比我们中最小的潘隽还小。见我们吃完收拾垃圾杂物，他说，你们别管，你们别管，伸手把垃圾袋拿过去，又接过搪瓷碗和不锈钢饭盒。我们跟他道谢，他很难为情的样子，只说，啥呀，啥呀。

2

从离开老掌沟前往小厂镇那天开始，我一直留心沿路的小鸟，希望看到蒙元文献所说的"白翎雀"。白翎雀的现代名称是"蒙古百灵"（Mongolian Sky Lark），羽毛主要是黄褐色，因翅膀下有白色长羽，飞翔时从下面可见两翅伸展开来的一片白色，遂得白翎雀之名。这种鸣禽栖息于草原和半荒漠地区，蒙古高原南部的河谷草滩尤为多见，能从地面直飞高空，发出一种动人的颤音，清脆婉转。因鸣声悦耳，白翎雀很早就在中国内地列名珍贵笼鸟，也深得草原游牧人的喜爱，屡屡出现在蒙元文献中。

成吉思汗在崛起过程的后期，与最重要的盟友义父王罕（Ong Khan）和义兄（俺答，Anda）扎木合（Jamuqa）渐有反目之势。显然是成吉思汗一方制作的历史叙述中，扎木合在这一反目变局中负有主要责任。他首先向王罕进有关铁木真的谗言，以草原上的鸟儿分别作比，说明自己忠诚而铁木真已经变心。这个故事同见于《元史》《蒙古秘史》和拉施特《史集》，应该都是根据同一个史源。中译本《史集》的这一段话有点混乱，我把 W. M. Thackston 的英译译成中文：

> ……扎木合认出王罕的大旗，飞驰而至，说："汗啊汗啊！你看到了，我兄弟（走了），如雀儿（sparrow）从夏营地迁到冬营地一般。"他的意思是："我的亲人成吉思汗已决定逃走，而我总是说：'我是你的雀儿'。"

波斯地区没有扎木合提到的蒙古草原上那几种小鸟，所以辗转翻译之后只保存了一个雀类的通称，造成这一段话难以理解。明初编《元史》时，这个故事是这样写定的：

> 扎木合言于王汗曰："我于君是白翎雀，他人是鸿雁耳。"白翎雀寒暑常在北方，鸿雁遇寒，则南飞就暖耳。意谓帝心不可保也。

白翎雀（蒙古百灵）是一种留鸟，不因季节变化而迁徙，而鸿雁（大雁）是一种候鸟，冬南夏北。按照《元史》编纂者的理解，扎木合以长留不去的白翎雀自比，以来去不定的鸿雁比铁木真，说明二人对王罕的忠诚度颇有不同。就字面上看，《元史》比《史集》清晰得多。不过，《元史》以白翎雀与鸿雁对举，其实反映了汉地知识分子的理解，是对所据史源进行改造的结果。

最接近史源的版本见于《蒙古秘史》，明代总译这样翻译扎木合的话："我是存有的白翎雀儿，帖木真是散归的告天雀儿。"白翎雀原文写作"合翼鲁合纳"（qayiruqana），告天雀写作"鸭都兀儿"（bildu'ur）。所以扎木合的话可以译为（用余大钧译本）：

> 王汗啊王汗，我是与你在一起的白翎雀，我的安答是离你而去的告天雀。他已到乃蛮人那里去了，他是要投降乃蛮才故意落后的吧。

告天雀就是云雀，虽也是一种留鸟，但栖息地不似白翎雀稳定，会随季节寒暖的不同而在小范围内变换。游牧人对草原动植物的分类是系统的、清晰的，对身边各种鸟儿的习性观察得非常细致。扎木合以白翎雀自比，以告天雀比铁木真，王罕一听就明白他的真义所在。编写《元史》的明人却不能理解，只好把告天雀改为鸿雁。

元明时期在南北中国都非常流行的《白翎雀曲》，既可以用筝演奏，也可以用琵琶演奏，其起源很可能应追溯到辽金时代，但元人都说是忽必烈让一个叫硕德闾的乐师制作的。张宪《白翎雀》诗有句："真人一统开正朔，马上鞬鞍手亲作。教坊国手硕德闾，传得开基太平乐。"据说忽必烈听白翎雀鸣声悲切，忽有所感，就让人制作此曲。杨维桢《白翎鹊辞二章》有序，把这个说法归之于元朝的"国史"：

> 按国史脱必禅曰：世皇畋于林柳，闻妇人哭甚哀。明日，白翎鹊飞集斡朵上，其声类哭妇，上感之，因令侍臣制《白翎鹊辞》。

"脱必禅"即"脱卜赤颜"（tobcha'an），指蒙元的官方史书，普通汉臣一般无从窥探，杨维桢竟然看到了，不知是真是假。据杨维桢所称引的国史，忽必烈行猎时先是听到了妇人的悲哭，次日又听到帐篷（斡朵，Ordu）上白翎雀的鸣叫，与妇人哭声相似，因有所感，才叫人制作《白翎雀曲》。陶宗仪《南村辍耕录》说《白翎雀曲》是"国朝教坊大曲"，属于"达达乐器"，"所弹之曲，与汉人曲调不同"，"谓之白翎雀，双手弹"。陶宗仪引他人之言："白翎雀生于乌桓朔漠之地，雌雄和鸣，自得其乐，世皇因命伶人硕德闾制曲以名之。"所引歌词如"白翎雀，乐极哀，节妇死，忠臣摧"，"左旋右折入寥廓"，说明这个曲子苍劲雄奇，大异汉地传统音乐。一说硕德闾制曲完成，演奏给忽必烈听，忽必烈评论道，怎么结尾的地方有"孤嫠怨悲之音"？硕德闾还没来得及修改，曲子已广泛传播。

虽然源自朔漠，"与汉人曲调不同"，《白翎雀曲》在元明时代却受到南北各地的同等喜爱。杨维桢《吴下竹枝歌》有"白翎鹊操手双弹，舞罢胡笳十八盘"之句，说明吴下盛行此曲。释来复《西湖杂诗》里也说"笑掷金钱花底醉，玉簪弹出白翎歌"。由元入明的张羽感慨世变，有一句诗："莫更重弹白翎雀，如今座上北人稀。"蒙古人的统治结束后，《白翎雀曲》依然是教坊名曲之一。吴梅村《王郎曲》就有"时世正弹白翎雀，婆罗门舞龟兹乐"之句。

明代中期的"理学名臣"丘濬对"华夷之辨"是非常认真的，用现代观念来说，就是民族主义的意识和情绪特别强。他把元明之变看作"胡运消沉汉道兴"，因而视《白翎雀曲》为"亡国之音"。有一次他参加宴会，座中有乐师演奏《白翎雀曲》，大家由此谈起元代的事情，不免大发历史感慨。丘濬口占一诗，有句云："起辇谷前驼马迹，居庸关外子规声。不堪亡国音犹在，促数繁弦叫白翎。"

白翎雀分布在长城地带以北，滦河流域尤多，我们自进入沽源县境，就该看到或听到白翎雀，然而一路除了麻雀，什么鸟都没有。正如元人张昱的诗句："伤哉不闻白翎雀，但见落日生寒烟。"

3

吃过午饭，我们沿着X502继续北行。今天的目的地是正蓝旗黑土城乡以北的老黑土城古城遗址，研究者相信那里就是元代的李陵台。路程不算远，大概还剩下十多公里。可是阳光不仅从天上，也从地面，从前后左右，从所有的方向，紧紧地包裹住行人，让你有一种置身蒸笼的幻觉。我只管倾身向前，几乎意识不到自己迈步和挥动手杖。杖头触地和鞋底摩擦沙地的声音，有时清晰切近，有时模糊遥远。

想起正在哈萨克斯坦沙漠间的Paul Salopek，他已经顶着同一个太阳走了三年多，在他前面还有很多很多年的路程。他这场从非洲东部走到南美洲南端的"走出伊甸园"（Out of Eden Walk），别人看到的是旷世壮烈，他自己却必须承受那分分秒秒和无意识的一步一步，时间与空间在他那里都已发生坍缩、爆炸和膨胀。如他自己所说："徒步就是向前倾倒，每一步都是被拯救的陷落、被避免的崩塌、被终止的灾难。这样，行走变成一种出自信仰的行动。"当行走变成呼吸一般自发的身体反应，人就无限接近于成为大地山川的一部分，如沙石草木一般。行走中，他还写过这样一段话：

据一位人口学家计算，地球上生存过的人类总数超过一千亿，其中93%已经消逝。人类的绝大多数已不在人世，那么多的怆痛与欢欣都被我们置于身后，被我们日复一日地抛弃在历史的荒原。这样也是对的。即便我说我如此徒步是为了记忆，其实也不尽然。当我们一遍又一遍地重新发现地球，为了能一直走下去，为了持续走，为了不坐下，我们还必须遗忘。……我们站在非洲的边缘。大海正在行走，它没完没了地扑向非洲，又转过身没完没了地向东方涌去，向着也门和帖哈麦海岸，向着喜马拉雅耸入云霄的山谷，向着寒冰，向着日出，向着我不知道的那些人的心。我很高兴。我在日记里写道：我很高兴。

行走并不总是愉快的。19世纪美国诗人和旅行记作家贝亚德·泰勒（Bayard Taylor, 1825 – 1878）曾用两年时间在欧洲徒步旅行，后据此经历出版《徒步的风景；或，带着背包与手杖所见的欧洲》（*Views A-foot: Or, Europe Seen with Knapsack and Staff*, 1846）。不同于那时的大多数旅行作家，泰勒不大忌讳徒步经历中不那么浪漫的一面，比如脚上的水泡和路途的乏味厌倦。然而，他，以及他的读者，最终会觉得这些付出是值得的：

> 我出发去Artern时，夕阳已快要碰到Kyffhäuser的塔楼，大地还洋溢着燥热。当我沿着田间小径艰难跋涉时，远方，我必须抵达的那些蓝色丘陵，看起来并不是越来越近。……
> 讲述令人厌倦的旅行会使人更加厌倦。再肥沃的田野也会单调乏味，再甜蜜的牧场景观也显得平平淡淡、千篇一律。我的视

线越过金色草地，热切地朝向东方的 Artern 尖塔，也微微有点向往南方的、坐落在通向 Unstrut 的峡谷上的 Sachsenberg 城堡。太阳西沉，散发壮丽的色彩。月亮上升，如一面青铜盾牌。满载谷物的马车缓缓移动在回家的路上，肩扛耙叉的男男女女成群结队归向村庄，冷却的轻尘坠落在大平原。我就这样走完剩下的路程，月光映照中踏进 Artern 的城门。

下午两点半，我们走到黑土城镇的南侧，路东是墨绿色的玉米地，路西是只看得见无边青草的滦河河谷。似乎是为了阻挡畜群，路两边都密密地拉起铁丝网。从河北进入内蒙并没有显著的地貌变化，不过人文景观还是颇有不同，比如铁丝网纵横交错，草原分割成无数的碎片，行人必须跟车辆和畜群一样按指定路线移动，文学想象中的草原漫游已不复可能。我们走在公路西侧路肩与铁丝网之间的土路上，阳光正在一天中最暴烈的时刻，我低头往前，想不到留意风景，如同走在隧道里，只顾看眼前的路。王抒他们和我一样默默迈步，只有摄影家潘隽跑前跑后，挥动着沉重的相机。

从太仆寺旗东来的 511 县道跨过滦河（本地人只说是"闪电河"），在东岸与我们行走的 502 县道交会，大概正是这种交通便利催生了现代黑土城小镇。进镇子后，我们左转沿该镇唯一的大街向西，找到一家明亮却安静的商店。女店主看起来五十多岁了，我们的突然涌入似乎打搅了她的休息，所以她一开始爱答不理的，但很快就恢复了职业精神，宽容耐心地对待我们在货架间的搜寻和提问。我们惊喜地发现冰箱里有几瓶沙棘汁，就是西贝莜面村那种。凉凉的沙棘汁入口，带来秋天的气味和风声。喝了还不过瘾，要求店主再冰冻一些，等我们从李陵台回来再喝。一如既往，我们买了一个西瓜在店内吃，店主主动提供一盆水供我们洗手。问店主去老黑土城怎么走。她指指街对面，从那儿往北，还远着呢。有多远？嗯，十来里地吧。您去过吗？老早前了，没啥看的，啥都没有。

地图上显示老黑土城（李陵台）在镇子北边约五公里的地方，我们横穿街道，沿一条向北的小巷，走到尽头后错误地右转而不是左转，结果走进一片菜地。只好折返向西，遇到盖房子的几个砖瓦工，经他们指示，才找到地图上那条窄窄的土路。路两边都是铁丝网，一辆小卡车经过，我们只有紧贴着铁丝网避让卡车，同时饱吸车轮卷起的云雾般灰尘。三公里之后，下午四点半刚过，面前忽然开阔，铁丝网向东西弯曲而去，留给我们一片空旷的草地。我们解下背包，坐下休息一会儿。地表有一层盐碱，大概这里曾是一个小小的积水滩，干涸后就留下这种颜色，看起来像一层薄薄的霜雪。一丛丛马兰草散布开来，细剑形的坚韧绿叶簇拥着蓝色的马兰花，从我们眼前向西伸展到滦河河谷，向北伸展到那个缓缓隆起的小丘——那里就是我们今天的目的地，元代李陵台所在。

远远可见小丘上有一排红瓦房，围在一个院子里，看上去是一处人家。果然，从小丘上驶来一辆摩托车，经过我们时停了一下，是一个穿军绿色衬衣的年轻女性带着一个穿红色运动T恤的男孩，看不出他们是母子还是姐弟。他们看看我们，没有说什么，继续向镇上驶去，我们向小丘进发。一刻钟后，到那排红瓦房下边的南坡。坡边平地有一片明显的建筑遗迹，看上去相当古老。难道这就是李陵台遗址？是不是太小了？或者，这只是遗址的一小部分？正疑惑间，那辆摩托车又回来了，卷起一线烟尘，一直冲上小丘，回到院子里。在院子里停好车,那个年轻女性向我们走过来,问我们找什么。听说是找老黑土城,笑道,不在这儿,在那边呢,在房子后面呢。

我们走到小丘的最高处。在红瓦房的北边,朝向滦河河谷的一侧,快要西沉的太阳照耀下,突兀厚重的城墙扑面而来。啊,这才是李陵台呀。

4

中古以后北方有好几个李陵台,最著名的一个与王昭君墓同在阴山地区,大概出现于晚唐五代。元代两都之间这个李陵台,似乎并非继承自辽金,而是入元以后才出现的。耶律铸有诗:"想得玉滦河北畔,有人独上李陵台。"自注云:"土俗呼为李陵台者,在偏岭东北百里。李陵失利在无定河外,意其好事者名其山为李陵台也。古有李陵台,在唐单于都护府金河县界。"按耶律铸的理解,滦河东岸这个小山丘获得李陵台之名,是"好事者"的随意发明,时间大概非常晚近。后来这个名字为元官方所接受,成了驿站和捺钵的名字。按元初王恽所记,那时这个名字还不算很正式。中统二年(1261)春,王恽侍从忽必烈北行,到了这里:

中统辛酉春,予扈跸北上,次桓之北山,或曰此李陵台也。徘徊四顾,朔风边草,为之凄然。

那时忽必烈虽然在此扎营,这里尚未筑城,更没有形成捺钵和驿站，李陵台之名还在凝定过程中。忽必烈选择这里扎营，应该是看中了紧邻河道又高敞突出的地理特点。以我们沿途所见，从明安驿古城遗址到这里，三十多公里之内，滦河两岸都是平坦的草滩，微微高于河道而已。紧靠河谷的明显山丘，似乎只有这一处。元代张择（鸣善）有一首《李陵台晚眺》，提到"云黄沙白绕平原，独立崇台思黯然"，强调李陵台耸立于河岸，从台上远望，可见滦河在平原上盘绕回旋，西岸沙滩如洗，高空黄云沉沉。

李陵台名定之后，经行此处者不免被这个地名所触发。毕竟如耶律铸这样具备怀疑精神的人很少，多数人一听到李陵台就会联想到托身草原、有家归不得的李陵，曾在此登高南望寄托乡思，自然要感慨唏嘘一番。元代往返两都途中的诗作，吟咏李陵台者尤多，主要是因为这个地名格外容易搅动诗人的羁旅情怀。多数诗都会写到李陵，比如"今古李陵悲绝处，夕阳野牧下荒台"，"故国关河远，高台日月荒。颇闻苏属国，海上牧羝羊"，等等，都是见名生情之作。李陵台又称荒台、高台、崇台，显然不是指驿站和捺钵的土木建筑，而是指这座山丘的最高之处，也就是今日那个红瓦房院落所在的地方。院子北边的古城，才是李陵台驿的遗址。

我们翻过铁丝网进到古城里面时，太阳已快要触及河西远处的山头，温柔的夕照把古城染成一片金黄，特别是城内和城墙上的一丛丛高草，迎风摇曳，散发出骄傲而醒目的光泽。古城规模比牛群头、明安驿两处大得多，保存状况也更好，四面城垣较高且完整，也许受益于远离村庄和农田。我没有读到过有关此城的调查和发掘报告，可能没有进行过正式的考古工作。城内南高北低，西南角明显高耸，大概是主要官署建筑所在。我们在城内随意走了走，所见陶片和瓷片不如牛群头古城多，应该是因为这里没有变成耕地，元代文化遗存都覆盖在草皮以下。从西城墙向西看，宽阔的滦河河谷在夕阳下幽静得如一个深梦，看不见流水，只有三三两两的花白奶牛。元诗有句"旷野平芜入壮怀，征鞍小驻李陵台"，也许就是暮色苍茫中远眺平川时的感触。然而，周伯琦所见"川草花芬郁，沙禽语柔滑"，与我们眼前的景象还是不那么一致，虽然短草小花遍地都是，却听不到鸟鸣、看不到鸟飞。

忽然听到王抒和赵欣欢叫，原来城内草间跑出一只灰兔，高竖两耳，被他们一惊，又跃入低洼处的灌木丛。

眼看天色不早，我们未敢多停，六点一刻告别李陵台古城。穿军绿色衬衣的年轻女性坐在院墙上看着我们，赵欣和潘隽过去跟她道别，还拍了照片。下得山丘，原路返回黑城子小镇。走在路上时，太阳已半隐西山，不过天色还是很亮。回到小镇那家商店时大概是七点半，女店主帮我们叫了一辆出租车，我们匆匆挤进这辆破旧的桑塔纳，颠簸中开出好远，回到白天一路走来的公路上时，才想起忘了把存在商店冰箱里的四瓶沙棘汁取出来。想到沙棘汁的酸酸甜甜，舌根不免分泌出几丝遗憾。晚风清爽，一天的酷热早已无影无踪。欢快的情绪鼓荡洋溢，塞满了本就拥挤不堪、几乎没有缝隙的桑塔纳小车。

5

回到塞北管理区那家宾馆时，天还没有全黑，我和王抒在赵欣督导下做了基本的拉伸，之后大家都上了她那辆宽敞舒适的宝马越野车。

我们的计划是今晚住进正蓝旗，明天坐出租车返回黑城子附近，补走黑城子到正蓝旗一段。从塞北管理区到正蓝旗，沿滦河东岸的县级公路走，全程五十公里，不足一小时就到了。直奔网上推荐的上都酒店，办好入住手续。我在走向自己房间的过程中，心里面开始抱怨走廊过长，要走好一阵。意识到自己在抱怨，才明白已经十分疲劳，连这么一小段路都不愿走了。

洗了澡，换了衣服，大家到酒店西侧的一家蒙餐馆吃饭。这是两周来最奢侈的一顿，满桌子的鱼肉饭菜，多半还是从没见过的做法。最不可思议的是盛酸奶的桶形容器，外包装是三只连毛带皮的牛蹄子，看起来十分怪异。清水煮鱼配奶疙瘩，烤得焦黑的韭菜饺子，都是我没见过的。一边享用美食，一边看潘隽拍的照片。照片上没有了酷热、单调和疲乏，只有微小却真实的成就感。其中有一张，我正走在黑城子小镇南侧的公路里程指示牌下面，牌子上写着"元上都遗址60km"，似乎是在鼓励已成强弩之末的我。从北京健德门桥算起，到今天的李陵台古城为止，我们已经走了十三天，总里程接近四百公里。不能不说是一个小小的成绩。

饭后走在石铺的广场上，享受高原夏夜的清凉。正蓝旗政府所在的这个上都镇，街道宽阔，车水马龙，高楼鳞次栉比，广场灯火通明，是一座繁华的草原城市。不由得想起威廉·达尔瑞坡，这个追寻着马可·波罗足迹，万里迢迢从地中海前来东方的剑桥学生，历经千辛万苦，终于在1986年10月间和女伴路易莎到达正蓝旗。他们见到的是一个毫无生气的小村庄。在《在上都——一次追寻》里，达尔瑞坡写道：

我们在夜幕降临时抵达。正蓝旗很小而且很新，只有十来栋钢筋混凝土预制板搭建的棚屋。大车店（caravanserai）则是一座石砌建筑。和多伦一样，这个小镇潮湿、寒冷且无遮无蔽，极不协调地坐落在草原上。大风从镇上呼啸而过。如果我们的计算是正确的，那么上都就在不到五英里之外。可是一切都和柯勒律治的描写大相径庭，那闪亮着蜿蜒小溪的花园，和山丘一样古老的森林，洒满阳光的绿野，此时此刻，简直无法想象。

蒙古人长得丑，有细而凸出的眼睛和紧绷发暗的皮肤，他们还特好奇。晚上我们坐在大车店的餐厅里时，四十个蒙古人聚拢来围观我吃饭。搞不清他们都是从哪里冒出来的，要知道小镇上总共也才十来栋房屋。路易莎猜测他们都是堂兄弟或表兄弟，或许这可以解释为什么他们看起来都有点像，以及为什么这么多人可以生活在这么少的房子里。我们狼吞虎咽地干掉羊肉汤和羊肉卷饼，赶紧逃回自己的房间，不敢再招惹别人的注意。

不过他们已经引起了注意。第二天一大早，他们正在憧憬走去上都遗址时，两个蒙古族公安冲进房间，收走护照，然后把他们锁在室内。那时内蒙并没有对外国游客完全开放，外国人不带许可证就在内蒙各地旅行是非法的，而达尔瑞坡明知这条规矩却未曾申请，只想着蒙混过关，和他几个月来在叙利亚、在土耳其、在伊朗、在巴基斯坦所做的一样。几乎就要成功了，在12000英里之后，在离目的地只有五英里的地方，在最后的时刻，因证件不齐，他们即将被遣送离境。公安带来两位教师做翻译，告诉他们必须立即返回北京。达尔瑞坡抗议说他得走完马可·波罗的路。几小时后，来了一位穿黑色中山装的蒙古族党干部，再次询问事由，还重复他们的话，"嗯，忽必烈汗，忽必烈汗"。一直到下午四点多，他们被赶上一辆吉普车，驶出正蓝旗。沮丧得要哭出来的达尔瑞坡对路易莎说："他们这是在驱逐我们，在驱逐我们呀。"坐在副驾驶座位上的一个蒙古族公安转过身用英语对他说："蒙古音乐，很好，很好。"达尔瑞坡却默默地连喊了四声"Fuck"，任由悲伤绝望的情绪浸灌全身，直到——直到他发现，这辆车原来特地绕了道，是为了带他们去上都遗址，以成全他们的宏大心愿。

如今的正蓝旗成了旅游名城，旗政府所在地改名为上都镇，闪电河改名为上都河（写作上都高勒，即 Shangdu Gol），我们面前这个街道定名金莲川大街，都与元上都紧紧联系在一起了。走在凉意浓重的广场上，想起李陵台，想起元人杨允孚的诗句"李陵台畔野云低，月白风清狼夜啼"。滦河河谷早已见不到狼，但我上一次来参观上都遗址时，在城外为游客搭建的蒙古包里，听到超低音的音响轰唱着"我是一只来自北方的狼"。此刻，在我们穿过广场走回酒店的路上，身后远处某个歌厅正在唱"我是蒙古人"，苍劲悲凉之中，似乎还有一点儿无法掩饰的勉强。

乌桓城下问白翎

——从黑城子到四郎城

四郎城

正蓝旗

闪电河

滦河东岸沙丘

黑城子

1

谷歌卫星地图显示，从黑城子以东的 X502 往正蓝旗方向，路东有一片连续的沙丘地貌。我打算今天走一走这些沙丘。早饭后先在酒店大堂跟着赵欣做拉伸，之后到门前广场靠马路的电线杆旁伸手拦车，很快就招到一辆出租车。昨晚北行时一切都在暗夜里，现在可以看到公路在滦河东岸，河谷西侧有间断的村庄、厂房和早已荒弃的耕地，东侧则是草原、沙丘和几乎没有植被的山地。我们在大致上与李陵台遗址平行的地方下车，跨过路东的草地，朝一公里外的沙丘走去。沙质的草地向河谷缓缓西沉，向东则渐渐升高，直至强烈隆起成为裸露的沙丘。两三寸高的沙地艾蒿被践踏之后，挥发出一种薄雾般的清香，让我想起十年前在蒙古国中西部的那个夏天。不知名的草开着色彩艳丽的小花，只是草株低矮、花朵细小。从远处看，绝对想不到这种植被稀疏的沙地上会有如此繁盛、如此美丽的百花。

上沙丘比上同样坡度的土石山丘要难得多，一脚深一脚浅，常常费了半天劲还在原地踏步。爬上一座不足百米高的沙丘，足以让你累得气喘吁吁。我们终于爬到沙丘的山脊上时，都已大汗淋漓，好在有轻微的风扑面而来。向西远眺滦河河谷，一点儿也看不到那些往复盘旋的河道，只有泛着淡淡蓝色的草滩。东边，一长列光秃秃的山地兀然挺立。陡峭的沙坡上偶尔有一丛丛的沙葱，开着星星点点的小白花。沙漠的奇妙在于，一方面它代表着干旱、荒漠、无生命或不适宜生命，另一方面它是如此温柔、细腻和美丽。我第一次接触沙漠，是很多年前在敦煌的鸣沙山。那天下午，在亲眼见到水波般的沙丘曲线之后，又立即领教了沙漠风暴的凶险狂烈。几年后我坐长途汽车在阿拉善高原的巴丹吉林沙漠，再次遭遇沙漠风暴，大白天骤然暗如深夜，细沙的洪流在汽车玻璃上快速滑过，那么美，你几乎想不起害怕。

　　蒙古高原最大、最著名的沙漠"蒙古戈壁"，是地球上纬度最高的沙漠，面积达一百三十万平方公里。戈壁一词源自蒙古语 Gobi，指荒漠和半荒漠的沙石与砾石平地。蒙古戈壁东西向横亘于蒙古高原的中部，把高原一分为二，人文地理上的内外蒙古或南北蒙古就是这样被切割开来的。古代汉语里把这个大戈壁称作"大漠"，因此史籍常见漠南、漠北的说法，南北向横穿大漠的行为被称为"绝漠"。为了实地了解大漠的地貌景观，体会古代的绝漠，2004年夏在蒙古中部考察之后，我们北大历史系和社科院历史所的六个朋友一起，完成了一次现代版绝漠。我们乘坐越野中巴车，从乌兰巴托向南，先在草原上走了一段柏油公路，后进入沙漠地带，在若有若无的沙地路段走了半天，夜宿沙漠包裹中的赛音山达。次日在沙漠中走一整天，傍晚抵达边境小城扎门乌德，边境那边就是中国的二连浩特，在扎门乌德我们换乘国际列车回国。从赛音山达到扎门乌德的沙漠中，常见牛羊骆驼的尸体，有些尚未腐烂，显是干旱缺水所致，委实令人心惊胆战，终于理解了古人"绝漠"之难。

不过，那时我还不知道，就在我们乘坐俄制越野中巴车穿越大漠之前一个多月，确切地说，是 2004 年 6 月 25 日，六十岁的意大利人 Reinhold Messner 完成了真正的绝漠——他用五个星期的时间，独自一人，步行两千公里（某些路段搭乘了当地人的卡车、马和骆驼），穿越了蒙古戈壁。这个古今罕见的伟业，我是两年半以后才知道的。2006 年底我读当年《国家地理杂志》第 11 期，上面有一篇 Caroline Alexander 的《谋杀不可能》(Murdering the Impossible)，文章列举了 Messner 一系列已经载入史册的壮举，其中提到他穿越大漠，只有这一句："为了庆祝退休，他完成了一个旧梦，六十岁时穿越了戈壁沙漠。"我四处搜集他的绝漠信息，可惜都只有寥寥数句。在英国《卫报》网站上读到一篇 2004 年 10 月的访谈，那是在绝漠之后不久，对于为什么使用车马而没有徒步走完全程，他回答道："为什么我不能借助当地人的帮助呢？反正我是背着个背包走进去，又背着个背包走出来。"

Messner 早就有穿越沙漠的经验，1992 年就曾沿着和田河步行穿越了塔克拉玛干沙漠。稍稍看一看他的探险经历，就知道这种沙漠徒步对他来说实在谈不上冒险。他被誉为 20 世纪最伟大的登山家，是第一个不带氧气就登上珠穆朗玛峰的登山家（第一次是和一个同伴一起，第二次是独自一人），第一个成功地攀登了世界上全部十四座海拔超过八千米的高峰，还是第一个不借助雪地摩托和狗拉雪橇就穿越南极与格陵兰岛的探险家。在这些辉煌履历的映照下，也难怪绝漠之举难以占有较大篇幅。值得表彰的是，Messner 还是一位勤于著述的作家，先后写了八十多本书记录自己的探险经历。他关于戈壁之旅的书近年也出版了（《戈壁：我心里的沙漠》，*Gobi, il deserto dentro di me,* 2013），可惜是意大利文，我读不了。

Messner 针对现在的登山热说过："如果有高速公路通向珠穆朗玛峰，那么你不会遇见山峰。要是什么事都准备得好好的，还有向导负责你的安全，你也不会遇见山峰。只有当你完全依靠自己时，你才会遇见山峰。"他又说："如今登山成了一个旅游项目，你可以拿钱买一次珠峰之旅，如同你可以买一次罗马之旅。你可以买一次登顶，像个旅游者一样让别人把你送上去。可是你买不到我的，或者 Edmund Hillary 的，或 Chris Bonington 的经历。真正的登山意味着你本人（或加上你的同伴）为一切负责。那是完全不同的。"这一段话，是不是会让我们想起近年中国一些富翁登山家乘直升机征服高峰的闹剧？ Messner 是这么理解的："人生的奇妙不在于你拥有什么，而在于你做什么。"

1978 年 Messner 和一个同伴登顶珠峰之后，很多人难以相信他们不带氧气，特别是尼泊尔的夏尔巴人。1980 年他独自一人，沿着一条新路，不带氧气再次登顶珠峰，这才打消了众人的怀疑。这一次，当他坐在地球上最高的地方时，"我处在持续的痛苦中，我一生从没有像那天坐在珠峰上时那么疲惫。我就那么坐着，就那么坐着，忘记了一切……"

2

也许可以说，我们走这些小小的沙丘，难度并不小于戈壁大漠里的冒险，因为一道又一道的铁丝网拦住去路，必须翻越或推倒铁丝网才行。农业地区分配耕地，只需要以田埂标示分界，而草场分配要有效阻止别人家的牲畜进入，可能就得用这种极端手段，草原因此被切割成丑陋的碎片。可以想象，这个地区即使还有野生动物，也势必会被这些铁丝网困死。我们艰难地越过一道道铁丝网，在一长串沙丘里上上下下，偶有沙窝窝里的花色奶牛们投来迷惑的眼光。这样走了一个半小时，越来越高的铁丝网迫使我们放弃沙丘之路，沿山前草场返回公路。靠近公路时，遇见几个牧民在搭建蒙古包，旁边几匹马低头啃草。一问，才知道他们在发展旅游，只是不大有人从这里经过。

草地上有一群绵羊，我和戴军帽穿阿迪达斯运动衣的放羊人聊了几句，问他为什么这么多铁丝网。他说都分到各家各户了，得管起来呢。他的上衣塞进皮带，露出外裤下面的秋裤。我问他为什么这么热还穿秋裤，他说早晨出来早，天冷呢。我们回到公路上继续向南走，不一会儿背后马蹄嘚嘚声响。发展旅游的那个戴牛仔帽的年轻人骑一匹枣红马超过我们，跟我们招招手，很快就不见了。再走半小时，见公路西侧一个村庄，一个大院子铁门敞开，刚才骑马超过我们的小伙子站在门前，招呼我们进去。这时已是中午十二点半，又累又饿，该休息一会儿了。于是我们进到院内的一个蒙古包里，就地坐在毡子上。一个瘦瘦黑黑的中年男子提着热水过来，问我们想吃点儿啥。我们自己带着午饭，所以就不麻烦他们了，就着水吃起自带的馒头和面包。这个瘦黑男陪我们坐下，聊了起来。

他说，他是多伦县的，汉族，来正蓝旗打工已经两年了。这个院子的主人，就是刚才那个骑马的青年，蒙古族，有牛有羊，还想建个农家乐，招了五六个打工的。为什么不在老家干活儿，要跑这么远呢？老家哪有活儿呀，家里有兄弟，本来还能种地，现在退耕还牧、退牧还草，又没多少羊，没事做了。问他年纪，看起来五十多岁的他，其实刚满四十。成家了吗？有孩子吗？摇摇头，憨厚地笑，没。我们说话时，潘隽蹲高伏低忙着给我们拍照。我请她拍我们两人的手，手心手背都拍。很显然，我自以为手背的下半截已晒出了黑油，比起他的手背，竟然还算是白的。手心的比较更是触目惊心，他的手掌较小，手指细长，本来是所谓艺术家的手，却因为长年辛勤劳作，粗糙得和翻浆的公路一样。一点左右，进来一个小伙子，叫他去吃饭，我们也起身告别，离开时，对院里一人高的拴马石印象特深。

因为研究历史上的内亚游牧人群及其政治体，我多年来在草原地带行走较多，对草原退化、环境恶化的研究与报道也颇有所闻。十多年前在蒙古国中西部草原旅行时，几乎察觉不到现代生活与技术对草原生态的影响，但听蒙古国的专家说，草原生态近百年来发生了很大的变化，蒙古国也存在着草原退化的问题。年轻人不肯接受游牧生活方式，越来越多的牧人家庭迁入城市，中心城市的外围形成越来越大的帐篷城。没有了牧民和牲畜，草原也会发生变化，更不要提开矿、伐木等开发作业对生态的恶劣影响。跟蒙古国比起来，内蒙古的农业化和工业化程度要高得多，对生态的影响也要激烈得多、深刻得多、可怕得多。听朋友说，单单露天采煤一项，就把草原上的许多草场彻底毁灭了，从附近开车经过，看到巨大的黑色矿坑连绵不绝，如同人体上生出的无数脓疮。

近年所读针对草原生态的社会调查报告，我觉得最好的是韩念勇主编的《草原的逻辑》（四辑一套，北京科学技术出版社，2011年）。多年来，韩念勇带领一个小小团队，在草原上走乡串户，访问牧民，让这些草原政策承受者、草原环境适应者以及草原文化缔造者们，表述自己的生存状态，呈现他们眼中的事实，从而揭示一种不同于官方表述的草原景象。编写者探寻内蒙古草原诸种生态困境的症结，追本溯源，认为起于农耕地区的一元化国家模式及其政策，可能要对今日草原牧区的生态灾难承担责任。比如，书中各报告从农区和牧区有着天然差异的角度，讨论从农区移植到牧区的承包制度和舍饲方式在草原上的不适症；从游牧传统的知识体系合理性的角度，探讨如何在草原上实现一种包容传统并基于传统的现代性。被认为无往而不利的市场机制，在草原上为什么不灵了呢？牧民靠购买饲草发展畜牧业会陷入贫困，靠贷款维持或扩大再生产却难逃债务危机，出租草场则促使草场退化。作者认为草原畜牧业本不可能是增长型经济，将简单的市场引入草原，会推动人们为短期利益进行掠夺式开发。如何探索另类市场，追求可持续发展，成为决定草原命运的关键因素。

社科院社会学所的王晓毅研究员在书评《简单的生态，复杂的问题》里说：

> 这部著作给我们呈现了一个复杂多样的草原。作者在对原有的简单化逻辑进行梳理考察以后，并没有用一个简单的逻辑替代另外一个简单的逻辑。在过去的三十年中，治理草原的药方有许多，比如草原承包，当草原承包不能解决问题，就开始进行网围栏，然后是休牧禁牧、生态移民，然后是增加补贴。在每一个药方出台的时候似乎都可以解决草原问题，但正像作者指出，往往是解决一个问题带出了十个问题。本书最大贡献之一是让人们认识到草原的复杂性，面对这样一个复杂的草原，我们应该虚心地学习，不要简单地将我们一套似乎放之四海而皆准的政策套用到草原。
>
> 这套书的第二个贡献是提供了思考草原的逻辑：一，自下而上的视角，强调尊重牧民的选择，把牧民看作草原的组成部分；

二，复杂的思维方式，不是将保护与利用、牧民与政府简单对立起来，而是寻找其契合点；三，生态文明的视野，超越所谓游牧、农耕和工业社会的线性发展思路，寻求人类生存与生态环境的共存之道。

重新思考草原的逻辑，不仅仅可以对草原的政策制定有着直接意义，也许可以让我们重新思考我们的生存之道。

这套书的基本思路是强调农牧有别，反对把农耕地区积累的经验、知识和政策简单地移植、推广到草原上。对此我完全赞成。我只是觉得作者的许多论述，似乎把农耕与畜牧各自看成无差别的两个大铁板，这本身潜伏着问题。农牧之分是相对的。传统中国固然可以大致区分为农牧两种不同的经济与文化单元，可是农、牧内部又各自存在着差异显著的多元社会与文化。大一统的集权体制倾向于无视地区差，不独今日为然。发生在草原上的简单化政策移植，历史上在新开发农耕地区（或即将被农耕化的地区）也发生过，只是那些生态的和社会的灾难，通常被遮蔽了，或者说，被遗忘了。

3

沿 X502 再走不到一小时，到与 308 省道相汇的路口，有一个加油站，旁边有一座还没完成的蒙古包式水泥建筑。不过这些都要走近了才看得见，它们附近有两个褐色物体，高高矗立，两公里之外都十分醒目。原来是两座雕塑，上大下小，微微扭曲，走近了一琢磨，才明白是两片风干肉。风干肉是草原牧民的传统食物，类似内地的腊肉，不过不需要熏烤，只利用风吹使肉条脱水，就可以保存较长时间。13世纪中期出使蒙古的天主教修士鲁不鲁乞（William of Rubruck）说："如果在夏季有一头牛或一匹马死了，他们就把牛肉或马肉切成细条，挂在太阳光和风下，这些肉很快就干了，不用盐也没有任何不好的气味。"据说蒙古骑兵行军时携带风干肉，在马上边走边吃，一点儿也不耽误工夫。

从风干肉向北就进入正蓝旗旗政府所在的上都镇。镇南有一个青铜骏马雕塑群，恰好与北京健德门附近的青铜马雕塑互相映照。上都镇的蒙古语名称是敦达浩特，改名上都镇大概是为配合上都遗址的旅游开发。烈日高照，气温高达37℃，街上行人和树木一样稀少，水泥街面和两边的彩色建筑看上去像是处在蒸煮中。我们沿圣元街东行，一直走到四郎城路再往北走，过了闪电河（上都高勒）大桥，可以看到公路西北隐隐隆起的青色城垣，那就是我们今天的目的地四郎城。

四郎城，当地人又称侍郎城，据说是因清代某位侍郎镇守此地而得名。这里是金代西北路招讨司所在，那时命名为桓州。金之桓州，原置于滦河上游，大概在元代察罕脑儿行宫附近，后北迁至此，为元代所沿用。元人常称桓州城为"乌桓城"，大概认为桓州得名，是因为这一带原为乌桓驻牧之地。其实金人设置桓州，只是借用（或搬用）了辽代设于东北的桓州之名，正如他们同样在河套地区使用辽代东北的丰州等州名。至于辽代在原渤海国境内设置桓州，是不是考虑到了汉晋时期的乌桓（看起来不大可能），那是另一个问题。反正金代这个桓州，本不涉及乌桓因素，但城中居民有大量契丹人耶律氏，他们很早就投靠蒙古人，得到信任和重用。

前往四郎城

烈日高照,气温高达 37℃,街上行人和树木一样稀少,水泥街面和两边的彩色建筑看上去像是处在蒸煮中。

桓州怎么变成了四郎城呢？当地人解释说，当年宋辽交争，杨四郎杨延辉被俘失陷北番，被招为驸马，修建此城是给他夫妇居住，所以后人称之为四郎城。相信这个说法的人认为，侍郎城就是四郎城音讹而成的新名称，有了这个新名称，就不得不创造一个清代侍郎镇守此城的说法。然而，杨家将的故事形成较晚，传入草原更晚。比较符合逻辑的解释，似乎是侍郎城之名在前，再被杨家将故事吸收而改造为四郎城。不管侍郎城还是四郎城，应该都是清末民国时期迁入草原的汉人所称。本地蒙古人对这个早已废弃的古城有自己蒙古语的名称"库尔图巴尔哈逊"，"巴尔哈逊"即 balgasun，其词根 balgasu 的意思是"城"。我不知道"库尔图"对应的是哪一个蒙古语词，不过肯定与侍郎、四郎无关。元代以后此城荒弃，桓州一名流传无绪，终于作古，新的名称到近代另外建立起来。等现代研究者发现这里就是金元桓州，两个名称系统才会合一处。这正是历史传统断裂与新生的一个例证。

下午五点，我们到达四郎城西北角时，正蓝旗文化部门的领导和电视台人员正在那里等候。这是因为王抒在北京的朋友把我们正走向上都一事告诉了锡林郭勒盟文物部门，他们近几天一直跟王抒有联系，知道我们今天下午抵达四郎城。他们打开铁丝网的小门，导引我们爬上北城墙，进入四郎城东北角的子城。金元桓州城的四垣基本上保存较好，二至三米高的城垣在滦河北岸至呼尔虎山之间的河谷平原上相当醒目，长达四公里的周长又使整个遗址看起来气势宏大。城内只有子城地势略高，子城里面一大片白杨林，林间有一群黄白相间的牛。无数的乌鸦高声鸣叫，盘旋于林间和空中。我们在东城墙上走了走，可以清楚地看到东西两道城墙的中间各有一个较大的凹陷，大概就是资料上说的东门和西门。

电视台采访王抒时，我们几个坐在一边的树下休息，和文化局的领导聊天。长草茂盛，蚊蝇成群，不过丝毫没有影响我们快乐的心情。白杨林间蝉鸣有如怒潮，几乎压倒了乌鸦的嘎嘎声。太阳西沉，肆虐了一天的酷热正悄悄消退，几乎可以感觉到清凉的风即将从北边的山坡，从南边的河谷，从头顶的天上飘然而至。坐在桓州城内的草地上，不由地想起了有关"乌桓城"的元人诗句，如"记得乌桓城下宿，出门无路客愁生"，"荞麦花深野韭肥，乌桓城下客行稀"，"乌桓城头春雨晴，乌桓城下春草生"。

不过，我最喜欢的有关乌桓城的诗句，都与白翎雀相关。比如洒贤的诗："乌桓城下雨初晴，紫菊金莲漫地生。最爱多情白翎雀，一双飞近马边鸣。"王沂的诗："乌桓城边春草薄，草际飞鸣白翎雀。"最有风调的是萨都剌《白翎雀》："凄凄幽雀双白翎，飞飞只傍乌桓城。"写桓州的诗，多半会写到白翎雀，说明这一带白翎雀特别多，十分常见。然而我一路行来，一只也不曾见到。为什么呢？向文化局的领导打听，他回答，近几年是看不到了，也不知怎么回事。"我们小时候可多了，到处都是，我家院子里常见，天天听它们唱歌。"

元人贡师泰有一句很美的诗："野阔天垂风露多，白翎飞处草如波。"谁想得到呢，如今青草依旧如波，白翎雀却绝无踪影了。

4

读《寂静的春天》，既震惊于近代农业如何深刻地破坏了地球生态，也由衷敬佩那些先知先觉者——那些最先察觉到院子里鸟儿减少的人，那些在春天听不到鸟儿歌唱却没有止步于发些感叹的人，那些冒着风险持续进行调查的人，那些勇敢地发表自己研究结果的人，以及那些敏感的并诉诸行动的读者。毫无疑问，中国的春天变得越来越寂静，正是因为大地上发生过或仍在发生几乎同样甚至更加惨烈的灾难，然而我们却不曾听见类似《寂静的春天》这样伟大的声音。

鸟类在中国的急剧减少，除了农药制造的"化学－生物－生态"危机，还有更令人羞愧的人文灾难——人为捕杀。捕猎、捕杀鸟类的目的或动机，说起来真是五花八门，为了养生，为了美食，为了笼养，为了放生，为了好玩……针对迁徙候鸟的大规模非法捕猎，在各地都不是秘密。到任何地方的肉菜市场，都会见到贩卖野生鸟类（和其他野生动物如穿山甲一起）。在许多地方的饭店，都容易听到服务员推荐珍稀动物美食的"口头菜谱"，因为是保护动物，所以价格格外高。

前些年回湖北老家，听人说山里野猪、野兔和野鸡猛然多起来，一是因为封山育林，二是因为收缴枪支，连自制的土铳都必须上缴。可是近几年人们找到了打猎的新方法，更高效，更轻松，就是架设电网。去年夏天我在老家徒步，见到深山和丘陵地区许多地段都有一尺高的电网，有的连续铺设长达一两公里。据说这些电网的主人都是晚间拉闸通电，早晨断电清点猎物，不再需要和过去一样扛着猎枪满山乱跑了。我徒步时见到的这类电网，有些远离道路，有些直接横切各类小径，夜里行走撞上去，后果不堪设想。那天偶然在路边遇见我的一个小学同学，邀我到他家院里树下小坐，他告诉我他那天收获了一只狗獾。问他打到过野猪没有，他笑笑说，不好打，野猪没以前那么多了。

《中国鸟类观察》是一份非常有意思的杂志，由中国观鸟爱好者自发创办编辑，联合了各地多家观鸟组织，是中国大陆唯一以观鸟为主题的连续出版物。这个杂志宣称其宗旨是："在本来养鸟、食鸟成风的中国，推动野外观鸟活动的开展，以此培养公众关注自然、关注野生动物及其栖息环境，进而关注鸟类保育与生态保护工作，减少以至杜绝捕鸟恶习……"该杂志总第 89 期（2013 年第 1 期）是"内蒙古专辑"，有一篇徐亮《蒙古百灵的飞羽之殇》，专门写白翎雀（蒙古百灵）种群的悲惨现状，值得抄录其主要部分：

每至暮春时节，河北、京津的花鸟市场上，大批蒙古百灵的雏鸟九死一生地被与草原和亲鸟分离，瞪着惊恐的双眼待价而沽。在华北地区（京津、保定、唐山、石家庄为中心）的笼鸟饲养传统中，蒙古百灵与红喉歌鸲、蓝喉歌鸲、沼泽山雀、画眉、黄雀并称六大鸣鸟。和黄雀与歌鸲不同，由于蒙古百灵的成鸟很难在笼养条件下学习其他鸟类的鸣唱，所以这种交易基本都在雏鸟阶段进行。庞大的市场需求，诱人的高额利润和缺失的法律法规，促发了新的产业——在内蒙古和河北北部的草原地带毁巢捕鸟。

由于蒙古百灵的雌雄在雏鸟阶段难以分辨，所以捕鸟人基本是"连窝端"地毁灭性捕捉，即使是疑似的幼雌鸟，也可以在鸟类市场欺骗没有挑选经验的买家。连带的问题是同样在地面筑巢的凤头百灵和云雀也无法逃避，一样会有人花不低的价格购买它们的雏鸟进行饲养。

蒙古百灵那自由奔放的天性，惟妙惟肖的效鸣，婉转嘹亮的歌喉成了断送它们自由生活的"原罪"。北京、天津等地的传统饲养者以训练笼鸟能成套路为荣，训练蒙古百灵按次序地仿效麻雀、灰喜鹊、伯劳、黑卷尾以及母鸡生蛋甚至是用手转动保定铁球的碰撞声，而将其他声音的效仿詈之为"脏口"，一旦出现，不惜弃养或杀害。而蒙古百灵求偶时的炫耀，也被人类利用，多方训练鸟儿在鸣叫时站在笼中的平台上"载歌载舞"。更有甚者，有的地区设计出可以提升空间的鸟笼，诱导百灵如同在野外时一样，进行飞鸣，各种手段，花样翻新。

利益的驱动是永无止境的，近些年每至秋冬季节，蒙古百灵集群南迁越冬，就有大量的捕鸟人拉网捕捉，贩卖到各地的笼鸟市场。没有养鸟经验的买家往往会被鸟贩的言语说动，购买这种被称为"老野"的成鸟，其结果：成鸟很难适应笼养，更难开口鸣唱，下场基本是在春季到来前无辜丧命。也有很小一部分笼鸟爱好者致力于人工繁殖，目前看到的是凤头百灵和小沙百灵已经有了在人工小空间内从自然交配到育雏的案例，河北的部分地区几年前也已经实现小规模的蒙古百灵繁殖。不过这种零星的探索与庞大的市场需求之间，差距太大，加上几乎可以忽略成本的违法捕捉，根本无法改变对百灵种群的滥捕。

笼养小鸟被许多人说成国粹，其实许多古老文化都有（或有过）。白翎雀成为内地笼养佳品，很可能是元代历史的遗产之一。明代顾起元《客座赘语》记笼养鸟"又有阿鹨、白翎，自北而至，不恒有"。清代李斗《扬州画舫录》记扬州养鸟风俗，说："每晨多城中笼养之徒，携白翎雀于堤上学黄鹂声。白翎雀本北方鸟，江南人好之，饲于笼中，一鸟动辄百金。"古代笼养规模较小，市场需求有限，捕鸟技术更是原始，对野生白翎雀资源不至于造成破坏性冲击，和现在的毁灭性抓捕完全不同。把 NGO 概念与实践引入中国并组建了"自然之友"的梁从诚，多次在"两会"上呼吁取缔野鸟贸易，均遭到反对。反对者的理由是，笼养小鸟是中国的传统文化，而传统文化应予继承与发扬。这才没发扬多久，乌桓城下、滦河河谷，已见不到白翎雀了。

元代揭傒斯有一首诗：

> 白翎雀，白翎雀，每见滦河河上飞。
> 平生未识百禽性，不敢笼向江南归。

揭傒斯说他不懂养鸟，否则会抓几只白翎雀带回江南去。有此心又有此力的人并不少，元代一定有很多白翎雀不仅进入华北，也进入江南的笼养市场，并促成此后全国笼养市场对白翎雀的持续需求。七个多世纪过去，不知有多少只白翎雀自幼被抓，离开草原，局促在小小的鸟笼度过一生。如今就是来到草原，也看不到"沙草山低叫白翎，松林春雨树青青"的往昔景象了。

5

文化局的领导要给我们接风，还说会有元上都遗址博物馆的朋友来。于是我们先搭电视台的车返回上都酒店，放下背包，洗浴更衣，再坐他们的车到东郊外的一家蒙古风农家乐。没想到这家建在草原上的农家乐极为热闹，大门前车水马龙，十来座蒙古包人声嘈杂，穿着蒙古族传统服装的服务员端着酒菜穿梭于人群间。不远处还有一个跑马场，一群小伙子正在骑马游戏，大呼小叫、欢声动地。这景象让我恍惚间误以为自己穿越了近八百年,眼前正是那神秘的蒙古诈马宴(蒙古族特有的庆典宴飨,整牛席或整羊席)。晚风清凉,草原的夏夜开始了。

旗文化局、锡林郭勒盟元上都文化遗产管理局和元上都遗址博物馆的朋友们都到了。我们一起进了一个蒙古包。坐下不久,大圆桌上就摆满了菜肉美食。上都管理局的一个年轻人是从蒙古国立大学考古系学成归来的,对蒙古国的考古非常熟悉,我们聊到共同认识的学者,不禁怀念起十多年前在鄂尔浑河上的快乐时光。我向这几位专家打听近些年上都遗址及附近地区的考古进展,才知道其实他们已经做了很多工作,好些都是我过去不了解的。我对上都附近的祭祀遗址尤其感兴趣,总觉得这方面将来还会有不小的发展空间。

博物馆的朋友邀请我们明天去博物馆"指导工作",我赶紧说,当然很愿意去,但绝不会是"指导",是学习。一点儿也不是谦虚,真是学习。他们称我为蒙古史专家,我也赶紧解释,我是蒙古史的外行,对10世纪之前的北方草原稍有了解,对蒙古史的了解只是业余水平。他们说,你真谦虚。我自己知道我不是谦虚,了解我的人也知道我不是谦虚。我经常说,我的蒙元史知识支离破碎,而且绝大部得自同事和同行的提点,其中最应该感激的是我的老友兼同事元史名家张帆教授。说起张帆,我刚刚在微信朋友圈看到他转发我那篇发在《上海书评》上的《从大都走到上都》,他说:"这事本来应该由我来做。"有趣的是下面有他刚刚毕业的一个学生的评语:"老师,你可以从上都走到和林。"想到他一定被这句话噎住,我不由得好一阵乐。

从农家乐回上都酒店的路上,司机让车窗大开,风呼呼地灌进车内,带来太阳烤过的青草的气味。只剩一天了,上都近在咫尺。

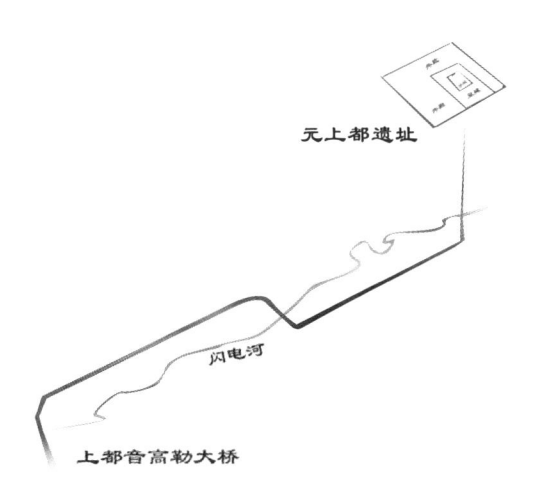

紫菊金莲绕滦京
——从四郎城到上都遗址

元上都遗址

闪电河

上都音高勒大桥

1

早饭时服务员说，今天会是几年来最热的一天。我们坐出租车过了上都音高勒（上都河，即闪电河，也就是滦河）大桥，从桥北开始最后一天的行程。现在从正蓝旗到上都遗址，当然是走河谷以南的高速公路，不过元代连接桓州城与上都的驿路和辇路一定都在河北。我们选择走北岸，不只是追求与元代的路线更接近，也为了避开公路以求清静。

太阳一大早就威势赫赫，河谷宽阔的草滩与细细的溪流，北岸的城市和南岸的草场田地，都吸收并反射着热辣辣的阳光。我们走在北大堤上，细沙路面上几乎看不到人车的痕迹，两边路肩长着高高的苜蓿和蒿草，有的向路面倾倚，几乎覆盖了沙土路。大堤斜坡和堤下平滩上青草茂盛，五颜六色的小花如繁星闪烁。蜜蜂和飞蛾在花草间上下穿梭，听得见细细的蜂鸣。路上常见死去的蝴蝶，彩色双翅充分地张开，排着长队的蚂蚁正在它们身上忙忙碌碌。

金莲川之名得自金莲花。其实元人说起上都一带的花草时，还有一种与金莲齐名的紫菊。比如廼贤的诗句"乌桓城下雨初晴，紫菊金莲漫地生",虞集的诗句"金莲疑可致,紫菊若为妍"。写上都风光的诗,涂颖有句"海风吹雨度龙沙,满眼金莲紫菊花",许有壬则有"金莲紫菊带烟铺,画出龙冈万世图"。钱塘画师潘子华在上都作画,以本地特有的新鲜题材取胜,多为古人所未见。危素《赠潘子华序》赞扬他在题材创新上前无古人,"故凡子华之所能者,皆自子华始,非有所蹈袭摹仿也"。危素所列潘子华创新题材,有"金莲、紫菊、地椒、白翎爵(雀)、阿蓝",都是"绝塞之外"的"动植之物","皆居庸以南所未尝有"。吴当为潘子华所画花鸟题诗,有句"潘侯妙笔留神都,金莲紫菊谁家无"。可见潘子华画了多幅金莲紫菊,好多人家里都挂了他这个题材的画作,以至于吴当要感慨"谁家无"。

正如金莲花并不是毛茛目睡莲科莲属的荷花,紫菊也不是菊科菊属的菊花。如今滦河上游草原上开蓝花的一年生和多年生草本植物很多,比如马兰花。不知道元人所说紫菊究竟是什么,对应着今天的哪种植物?

在滦河北岸大堤上所走的近一个小时,是全天行程中最令人愉悦的一段。不过,即使这一段路,也有不少的麻烦,好几处被铁丝网截断,我们得使出浑身解数才能跨越(或钻过)。快九点时,走到铁路桥下,卸下背包休息一阵。我感到脚上多处疼痛,脱鞋检查,发现脚趾头和脚后跟打了好几个水泡,右脚小拇指还打了一个血泡。没想到最后一天还会出这些问题。好在是最后一天,我想,豁出去忍忍痛吧。

可是脚上的疼痛对于行路者来说是不好忍受的。从铁路桥开始,滦河向东北流去,我们走回南岸,慢慢远离河谷,沿一条沙土路东行,隔在我们与河谷之间的是牲畜稀稀拉拉的牧场和见不到居民的村庄。

每一次停步后重新走动，脚下的胀痛难以形容，仿佛双脚已膨胀开来，变得沉重又溃烂，似有数十个小针一齐扎进脚底板。停顿的时间越久，启动时疼痛越剧烈、越难以忍受。忍痛走一会儿后，脚下渐渐麻木，痛感似乎下降了、消失了。这使我倾向于加快速度，不肯停步，更不肯坐下休息。事实上也没有地方适合休息，没有树，也没有其他可以遮阴的地方。我鼓励自己，疼痛也许是好事，可以提醒你意识到自己正在做什么。好多天来第一次，我越走越快，竟然和王抒他们拉开了距离。这种反常也许引起了他们的注意，王抒很快追赶上来，问我感觉怎么样。

再走一会儿，路北一片铁丝网圈起来的牧场内有一群骆驼和马，看起来精神抖擞，似乎根本没有受到暑热影响。路南铁丝网围起来的，是十几个水泥蒙古包，大概是建造中的旅游设施，空无一人。赵欣和潘隽坚持要进去休息一下，我猜是她们觉得我已过于疲劳，必须休整。我们在一个满是水泥灰的蒙古包里坐下，喝点水，吃点馒头。时当正午，地面反射的阳光都足以炙灼得人皮肤生疼。一丝风也没有，世界像是闭锁在一座巨大的玻璃房子里，空气无止境地吸收阳光并酝酿热度。坐在没有壁窗和顶窗的蒙古包里，只有包门透进一片刺眼的白光，挟来洪流般的热气。第一次，我虽坐在阴凉里却汗如雨下。用手擦汗，却忘了手上沾着一层水泥灰。

再出发时，下了巨大的决心，闭上眼迈出第一步，像小时候喝药那样面对脚掌触地的疼痛，清晰地感觉到尖锐的疼痛如电流一般，从脚底流过踝关节，传向小腿和大腿，让人不由自主地扭动身体，似乎这么做就可以躲闪开它的冲击。头几百步都是如此，多走一会儿，脚底神经受到连续的重力压迫，变得不那么灵敏了，也就不再以夸大的

路边的马

再走一会儿,路北一片铁丝网圈起来的牧场内有一群骆驼和马,看起来精神抖擞,似乎根本没有受到暑热影响。

方式把疼痛感报告给大脑了。大地正在蒸腾中，路边的村庄与草场都像中暑了一样毫无生气。偶尔听得见蚂蚱飞起振动翅膀的声音，还有不知躲在哪里乱叫的蝉，以及从眼前闪过时叽叽喳喳的喜鹊。

王抒接到昨天那位电视台记者的电话，说还想在上都大门外再采访一下，并且问可以为我们做什么。这时候我们也不客气了，说最好送一个西瓜来。很快汽车驶来了，冰冻的矿泉水和西瓜从未如此充满吸引力。我们就坐在烈日下分吃西瓜，甚至顾不得脚下的疼痛了。把瓜子吐在路边沙地时，看到一队泛红的小蚂蚁不知从哪里冒出来，轻盈地围着西瓜籽转悠，似乎在探究如何把它们搬回去好好享用。

2

正在"走出伊甸园"的 Paul Salopek 会不会经过上都呢？

我们走在沽源县梳妆楼和五花草甸的那天（7月6日），Salopek 走到了他的第三十七个一百英里里程碑，意味着他已经走了三千六百英里（五千七百六十公里）。那时他正走在哈萨克斯坦西部，前往孤悬于草原上、作为苏维埃时代铁路小站而发展起来的小城贝依努（Beyneu）。对于在炎热和孤寂中走了很久很久的他来说，贝依努应该是一个美好的、应有尽有的地方，美好到像是一个世外桃源，比如——传说中的 Xanadu（上都）。

人人都热得够呛，人人都疲惫不堪。脚在疼痛。那天我们走了将近二十英里（三十六公里）。从我们在哈萨克斯坦的起始点阿克陶（Aktau，意思是白山）算起，已不止三百五十英里（五百六十公里）了。我们一心想早点儿走上那空空荡荡的高速公路，然后飞快地冲向贝依努市。

贝依努是什么？

地图上的一个斑点。一个铁路小镇。周遭数千平方英里内唯一的文明世界。一个苏维埃时代钢筋水泥堆砌起来的、如今正在衰灭中、被中亚热浪所吞噬的小颗粒，一个遗失在草原上的边疆哨所。贝依努，贝依努，贝依努。我们梦想着愉悦正在那里等候我们。那就是我们的 Xanadu（上都）。

Salopek 把旅途中的梦想之地比作上都，意味着英语文学中的 Xanadu 对他影响不小，那么他很可能会走到上都，即使得绕路。三个月以前（4月6日），刚刚进入哈萨克斯坦时，他在阿克陶写了一篇《徒步世界21000英里我学到了什么》，谈到这个惊世骇俗的步行项目带给他哪些影响——

接下来的六七年，我要徒步穿越全世界。

我这个名曰"走出伊甸园"的洲际漫步，是一个讲故事的项目，目的在于重寻石器时代解剖学意义上的现代人类中那些最早迁出非洲者的足迹。我正慢慢地走向（美洲南端的）火地岛，那是我们这个物种所殖民的大陆中最后一个角落。一路上我写作故事，记录我所遇到的人。这场21000英里（33600公里）的晃晃悠悠中的一个小小插曲，是我在中亚时随口对一个咖啡馆老板说，我刚从埃塞俄比亚溜达过来。

无法相信、震惊以及笑乐之后，是那个不变的疑问：你疯了吗？

绝对不是，当然。因为众所周知，特别是今天——全国步行日——坐着才是有毛病的。我们坐得太多了，这使我们变得病态且不快乐。只消问问美国心脏学会。科学家把 GPS 绑在世界上最后的狩猎-采集者——比如坦桑尼亚的 Hadza 人身上，结果发现一个典型的男性采集者每天要走约七英里（11.2 公里）——如今美国人只走大约三分之一。Hadza 人每天的行程是一个生物学基准：我们二十万岁的、经过完美进化的身体，正是为此设计的。计算一下。一年要走多于两千五百英里（四千公里），或者说，就好比每年要从纽约走到洛杉矶。这也差不多正是我这几年所走的距离。正是"正常的"。

自 2013 年从非洲之角出发以来，很自然地，步行使我的腿和心脏变得更强壮了。而更重要的是，我的心灵变得更柔软了。日复一日、月复一月地徒步跨越国家、大陆和时区，已经改变了我体验地球生活的方式。

比如，我了解到，全球最贫穷的地方偏偏最适宜徒步旅行。在埃塞俄比亚，很少人拥有汽车，人人都步行。即使非常幼小的孩子也能指引我走过地形复杂的地方，人类的足迹依然在那里交织穿梭。相反，在富裕、汽车普及的国家，人们不仅失去与周围环境的联系，而且也失去了与世界形态本身的连接。汽车抹杀了时间与距离。闭锁在金属与玻璃的泡泡里，束缚于狭窄的沥青道路上，我们患上了速度与空间的毒瘾。在迷恋汽车的沙特阿拉伯步行时，我发现询问方向已毫无意义。

徒步穿行于地球上，我重新学习了出发与抵达的往昔礼仪

（扎营与拔营，装载与卸载，一种古老且熨帖的仪式）。我通过自己的味蕾，通过捡拾农夫的丰收，理解了山山水水。我重新与人类同胞建立了连接，以一种我过去作为乘坐飞机汽车纵横于地图上的记者所从未设想过的方式。步行在外，我总是遇到人。我不能无视他们，也不能从他们身边飞车离去。我跟他们打招呼。我每天与陌生人交谈五次、十次、二十次。我在从事一种每小时三英里、穿越两个半球的漫步式谈话。这样行走，我在任何地方都建造起家园。

三年多前，为这个悠长缓慢的旅程做研究时，我拜访了著名的古人类学家梅芙·里基（Meave Leaky）。记得有天早上我们出发去附近的某个村庄，我傻傻地问里基："是在步行距离内吗？"她盯着我，很吃惊，回答道："一切都在步行距离内。"

我笑了，举步走进沙漠。行走已开始呈现给我一个新世界。

研究电子化和全球化时代传媒理论的学者指出，在21世纪的媒体革命中，时间一方面在加速，另一方面又变得缓慢，世界在坍缩的同时也在膨胀。为此，与大众沉醉于速度加快、空间变小不同，他们提倡一种"慢新闻"（slow journalism）。Paul Salopek 所做的，正符合他们对"慢新闻"的种种设想。岂止新闻，我们生活的方方面面，正日益迷失在速度与空间的激烈变幻中。作为人类本能的行走竟然被专门提倡、组织与研究，正是时代焦虑的产物。有意识地慢下来，回到人本来的速度、节奏和韵律，也许是一种根本的解决方案吧。

3

我们正走向上都，三四公里之外就是它的遗址。是上都古城遗址，不是英语文学传统中的 Xanadu，正如湖南桃源县沅江边那个旅游点，并不是中国文学传统中的桃花源。这么说，丝毫不是蔑视历史上那个上都，真实的上都固然与柯勒律治《忽必烈汗》中的 Xanadu 绝不相类，但也未必输于它，特别是在建筑的宏大、风物的新奇和景致的绚丽方面。然而历史的上都已被岁月冲刷尽净，只剩荒莱丛生下的短墙土台与碎瓦残石，要专家和有心人才能辨认。企图从现有残迹去还原当年，不得不依靠人类最宝贵的品质之一——想象力，可是想象力是如此个人化，每个人只能描画出属于自己的上都。

从东西向的沙土路走上南北向的水泥大路，往北直行就是上都遗址。路东白杨林后面，有飞机起落，那是新建的机场。和这条宽阔的水泥路一样，据说是上都遗址申遗成功后的建设成果。路西草场上有懒洋洋的牛群，往西北方向可以看见巨大的草滩，那是我们几个小时前傍行过的滦河河谷。马路上过很久才偶有中巴和轿车驶过，大概旅游旺季也没有太多游客来。下午三点以后，酷热慢慢消退，更难得的是风吹了起来，人立即有了清爽感，甚至脚下的水泡也暂时隐退了。阳光依然强烈，却不那么令人畏惧了。当遗址公园的大门在望时，我们四人在空空荡荡的马路上横排起来，齐步向前，完成了最后一公里。

上都遗址公园的大门立在滦河南岸，从这里到上都古城遗址，还要跨越滦河河谷。一条高堤形的沙土路把公园大门与古城的正南门明德门连接起来，中间一座长桥下是向东流去的滦河。滦河滋润出一大片湿地草滩，草滩绝大部分都覆盖着繁密的高草，它们争先恐后地高举着色彩鲜艳的花朵，其中最明亮最夺目的就是金莲花。据说我们来得太早，大多数金莲花还未到花期，再过两三周就会看到金莲花在整个河谷燃烧。不过这少数的金莲已经足够美丽，足够令人想象元顺帝的诗句"我的美丽的沙拉塔拉（金莲川）"。

从遗址大门内那块大而无当的巨石到明德门，还有很长一段距离，公园向游客提供电瓶车。我们没有坐电瓶车。怎么可以坐车到明德门呢？只有走到明德门，才算完成了从大都健德门到上都明德门的全部徒步行程。何况，只有在这长堤般的高路上慢慢走过，东西两侧河谷的美景才缓缓地、有层次地、毫无保留地展开。我2009年夏天来过上都，那时还没有这么多的申遗配套工程，遗址还是一片荒草遮盖下的废墟，河谷草滩上的金莲花给我很深的印象，我因此略略理解了元人诗文所说"川平野阔，山遮水护"，"万朵金莲次第开"，"花开水面黄虽小，时有清风起暗香"。现在旅游设施全面升级，遗址看起来文物的色彩重而古迹的意味轻，更像是在博物馆隔着厚厚的玻璃观看橱柜中的古物了。

下午四点，我们到达明德门前，走过木板铺设的门道，进入上都城。从健德门到明德门，大约四百五十公里的路程，我们只走了十五天。元人无论走驿路或辇路，都要花更长的时间，他们不像我们这样一日不歇，急着走完全程，跟完成科研项目一样。他们人生的相当一部分都在路上。今人或许因此为他们遗憾，不过或许正是慢速移动使他们得以更多地同时浸润在自然和社会中，与时代、与大地建立起更丰富、更深刻、更富意义的关联。

站在密布着芨芨草和荨麻的南城墙上，极目南望。在滦河河谷以南，是青色的、有着花白牛羊的草场。草场以南，是绿草覆盖的、线条柔顺的低矮山丘。山丘之南，是看不真切的、黛色的远山。我知道，远山之南，是燕山山脉的无数沟谷与山脊，再往南就是华北平原北端的北京。我十五天来走过的路，就在这看得见看不见的川野间。河山万里当前，我心里只有感激。

生也何幸。

写在一年以后

一年来常有人问我，走了这么一趟有什么收获？某些历史学的同行问得较直白：你对辇路路线有哪些新发现？当我犹犹豫豫，答说没什么新发现，问者总是"哦——"，表示理解地不再追究，立即转移话题，似乎是要替我免去进一步的尴尬。

在专业研究的意义上，我的确未能获得任何可以算作科研成果的新发现。不过，我丝毫不觉得这一趟白走了。相反，我很庆幸自己完成了这次徒步——时间过去得越久，这种庆幸越是轮廓鲜明。说到底，我本来就是"为走而走"。

其实，就在一年前的7月10日，也就是我们走到上都的那天，当离开古城遗址，并参观元上都博物馆之后，我们坐上赵欣驾驶的宝马越野车返回北京的路上，潘隽换上记者的画风采访我："终于走完了从大都到上都的千里辇路，您有什么感想吗？"当然，我应该有许多感想，只是，如同秋天原野上焚烧干草和枯叶的青烟，只有影影绰绰的味道随风蔓延，却难以转化为可以明确表述的话语。那时我们正在穿越坝上草原，红日早已西沉，车灯在黑夜里掘出一条白闪闪的隧道。

思绪和隧道一样越来越长，似乎没有尽头。太阳下慢慢行走的那些日子，那些道路，那些白杨树，那些黄色、白色和紫色的苜蓿花，那些清凉的风和棉花般的云，都在眼前叠加、变形并重新组合。

读过一本记野外考察的书，作者追寻百年前探险家的足迹，在高山深谷的小道上行走数周，最后他总结道："我完成了从旅游者（tourist）向旅行者（traveler）的蜕变。"他并没有解释旅游者与旅行者究竟有什么不同，照我的理解，区别不只在于自身的感知或认同，更重要的是你在别人眼里的影像。你在路上遇到的人会辨别出你是旅游者还是旅行者，而且他们会据此分别对待。旅游者与当地人之间的那种张力，旅行者可能完全感受不到。旅行者不是来猎奇的，你短暂地（哪怕是浅浅地）融入你所经过的一切地方，你不是高高在上的游览者，你是背负行囊汗流浃背的过路人，你是需要而且一定会得到同情的远行客。十五天里，我没有遇到一个对我怀有恶意或我不喜欢的人，我遭遇的都是善良与温暖。大概这是因为他们把我归类为旅行者而不是旅游者。

对于我这样的学院派知识分子来说，尽管我们总在"研究"中国，但早已习惯了远离山野、远离街巷、远离建筑工地、远离满身脏污的劳作人群。我们只是在图书馆、在书页和数字里研究所谓的中国和中国社会。有天傍晚我在拥挤的地铁上和一个打工者挨站在一起，他身上明显是因为很久没有洗澡没有换衣服而发酵出的强烈味道让我难以呼吸。我和他贴得那么近，我却分明感到我们之间有不可逾越的界沟，我甚至期待这界沟变成一堵物理的高墙，好隔住他的味道，好让我看不见他。有那么一瞬，我们彼此注视。我忽然意识到，对于他，我是一个旅游者。对于许许多多层面的现实中国和中国社会来说，我们这些象牙塔里的研究者很大程度上只是旅游者，只是观光客。

我希望自己也实现从旅游者向旅行者的转变，并且，我更希望这一转变是单向的、不可逆的。

风雨如晦，鸡鸣不已。何以解忧？唯有行走。

图书在版编目（CIP）数据

从大都到上都：在古道上重新发现中国 ／ 罗新著
．—— 2 版．—— 北京：新星出版社，2023.1
ISBN 978-7-5133-4858-4

Ⅰ．①从⋯ Ⅱ．①罗⋯ Ⅲ．①游记－作品集－中国－
当代 Ⅳ．① I267.4

中国版本图书馆 CIP 数据核字（2022）第 049504 号

从大都到上都：在古道上重新发现中国

罗新 著

责任编辑	汪　欣
特约编辑	刘　早
装帧设计	周伟伟　韩　笑
插图绘画	吴黛君
内文制作	张　典
责任印制	李珊珊　史广宜

出　　版	新星出版社　www.newstarpress.com
出 版 人	马汝军
社　　址	北京市西城区车公庄大街丙 3 号楼　邮编 100044
	电话 (010)88310888　传真 (010)65270449
发　　行	新经典发行有限公司
	电话 (010)68423599　邮箱 editor@readinglife.com
法律顾问	北京市岳成律师事务所

印　　刷	山东韵杰文化科技有限公司
开　　本	920mm×1270mm　1/32
印　　张	11.5
字　　数	180千字
版　　次	2023年1月第二版　2023年1月第一次印刷
书　　号	ISBN 978-7-5133-4858-4
定　　价	69.00元

版权专有，侵权必究；如有质量问题，请与发行公司联系调换。